조선후기 통신사 필담창화집 번역총서 17

客館璀粲集·蓬島遺珠·信陽山人韓館倡和稿

객관최찬집·봉도유주·신양산인한관창화고

조선후기 통신사 필담창화집 번역총서 17

客館璀粲集 · 蓬島遺珠 · 信陽山人韓館倡和稿

객관최찬집 · 봉도유주 · 신양산인한관창화고

고운기 · 구지현 역주

보고사

이 역서는 2008년도 정부재원(교육과학기술부 학술연구조성사업비)으로 한국연구재단의 지원을 받아 연구되었음(KRF-2008-322-A00073)

이 번역총서는 2012년도 연세대학교 정책연구비(2012-1-0332) 지원을 받아 편집되었음.

차례

◇ 객관최찬집 客館璀粲集

◇ 영인자료 [우철]

일러두기

1. 통신사 필담창화집 번역총서는 제1차 사행(1607)부터 제12차 사행(1811) 까지, 시대순으로 편집하였다.

2. 각권은 번역문, 원문, 영인자료(우철)의 순서로 편집하였다.

3. 300페이지 내외의 분량을 한 권으로 편집하였으며, 분량이 적은 필담 창화집은 두 권을 합해서 편집하고, 방대한 분량의 필담창화집은 권을 나누어 편집하였다.

4. 번역문에서 일본 인명과 지명은 한국 한자음 그대로 표기하고, 처음 나오는 부분의 각주에 일본어 발음을 표기하였다. 그러나 번역자의 견 해에 따라 본문에서 일본어 발음대로 표기를 한 경우도 있다.

5. 번역문에서 책명은 『　』, 작품명은 「　」로 표기하였다.

6. 원문은 표점 입력하였는데, 번역자의 의견에 따라 표기하는 것을 원칙 으로 하였지만, 가능하면 한국고전번역원에서 정한 지침을 권장하였 다. 이 경우에는 인명, 지명, 국명 같은 고유명사에 밑줄을 그어 독자 들이 읽기 쉽게 하였다.

7. 각권은 1차 번역자의 이름으로 출판되었는데, 최종연구성과물에 책임 연구원과 공동연구원의 이름이 반드시 들어가야 한다는 한국연구재단 의 원칙에 따라 최종 교열책임자의 이름으로 출판되는 책도 있다.

8. 제1차 통신사부터 제12차 통신사에 이르기까지 필담 창화의 특성이 달라지므로, 각 시기 필담 창화의 특성을 밝힌 논문을 대표적인 필담 창화집 뒤에 편집하였다.

기해사행(己亥使行)의 특이한 사료 :

『객관최찬집(客館璀粲集)』·『봉도유주(蓬島遺珠)』

1

기해(1719) 통신사는 9차 사행이다. 사행의 목적은 도쿠가와 이에쓰구(德川家繼)를 이어 도쿠가와 막부의 8대 장군이 된 도쿠가와 요시무네(德川吉宗)의 습직(襲職)을 축하하는 것이었다. 절차에서 신묘(1711) 사행의 파문을 수습하고, 임술(1682) 사행의 구례(舊例)로 회복한 특징이 있다.

그러나 기해 사행은 그동안 신유한(申維翰)의 『해유록(海遊錄)』을 제외하면 그다지 주목 받지 못하였다.

이는 신유한의 활동과 『해유록』이 지닌 가치에 걸맞은 평가였으나, 기해 사행이 신유한 혼자만의 성과가 아닌, 사행 전체의 성격 구명을 위해 다시 돌아볼 필요가 있다. 이 사행만의 특징적인 사안이 보이기 때문이다. 예컨대, 신유한은 에도에서 일을 끝내고 돌아오는 길에 오사카에서 막 출판된 『성사답향(星槎答響)』을 보았다. 에도로 가는 길에 오사카에서 사행 일원과 장로가 화답한 내용이다. "날짜를 계산해 본즉 한 달 안에 출판되었으니 왜인이 이 일을 좋아하고 이름을 좋아하는 습성이 자못 중화와 다름이 없었다."고, 신유한은 『해유록』에서 평가하였다. 저급한 오랑캐의 나라로만 여겨지던 일본이 다시 보이는 계기였다.

　이러한 시각은 우리 사행원만이 아닌 '저쪽' 관반의 기록을 함께 읽을 때 보다 분명히 잡힌다. 이를 통해 통신사행 전반의 본질에 대한 중요한 시사점까지 얻어낼 수 있다. 이 글은 그에 대한 하나의 시도로 쓰였다. 기해년 9월 16일(征路)과 10월 25일(歸路) 밤, 사행단은 나고야에 머물며 그곳 관반들과 필담 창화하였다. 신유한은 『해유록』에, 나고야 관반들은 『봉도유주(蓬島遺珠)』와 『객관최찬집(客館璀粲集)』에 이틀 밤의 상황을 적었다.

　신유한은 두 밤을 무척 간단히 쓰고 말았다. 그러나 『봉도유주』와 『객관최찬집』에는 매우 활발한 필담 창화가 이루어졌음이 나타난다. 이를 함께 놓고 읽으며, 신유한의 『해유록』이 지닌 의의를 확장해 나갈 필요가 있다.

2

　신유한의 일본 보고가 『해유록』으로 나타났다면, 또 다른 면모가 『봉도유주』와 『객관최찬집』을 통해 드러난다.

　여기서 속이라 함은 단순히 알려지지 않았던 다른 기록을 말할 뿐이다. 사실이나 진실의 차원이 아니다. 우리에게는 오랫동안 신유한의 기록만으로 신유한의 행적을 전해 들었다. 그래서 자기적이며 우월적인 태도를 감안하지 않은 것은 아니지만, 무엇이 어떻게 그런지 분명히 알기 어려웠다. 마침 같은 날 밤의 일을 자세히 적은 '저쪽'의 기록은 여기서 일정하게 역할 한다. 이 역할을 속이라고 하자.

두 책은 기해 사행단이 나고야에 머문, 에도로 향하던 길의 9월 16일과 돌아가는 길의 10월 25일 밤을 그리고 있다. 나고야는 오다 노부나가(織田信長)・도요토미 히데요시(豊臣秀吉)・도쿠가와 이에야쓰(德川家康)를 배출한 지역이다. 전국시대(戰國時代)의 풍파를 잠재우고 일본 역사의 근세를 열었던 풍운아 세 사람이 한 동네 출신이었다는 점이 이채롭다. 집권 이후 이에야쓰는 나고야에 오아리 번(尾張藩)을 만들고 번주에 총애하는 아들 요시나오(義直, 1600~1650)를 심었다. 1607년 이에야쓰는 요시나오에게 나고야 62만 석을 주었고, 아버지 밑에서 교육을 받던 요시나오는 1615년에 와서 번주로 본격적인 관할을 시작하였다. 그의 나이 불과 15세 때의 입봉(入封)이었다.

그런 나고야에서 단 하룻밤의 필담 창화로 두 권의 책이 이루어졌다. 바로 『봉도유주』와 『객관최찬집』이다.

물론 두 권은 같은 내용이 아니다. 『봉도유주』는 아사히나 분엔(朝比奈文淵, ?~1734), 『객관최찬집』은 기노시타 난고(木下蘭皋, 1681~1752)가 각각 기록자이다. 같은 자리에서 이루어진 필담 창화이나, 자신들이 신유한을 비롯한 조선의 사행원과 나눈 이야기만 모아 책을 만들었다. 사행 다음 해인 1720년 기노시타가 편찬자가 되어 발행되었다. 간기에 '享保五庚子年(1720)正月吉辰押小路通柳馬場東江八町皇都書林安田万助梓'라 하였다.

이 두 권은 『상한창화훈지집』 시리즈에 다시 모아졌다. 그러나 이 시리즈의 편찬자는 이 가운데 상당 분량을 생략하였다. 이제 이 부분을 두 권에서 확인해 보면, 도리어 거기서 더 흥미로운 자료를 구득할 수 있다.

기노시타 난고는 에도 중기의 한학자이다. 오아리 번 나카무라 사람으로, 이름은 실문(實聞), 자는 공달(公達), 희성(希聲), 통칭은 우좌위문(宇左衛門), 호는 난고(蘭皐), 옥호진인(玉壺眞人)이었다. 처음 교토에서 오카지마 간산(岡島冠山)에게 중국어를 배우고, 이후 에도에 가서 오규 소라이(荻生徂徠)에게 사사한 다음 오아리 번의 사무라이가 되었다. 기해년 조선통신사가 내일(來日)했을 때 동료 아사히나 현주(朝比奈玄洲)와 함께 나고야 숙박소에서의 접대를 명받아 창수, 일약 그 이름이 널리 퍼졌다. 그때의 창화집이『객관최찬집』과, 다음번 통신사와의 창화집『성여굉』에 그 한문 실력이 드러난다. 그리고 시문집『옥호시고』에 붙여진 많은 사람들의 한시를 통해 매우 폭넓게 교유한 일단을 살펴 알 수 있다. 72세를 일기로 세상을 떴다.

아사히나 분엔은 에도 중기의 유학자이다. 오규 소라이에게 배우고, 오아리 번에서 일하며, 역시 1719년 동문인 기노시타와 함께 조선통신사와 필담하고, 글을 칭송받았다. 성은 따로 조(晁), 자는 덕함(德涵), 통칭 심좌위문(甚左衛門), 호는 현주(玄洲), 옥호(玉壺)이다.『봉도유주』는『객관최찬집』과 짝을 이루며, 필담이 많다. 상대는 제술관 신유한이 주를 이루었다.

두 번의 밤에 사행 일원이 일본인 관반에게 보여준 성의는 특별한 것이 아니다. 특히 신유한은 9월 16일에 도착하였을 때 병중이었다. 신유한은 그런 기록을 굳이 남기지 않았으나, 기노시타는 "귀하신 몸이 앓으신다 들었습니다. 근래 매서운 추위에 더욱 몸조심 하셔야겠습니다."고 문안하고 있다. 신유한이 "시를 주고 화답하기를 몇 편이나 하다가 밤중이 되어 잤다.”고 적었으나, 아사히나가 “사신 행차가 돌아올 때에 마땅히 이번에 마치지 못한 즐거움을 다하겠다.”고 말하는 이면에는 충분한 수창을 나누지 못한 데 대한 아쉬움이 배어 있다.

그러나 돌아가는 길에 머문 10월 25일의 분위기는 많이 달라졌다. 여전히 하룻밤 수창 시간밖에 없었으나, 기노시타가 “족하께서 편히 주무셔야 하니 저 또한 물러나겠습니다. 내일 아침 다시 와 주기 바라시면 서로 만나겠습니다.”라고 배려할 때, 도리어 신유한은 “새벽을 다투어 떠나야 하니, 나는 이제 잠들지 못하겠고, 족하도 잠자려 하지 않을 것 같으니, 다행히 나 때문에 염려하시지 않는다면, 잠시 앉았다가 내가 가는 것을 전송하시지요.”라고 기꺼이 시간을 내고 있다. 밤을 샜다는 것이다. 이 같은 정황은 신유한도 “날이 갰다. 나는 글을 짓고 쓰느라 심히 괴로워서 잠도 자지 못하였다.”라고 적고 있으니, 충분히 짐작할 만하다.

하룻밤의 필담으로 각각 책 한 권의 분량을 만들어 낸 데는 기노시타와 아사히나 두 사람이 들인 공력의 결과로 보인다. 특히 그들의 신유한에 대한 관심은 집요하였다. 그 덕분에 『해유록』에 남기지 않은 신유한의 글과 시를 충분히 얻어 볼 수 있다.

3

기해 사행은 정로나 귀로 모두 나고야에서는 하룻밤만 묵었다. 규모가 작지 않은데 이 도시에서의 일정이 이다지 촉박한 까닭은 자세히 알지 못한다. 그러나 단 하룻밤이었기에 나고야의 문인 기노시타나 아사히나는 마음이 조급했을 것이다. 병중의 신유한에게 어떻게 하든 시 한 수 얻으려 하고, 돌아가는 길의 사행단과는 밤을 새워 필담 창수를 나누었다.

이 두 밤의 상황을 신유한은 그의 『해유록』에서 아주 간단히 적고 말았다. 그런데 나고야에서 신유한 등의 사행단과 필담을 나눈 기노시타와 아사히나는 두 번의 만남만으로 각각 한 권의 책을 냈다. 우리는 여기서 보다 자세한 신유한의 행적을 볼 수 있었다.

신유한은 처음 일본과 일본의 문인에 대해 매우 심드렁한 자세를 보였다. 이는 그의 『해유록』을 통해 잘 나타난다. 돌아오는 길에 일본 견문을 마친 그는 완연히 달라진 모습이다. 이 또한 『해유록』을 통해 드러난 바이다. 그것은 나고야에서도 마찬가지였다. 그러나 나고야의 문인 두 사람이 남긴 자세한 기록을 통해 들여다보면, 문인으로서 교류에 진정한 마음의 교환이 보인다.

열정 가득한 두 번째 밤샘 끝에 기노시타는 마무리의 순간을 이렇게 말한다.

여러분이 떠나려 하자 청천과 국계는 석별을 매우 아쉬워하고, 나 또한 이별의 슬픔이 같은 배를 탄 듯하였다. 드디어 헤어질 때, 조선의 손님은 알건 모르건 모두 내게 인사하며 갔다. 때는 아침 햇빛이 마루에 비춰 오고, 황홀히 빛나 꿈에서 막 깬 듯하였다.

이별을 슬퍼하고, 알건 모르건 인사를 나누는 이 하룻밤 밤샘의 마무리 — 아침 해가 떠오르자 '꿈에서 막·깬 듯하였다'는 경험은 사행의 정치적 굴레와 상관없이, 문사의 자유롭고 감개스러운 교류 속에 얻은 어떤 문화적 만남의 극점처럼 보인다. 신유한은 신유한대로, 기노시타는 기노시타대로 그들이 겪은 사행의 일을 그들의 관점에서 적었다. 확대와 축소가 교차한다. 모르긴 해도 그것은 주변의 눈을 의식한 결과일 것이다. 우리는 거기서 생긴 그들의 그런 겉과 속을 그들이 각자 남긴 기록을 대조해 보며 알 수 있었다. 그럼에도 불구하고 문사간의 의기투합은 문사만의 특권이었다. 아침 햇빛에 빛나는 황홀한 꿈이었다. 여기서 18세기 朝日 사이에 만들어진 하나의 문화적 풍경을 읽을 수 있다.

기노시타는 마지막에 "박재창·김도남·정창주 등과 서로 모여 필담을 나누기도 말을 나누기도 하였다. 모두 삼한의 세속의 일이라, 문아한 것과 관련이 없는 까닭에, 생략하고 여기에 싣지 않는다."고 했는데, 세속의 어떤 일이 그들의 화제 속에 올랐는지 궁금하다.

객관최찬집

客館璀粲集

객관최찬집(客館璀粲集) 전편(前編)

나고야(吳下) 난고(蘭皐) 기노시타(木下) 실문(實聞)[1] 지음

향보(享保) 기해년 9월 16일, 조선의 통신사가 오와리 주(張州) 나고야에 이르렀다. 나는 천한 직책으로 조 덕함(晁德涵)[2]과 함께 여관에 있으면서 조선의 손님을 만났다.

통자(通刺)

일찍이 임금의 깃발이 동쪽으로 향해 오니, 목을 빼고 서쪽을 쳐다본 것이 오래되었다 들었습니다. 이제 물과 뭍길 탈 없이 이곳에 이르

---

1 기노시타(木下) 실문(實聞) : 에도(江戶) 시대 중기의 한학자. 오와리, 곧 지금의 아이치(愛知) 현 나카무라(中村) 사람. 이름은 실문(實聞), 자는 공달(公達), 희성(希聲), 호는 난고(蘭皐), 옥호진인(玉壺眞人)이다. 오와리 번의 사무라이였다. 처음에 교토(京都)에서 오카지마 칸산(岡島冠山)에게 중국어를 배우고, 이어 에도에 나가 오규 소라이(荻生徂徠)에게서 배웠다. 1719년 조선통신사가 왔을 때, 동료 아사히나 겐슈(朝比奈玄洲)와 함께 나고야의 숙박소에서 접대를 명받아, 일약 이름을 알렸다. 그때의 창화집『객관찬집(客館粲集)』과 다음 통신사와의 창화집『성여굉(星余轟)』에 중국어 재주가 드러난다. 시문집『옥호시고(玉壺詩稿)』가 있다.
2 조 덕함(晁德涵) : 함께 관반을 지낸 아사히나(朝比那)임.

니 참으로 경하할 일입니다. 저의 성은 기노시타(木下), 처음 이름은 희성(希聲), 자는 실문(實聞)인데, 자를 쓸 때에 달부(達夫)라고 바꾸었으며, 호는 난고(蘭皐) 또 옥호진인(玉壺眞人)이라 부릅니다. 일찍이 낮은 자리로 객청(客廳)에 있으며, 아름다운 모습을 뵈어 어찌나 기뻤든지요.

　　조선의 여러 현인의 앞에.

통신사 제술관 안하에 드림

난고(蘭皐)

바람이 관현(管絃)을 날려 멀리 오신 분을 기뻐하니	風送管絃遠邇驩
사신이 머문 곳 나는 난새를 보네	霓旌停處見飛鸞
성조(聖朝)의 사신 길 어진 이를 수고롭게 하나	聖朝修聘勞賢者
여관에서는 행로의 어려움을 노래하지 않네	賓館莫歌行路難

신선의 시를 얻어 학사 좌하에 드림

난고

옥 같은 신선이 육룡(六龍)³을 몰고	玉骨仙人御六龍

---

3 육룡(六龍) : 『주역(周易)』〈건괘(乾卦)〉의 육효(六爻)를 가리킴. 『주역』〈단전(彖傳)〉에 "만물에 으뜸으로 나오매 만국이 모두 편안하게 되었다.[首出庶物 萬國咸寧]" 하였으며, 또 "때로 육룡을 타고 하늘을 다스린다.[時乘六龍以御天]" 하였는데, 이는 성

나는 듯이 날아 부상 땅을 유람하네 　　　翶翔遠欲遊扶桑

밤 깊어 동남쪽 해가 솟으니 　　　夜半東南日毵躍

큰 바다에 뛰놀며 임랑(琳瑯)⁴을 부수네 　　　大海湧動碎琳瑯

홀연 고삐 잡아 하늘로 솟구치니 　　　倏忽騁轡凌紫虛

아침은 석수(石髓)⁵를 먹고 저녁에는 경장(瓊漿)⁶ 　　　朝餐石髓暮瓊漿

나란한 신동은 봉황 젓대를 부는데 　　　兩兩神童吹鳳簫

구름 사이에 표표히 흰 신선의 옷 　　　雲間飄飄素霓裳

엎드려 봉래선 오색구름의 끝을 보니 　　　俯觀蓬萊五雲簇

잠시 가마를 멈춰 고당에 오르네 　　　少時停駕上高堂

산호 보배 구슬 잔치자리에 빛나니 　　　珊瑚寶玦耀玳筵

신선이 얼굴을 펴고 술잔을 함께 하네 　　　仙人解顔共壺觴

왼손으로 부용을 잡고 오른손으로 지초를 놀리며 　　　左把芙蓉右弄芝

시는 배를 이루어 옥상에 가득하네 　　　咳唾成舟滿玉床

구름 기운 모였다 흩어지기 어찌 쉬우리 　　　雲氣聚散何容易

부질없이 하늘을 바라 마음만 뛰놀려 할 뿐 　　　空望窈冥心欲狂

바라건대 우리에게 날개가 돋아 　　　願使我輩生羽翼

자취를 바꾸어 길이 곤륜 언덕에 유람했으면 　　　翻跡長遊崑崙岡

이때 학사는 병이 들어 방주(芳洲)를 시켜 바쳤다.

인(聖人)이 으뜸으로 나와 세상을 다스림을 뜻함.

4 임랑(琳瑯) : 구슬로, 인재를 뜻함.

5 석수(石髓) : 석종유(石鍾乳), 즉 돌 고드름의 이명(異名)인데, 선인(仙人)들이 곧잘 이것을 복용한다고 함.

6 경장(瓊漿) : 음료(飮料)로 아주 맛있다고 함. 송옥(宋玉)의 〈초혼(招魂)〉에 "화려한 술잔 이미 베풀어졌는데 경장도 있네.[華酌旣陳 有瓊漿些]"라고 한 말이 보임.

기노시타 난고가 보여준 시에 수창하며

청천

옥 같은 금(琴)을 타니 종자기(種子期)의 기쁨이요	瑤琴彈向子期驩
가을 달이 봉래산에 예쁜 난새를 내리네	秋月蓬山降彩鸞
천년 동안 이 노래는 아는 이 드무니	此曲千年知者少
백설부(白雪賦) 화답하기 어려움만 애처로워라	堪憐白雪和歌難

아룀 병상에 찾아가 사례하며

난고

귀하신 몸이 앓으신다 들었습니다. 근래 매서운 추위에 더욱 몸조심 하셔야겠습니다. 목리(木李)를 바쳤는데, 문득 주옥같은 시를 내려 주시니, 감사하는 마음 감당하기 어려울 따름입니다. 성명을 잘 모르니 보여주시기 바랍니다.

답함

청천

가벼운 병에 친히 찾아주시니 크게 감사합니다. 제 성은 신(申), 이름은 유한(維翰), 자는 주백(周伯)이며 청천(靑泉)이라 호하는데, 비서저작(秘書著作)으로 왔습니다. 주신 바 옥 같은 시에 이미 차운하였는데, 장편이라면 화답할 겨를이 없겠으나, 내일까지 기다려 주시면 반드시 수창하여 받들겠나이다.

사신 세 서기의 안하에 드림

난고

아름답게 핀 난과 국화가 맑은 꽃을 빛내니	繽紛蘭菊耀淸華
향기 가득 풍류 넘치는 사신의 수레	香滿風流使者車
내일 그대가 봉래 섬을 지나가시거든	明日君過蓬島去
오두산(鼇頭山) 가물가물 푸른 이내가 솟구치리	鼇頭靄靄湧靑霞

성의 남쪽 열전사(熱田祠)는 에로부터 봉래궁(蓬萊宮)이라 불렀다.

난고 사백의 시를 받들어서

경목(耕牧)

십년 경사(經史)에 영화를 맛보고	十年經史咀英華
지자(知子)의 뇌 속에는 다섯 수레 가득하네	知子腦中富五車
이어지는 탑(榻)에 마주하여 좋은 밤의 시를 이루니	連榻偶成良夜晤
등불 앞 기이한 기운이 푸른 이내를 토하네	燈前奇氣吐靑霞

난고의 옥 같은 시에 따라

국계(菊溪)

이역 땅에서 세월의 변화를 느끼니	秋老殊方感歲華
어느 날 내 나라에 다시 수레를 돌리리	靑丘何日更回車
여관의 객창에서 어떻게 설움을 풀 길 없고	旅窓無以寬愁抱

기쁘게 현휘(玄暉)[7]를 얻어 비단 같은 안개를 노래하네

喜得玄暉詠綺霞

아룀

난고

공 등의 성명은 어떻게 됩니까?

답함

제 성은 강(姜)이고 이름은 백(栢)이며 자는 자청(子靑)이고 경목자 (耕牧子)라 호하는데, 정사의 서기로 왔습니다.

국계

제 성은 장(張)이고 이름은 응두(應斗)이며 자는 필문(弼文)이고 국계 거사(菊溪居士)라 호하는데, 종사관의 서기로 왔습니다.

부사의 기실(記室)은 병이 들어 별관에 있기 때문에 수화(酬和)하지 못하였다. 의원이 한 자리에 있어 관복이 서기와 방불하였기 때문에

---

7 현휘(玄暉) : 그윽한 빛. 또는 중국 남북조(南北朝) 시대의 제(齊)나라 시인 사조(謝朓) 의 자이므로, 그를 가리킬 수도 있음.

나는, "두 분은 끝났는데 족하는 왜 답장을 주지 않습니까"라고 썼다. 의원은 곧, "나의 성은 백(白)이고 이름은 흥전(興銓)이며 자는 군평(君平)이고 서초(西樵)라 호하는데, 의원으로 왔지 서기가 아닙니다"라고 썼다. 내가 간절한 표정을 짓자 곧 '백옥호(白玉壺)' 세 글자를 크게 써주어, 나는 감사히 받았다.

아룀

난고

신묘년(辛卯年)의 사신인 이 학사와 세 서기[8] 등은 탈 없으신지요?

답함

국계

그때 세 서기는 모두 탈 없습니다. 제술관은 불행히 세상을 떠났구요.

아룀

난고

나는 멀리 유람하기를 좋아하여, 태사공(太史公)[9]이 남쪽을 따라 양자강과 회수(淮水)에서 놀고, 위로는 회계산(會稽山)의 우 임금의 혈궐

---

8 신묘년(辛卯年)의 사신인 이 학사와 세 서기 : 1711년의 통신사행.

9 태사공(太史公) : 사마천(司馬遷).

(穴闕)을 찾고, 구의(九疑)에서 원수(沅水)와 상수(湘水)를 떠다니고, 북으로 문수(汶水)와 사수(泗水)에서 노니, 두루 천하의 경승지를 다 가고 싶으나 세상일에 얽매어 그 계획을 다 이루지 못하니, 어찌 유감스럽지 않으리오. 귀국은 중국에 접하여 명산대천(名山大川)이 수십 개에 이르니, 그 가운데 한두 군데 절경과 기굴(奇窟)의 놀만한 곳을 가르쳐 주십시오.

답함

국계

우리나라의 산이라면 금강·지리·묘향·속리·태백·한라산이 있고, 물이라면 압록·두만·패수·백마·금강·낙동강이 있으나, 나 또한 두루 보지 못하고, 다만 한두 군데일 뿐입니다. 이제 삼천 리 큰 바다를 건너 후지산의 기이한 봉우리와 교토의 웅장하고 화려함을 보고 나니, 천하의 대관(大觀)이라 할 만 하니, 이렇다면 자장(子長)[10]도 보지 못한 바입니다.

아룀 나와 조 덕함(晁德涵)이 당음(唐音)으로 말하였다.

같음

공 등은 중국어를 말할 수 있으니 참으로 기이합니다. 나 또한 약간

---

10 자장(子長) : 사마천.

배워서 아나 열의 여덟아홉도 풀지 못하지요. 참으로 부끄럽습니다.

답함

나는 오카지마(岡嶋)에게서 중국어를 배웠습니다. 그는 자를 옥성(玉成)이라 하고 원지(援之)라고도 하는 분이지요. 원지는 본디 기요(崎陽)[11] 사람인데, 신묘년에 귀국의 정창주(鄭昌周)를 에도에서 접대했지요. 정자(鄭子)는 지금 탈 없으신지요?

정 판사(鄭判事)는 지금 탈 없으십니다. 또 이번 사행에도 왔지요. 권 첨정(權僉正) 또한 중국어를 잘 하는데, 이번 사행에 함께 모시고 왔습니다.

아룀

족하는 과거 시험에서 어떤 글제로 장원을 하였습니까?

---

11 기요(崎陽) : 나가사키(長崎)를 이름.

답함

국계

시제는 조만탄(操鏝歎)으로 장원하였습니다. 일찍이 귀국에는 과거 제도가 없다 들었으니, 영재를 포의(布衣)에 버려두니 참으로 안타깝 습니다.

난고

진정 감당하기 어렵습니다.

이 이후로 중국어로 조금 말을 나누었으나 바쁜 와중이라 많이 잊어버렸다.

아룀

난고

공 등이 쓰신 모자의 이름은 어떻게 됩니까?

답함

경목자

서초(西樵)가 쓴 것은 팔괘고후관(八卦高後冠)[12]이요, 내가 쓴 것은 동파관(東坡冠)[13]이며, 국계가 쓴 것은 와룡관(臥龍冠)[14]입니다.[15]

---

12 팔괘고후관(八卦高後冠) : 고후관(高厚冠).

아룀

같음

나이는 몇이시고, 영사(令嗣)가 있어 공부하고 있습니까?

답함

난고

나는 오랫동안 애도에서 객 살이를 하고, 이즈음 고향으로 돌아왔습니다. 그 때문에 아직 살림을 차리지 못했는데, 어찌 첨정(添丁)[16]이 있겠습니까. 이제 헛되이 서른아홉 해를 보내고, 귀밑머리만 헝클어졌으니, 지극히 부끄러운 마음을 감당 못하겠습니다.

아룀

같음

죠슈(長州)의 하기부(萩府)에 현(縣)의 효유(孝孺)[17]라 할 주남(周南)이

---

13 동파관(東坡冠) : 조선 시대 사대부들이 한가로이 거처할 때 쓰던 관으로, 말총으로 만들며, 송(宋)나라의 소식(蘇軾)이 썼다고 하여 그의 호를 본떠 동파관이라 함.

14 와룡관(臥龍冠) : 와룡은 제갈량을 이름.

15 〈훈지집2〉에는 여기서 唱和筆語等, 詳在客館瑤粲集故, 不記于玆라고 밝혔음.

16 첨정(添丁) : 아들을 뜻함. 당나라 한유(韓愈)의 〈기노동(寄盧仝)〉에 "지난해 아들 낳아 첨정이라 이름 지었나니, 나라 위해 농사에 충당하겠다는 뜻이었지.[去年生兒名添丁 意令與國充耘耔]"라는 구절이 보임.

17 효유(孝孺) : 명(明)나라 때의 학자 방효유. 기절(氣節)이 매우 뛰어났는데, 명 태조의 의문태자(懿文太子)가 요절함으로써 황태손(皇太孫)인 공민제(恭閔帝)가 천자의 자리에 오른 지 3년이 되었을 때, 태조의 넷째 아들이며 공민제의 3촌이 되는 연왕(燕王 후일

라 호하는 이가 있는데, 나와 같은 모임을 하는 선비입니다. 정덕(正德) 연간의 신임(辛壬) 교류 때, 귀국의 여러 어진 이들과 적마관에서 모였지요. 이번 행차에서도 주남이 공들을 만나볼 수 있겠습니까?

답함

경목자

적마관(赤馬關)은 적간관(赤間關)인가요?

난고

그렇습니다.

경목

이 사람은 와서 보려하지 않습니다.

아룀

난고

이 나무의 이름은 어떻게 됩니까? 한 의사가 붉은 열매가 달린 나뭇가지를 가지고 와서 내게 물었다.

성조(成祖)가 됨)이 군대를 일으켜 쳐들어와서 황제의 자리를 찬탈할 적에 그의 회유에 굴하지 않고 책형(磔刑)을 당함. 『明史 卷141』

답함
서초

상육(商陸)[18]의 열매와 비슷하군요.

또 아룀
난고

상육은 풀입니다. 이것은 나무인데, 어떻습니까?

난고 앞에 아룀
국계

비록 뛰어난 시인이 있으나 대부분 난해하여 화답할 수 없군요. 이제 남의 운을 따라 족하에게 보여드릴 따름입니다.

난고 사백에게 드림
같음

봉래 섬 바다에 맑은 구름	蓬海彩雲鮮
신선 찾아 예로부터 왔었네	尋仙自古先
이제 다행히 한 나라 사절을 따르니	幸今隨漢節

---

18 상육(商陸) : 자리공의 뿌리. 부종(浮腫)·후증(喉症) 등에 쓰임.

어느 곳에서 진 나라 배를 찾으리	何處覓秦船
술 잡고 근심을 떨치려나	把酒愁堪遣
시를 논하니 흥겨움 절로 이네	論詩興正翩
문득 놀라워하며 인사를 나누나	忽驚傾蓋地
내일은 또 자리를 뜬다네	明日又離筵

급히 국계가 보인 시에 따라 지어 드림

난고

성씨(姓氏)는 드물다 하나	使乎姓氏鮮
과거에는 누구보다 먼저 합격했네	登第萬人先
달을 마주하여 아름다운 피리를 부니	對月吹瑤笛
바람 따라 사신의 배가 떠가는구나	隨風泛彩船
올 때에는 왕의 깃발을 잡았고	來時文旆炳
가는 날은 비단 옷을 날리네	歸日錦袍翩
벼슬을 전하여 청담에 합하니	傳爵淸譚合
촛불은 빛나는 자리를 비추는구나	燭花照玕筵

남의 운을 따라 난고에게 부침

경목

가을빛에 늦은 국화는 맑은데	秋光晚菊鮮
먼 손님 앞서 기러기가 오네	遠客鴈來先

해야 할 일은 천 권이나	事業唯千卷
행장은 한 배에 꾸렸네	行裝只一船
낯선 나라에 우울한 마음 더하나	殊方增鬱悒
좋은 밤에 기뻐 시를 이어 짓네	良夜喜聯翩
만남은 진정 부평초 같아	解逅眞萍水
내일은 이별해야 하는 자리	明朝有別筵

이 시에 이어지려 했으나 공무가 있어 물러나느라 그 뒤에 하지 못하였다.

아룀

난고

나의 성은 기노시타(木下)이고 이름은 실문(實聞), 난고(蘭皐)라 호합니다. 족하는 중국어를 해독할 수 있다고 들었는데, 저 또한 한두 마디 얻어 쓸 수 있습니다. 맑은 가르침을 바랍니다.

답함

북암(北岩)

나의 성은 권(權)이고 이름은 홍식(興式)이며 자는 군경(君敬), 북암(北岩)이라 호합니다. 정묘년에 과거에 합격하여, 관직은 첨정(僉正)에 이르렀으며, 나이는 쉰네 살입니다. 먼 길을 걸어오느라 신기(神氣)가 매우 피곤하니, 용서해 주기 바랍니다.

다음 날 아침 일찍 출발하려 할 때 학사가 벽에다 몇 마디 말을 적어놓고 갔는데, 아래와 같다.

기노시타 난고(木蘭皐)의 시가 한 편 있었는데 화답하지 못하고 일찍 출발한다. 바빠서 어쩔 수 없으니 돌아올 때 다행히 만나거든 지난밤의 못 다한 이야기를 이으리라.

청천(青泉) 신 학사(申學士)

객관최찬집(客館璀粲集) 전편(前編) 끝

객관최찬집(客館璀粲集) 후편(後編)

오아리(吳下) 난고(蘭皐) 기노시타(木下) 실문(實聞) 지음

10월 25일, 돌아오는 길에 다시 오아리의 성고원(性高院)에 이르러, 나는 또 학사 및 기실(記室) 그리고 의원 등과 수창하였다.

여러 현인께

난고(蘭皐)

에도의 성대한 예를 마치고 사신의 행렬이 이곳에 이르렀습니다. 여러 현인의 기거가 복되고, 다시 아름다운 모습을 접하니, 크나큰 기쁨을 다합니다. 내려 주신 시편을 급히 책으로 만들어 길이 전해, 뒷날의 모습으로 삼고자 합니다. 여러 분이 도장을 찍었다.

난고 좌하에게 아룀

청천(青泉)

안장을 풀 즈음 공 등을 보고 싶어 이제 찾으니 매우 다감하시군요.

제가 에도에 있던 날 겨우 선인편(仙人篇)과 현주(玄洲)의 작품에 화답하여, 오카지마(岡島) 공을 통해 전하려 했으나 이루지 못하고, 이제 가지고 와서 전합니다.

선인편(仙人篇)에 화답하여 기노시타 난고(木蘭皐)에게 드림
청천

봉래산 높고 바다는 망망한데	蓬萊山高海茫茫
아홉 가지 뽕나무 위로 금아(金鴉)[19]가 솟구치네	金鴉躍出九枝桑
가지의 길이는 백 척이요 안개에 둘러싸여	枝長百尺縮煙霞
잎 사이 오색 빛이 구슬처럼 밀어올리네	葉間五色堆琳琅
신령스러운 빛 맑은 기운 어찌나 황홀한지	靈光淑氣何翕忽
묶어서 우보(羽葆)[20]가 되니 진하기가 장 같구나	結爲羽葆濃爲漿
신선은 저녁에 꼬리 붉은 봉황을 타고	仙人夕騎紅尾鳳
막막한 하늘에 훨훨 날아 푸른 구름 치마 입었네	毶毶羃空青雲裳
옥 같은 현과 거문고 소리 광한(廣寒)[21]에 울리고	瑤絃寶瑟廣寒音
황아와 제녀는 중당에 줄지어 섰네	皇娥帝女列中堂
한번 봉래산 푸르른 가을 나무를 치고	一拍蓬山秋木綠
웃으며 남두성(南斗星) 가리키며 술잔을 드네	笑指南斗作盃觴

---

19 금아(金鴉) : 태양 속에 있다는 세 발 가진 신조(神鳥)로 '금오(金烏)' 또는 '삼족오(三足烏)'라고도 하는데 태양을 지칭하는 말로 쓰임.

20 우보(羽葆) : 새의 깃으로 장식한 의식용(儀式用)의 아름다운 일산(日傘).

21 광한(廣寒) : 달의 궁전. 광한궁(廣寒宮).

박망(博望)[22] 같은 사신이 배를 타고 이에 이르니	博望使者乘槎至
기뻐하며 은상(銀床)을 쓸고 오르네	欣然灑掃登銀床
취하여 기생(期生)이 대추 먹는 모습 보며	醉看期生食大棗
백량(栢梁)의 소신은 복숭아를 훔치네	栢梁小臣偸桃狂
번다한 노래 느슨한 춤으로 정신을 헤쳐 푸니	繁歌緩舞神以舒
바사(婆娑)는 옥을 주워 높은 고개를 능멸하네	婆娑拾翠凌高岡

족하의 선인편(仙人篇)은 놀라우리만치 진귀한 노래여서, 천고에 빛날 것입니다. 저는 감히 믿지 못하여, 내 눈으로는 지금 세상사람 가운데 결코 없으리라 보았습니다. 스스로 오직 삼한의 먼 손님의 일로 와서, 수레를 타고 전폐(顚沛)하지 않은 것만도 천행입니다. 노래를 주고받으매 어찌 감히 경의(經意)하리오. 돌아보건대 빛나는 시로 명의(命意)하여, 한두 가지 기탁하여 내렸으나, 파음(巴音 파촉의 노래)을 지어서 두루 하니, 잘못 줄을 퉁겼습니다. 바라건대 족하는 한번 돌아보소서. 왕정(王程)이 매우 급하여 열흘 안에 돌고 다시 선부(仙府)[23]를 지나, 삼생(三生)의 좋은 인연으로 잊지 못할 마음을 얻었으니, 어찌 이처럼 기쁘겠습니까.

기해(己亥) 초겨울 초순. 청천 신 비서.

---

22 박망(博望) : 장건(張騫).
23 (仙府) : 나고야.

답함

난고(蘭皐)

크게 후의를 입어 감사함이 무한합니다. 장편(長篇)의 옥 같은 화답 시는 두풍(頭風)이 금방 낫는 것조차 깨닫지 못하고, 또 초라한 시를 써서 헤어지는 마음 나타내려 합니다.

청천 신 공과 헤어지며 드림

난고

사신의 깃발은 이제 돌아가려 하는데	文旆玆初返
장도(壯途)에 몇 편 시를 부르네	壯遊賦幾篇
거듭 만나 붓을 휘두르고	重逢揮彩筆
다시 이별하며 거문고 줄이 끊어지네	再別絶朱絃
높은 파도에 순간(珣玕)은 빼어나고	層海珣玕秀
삼신산은 난새와 학의 무리	三山鸞鶴群
고향으로 돌아가는 날	卿園歸到日
아름다운 영예는 능연(凌煙)²⁴을 비추네	美譽照凌煙

---

24 능연(凌煙) : 능운(凌雲). 기상이 하늘을 찌를 듯하다는 말.

난고가 준 시에 화답하여 드림

청천

이곳에 와 진실 된 기운을 만나니	邂逅來眞氣
날듯이 뛰어난 노래를 부르네	飛騰賦傑篇
차가운 별이 칼집을 움직이고	寒星動劍匣
밝은 달이 거문고 줄을 감싸네	明月遶琴絃
팔 척의 용이 벗이 되니	八尺龍爲友
삼청학(三淸鶴)은 무리 짓지 않네[25]	三淸鶴不群
어찌 속된 때를 떨쳐버리고	何當擺俗累
손을 잡고 창연(蒼煙)을 깰 수 있을까	携手破蒼煙

경목(耕牧) 강(姜) 공과 헤어지며 드림

난고

후지산은 벽인 듯 묵은 구름 거두고	富山壁立宿雲收
쌓인 눈은 영롱하게 화려한 갖옷을 비추네	積雪玲瓏照綺裘
사명을 전한 지금 대궐을 나서서	傳命卽今辭紫闕
수레 돌려 본국으로 가려고 하네	回轅更欲向靑丘
해 떠오르는 금곡(金谷)[26]에서 걸상을 맞대고	地開金谷齊連榻

---

25 팔 척의 …… 않네 : 청천의 〈丁亥歲暮, 病甚幾死而穌, 高陽諸友以書問訊, 遂寄短律以謝〉라는 시에 "八尺龍爲友, 千金馬不羣"라는 구절이 있음.(『靑泉先生續集』卷之一) 삼청학(三淸鶴)은 선계(仙界)에 있는 학. 곧 중사(中使)가 돌아가는 길을 미화하여 이른 말. 삼청은 신선이 살고 있다는 옥청(玉淸)·상청(上淸)·태청(太淸)의 세 곳.

달 가득한 봉래에서 함께 누대에 기댔으면	月滿蓬壺共倚樓
흠씬 취한 몸으로 수레를 재촉하며 상조를 뜯으니	爛醉促軨撫商調
칠현금 소리에 이별의 슬픔이 밀려드네	七絃遍動別離愁

난고 사백의 시를 따라 드림

경목

시월의 논에서는 늦은 벼를 거두는데	十月湖田晚稻收
먼 데서 길손의 솜옷에는 추위가 스며드네	寒侵遠客木綿衣
사신을 따라 일본 땅에 오니	追隨使節來殊域
시 주머니를 싸들고 고향으로 돌아가네	點撿詩囊返故丘
반짝이는 푸른 등이 야탑(夜榻)을 밝히는데	翳翳靑燈明夜榻
소슬히 낙엽은 산 위 다락에 떨어지네	蕭蕭紅葉下山樓
인생에서 만나고 헤어짐이 부평초와 같으니	人生聚散同萍水
이른 곳 만나자 곧 이별의 슬픔이네	到處相蓬卽別愁

---

26 금곡(金谷) : 진(晉)나라의 부호 석숭(石崇)의 별장이 있던 곳으로, 석숭이 금곡 별장 앞 계곡애 손님을 초대하여 밤낮으로 잔치를 베풀고, 시를 짓지 못한 사람에게는 서 말의 벌주를 마시게 했다는 고사가 있음.

국계(菊溪) 장(張) 공과 헤어지며 드림

난고

그대들 이 밤 돌아가는 노래 부르니	使君此夜賦將歸
문밖에 옥 소리 들리고 새벽 이내 기다리네	門外鳴珂待曙暉
서리 맑은데 상자 속에 웅검(雄劍)이 움직이고	霜淨篋中雄劍動
밤 깊도록 자리엔 술잔이 날리네	更闌席上羽觴飛
푸른 난새 춤 다 추면 단혈(丹穴)²⁷을 떠나듯	靑鸞舞罷辭丹穴
백설가 남아 자미(紫微)²⁸를 흔드네	白雪歌殘震紫微
다음 날 헤어지매 눈물 날 것이나	明日臨岐應涕淚
서로 보고 악수하며 오래도록 그리워하리	相看握手思依依

오아리 주 여관에서 난고가 증별(贈別)한 시에 따라 드림

국계(菊溪)

말에 채찍 휘두르며 서쪽으로 돌아가니	促鞭征馬向西歸
노성(奴星)²⁹에게 분부하여 이른 햇살을 좇아가네	分付奴星趁早暉
신선의 경계는 푸른 섬을 따라 멀어지니	仙境漸隨滄嶼遠
그대 마음은 먼저 흰구름 따라 나네	卿心先逐白雲飛

---

27 단혈(丹穴) : 봉황이 서식한다는 곳.

28 자미(紫微) : 제왕의 궁궐.

29 노성(奴星) : 성(星)은 종을 말한 것임. 당나라 한유(韓愈)의 종의 이름이 성이므로
이에서 기인되었음. 한유의 〈송궁문(送窮文)〉에 "主人使奴星 結柳作車"라는 대문이
있음.

다행히 경수(瓊樹)처럼 표격에 오르니 　　幸攀標格如瓊樹

써주신 시편은 모시옷과 같네 　　爲贈詩篇當紵衣

내일 역에서 헤어진 다음 　　明日驛亭分手後

정히 생각하거니 손님 자리 오래 생각나겠네 　　定思賓榻此相依

서초(西樵) 백(白) 공과 헤어지며 드림

　　　　　　　　　　　　　　　　　난고

계림의 손님이 일본에 들어와 　　雞林仙客入扶桑

행렬에 늘 함께 하며 약을 캤네 　　行李每携採藥囊

여관의 밤은 긴데 눈보라 치고 　　客舍漏長風雪夜

표연히 시를 읊으니 춘양곡이 울리누나 　　飄然吹律動春陽

등불 아래 금 쟁반에 귤이 신선한데 　　燈下金盤橘柚鮮

동정호의 봄빛에 손님 가득한 잔치자리 　　洞庭春色滿賓筵

내일 아친 다시 뱃길로 헤어지나 　　明朝更作河梁別

멀리 달이 지는 서쪽 산을 바라보리 　　遙望西山落月邊

기노시타 난고의 시를 따라 헤어지는 마음을 나타내다

　　　　　　　　　　　　　　　　　서초(西樵)

서쪽으로 푸른 바다로 흘러 일본에서 돌아오니 　　西下滄溟返梓桑

가지고 온 풍경은 해낭(奚囊)[30]에 가득하네 　　携來物色滿奚囊

봉래 섬은 비로소 내가 올래 놀던 곳임을 깨닫는데　蓬萊始覺吾遊久
세상에서 계절은 일양(一陽)[31]에 가깝네　　　　　節序人間近一陽

시는 부용이 맑은 물에 나오는 것 같고　　　　　詩似芙蓉出水鮮
다행히 아름다운 선비를 만나 화려한 자리 함께 했네 幸逢佳士共華筵
서로 그리워하니 헤어진 자음 어느 곳에 있는지 알까 相思別後知何處
동쪽으로 일본 땅 해가 바닷가에서 나오는 곳 바라보네
　　　　　　　　　　　　　　　　　　　　東望扶桑日出邊

서기(書記) 안하(案下)에 드림 존호(尊號)는 잘 모름

　　　　　　　　　　　　　　　　　　　　　　　　난고

맑은 때 부절(付節)을 잡고 사신의 수레가 출발하니　清時擁節發星軺
잘 고른 영성(英聲)이 구소(九霄)를 나네　　　　　妙選英聲飛九宵
하늘가를 울리는 북과 거문고 소리에 구름은 모였다 흩어지고
　　　　　　　　　　　　　　　　　　　鼓瑟天邊雲聚散
바다 위에 붓을 휘두르니 비바람 몰아치네　　　　揮毫海表日漂搖
기자의 나라 예전(禮典)은 주나라 때 것을 남기고　箕邦禮典存周代
일본 땅 의관은 한 나라 때의 것이네　　　　　　桑域衣冠尙漢朝
주머니 속 밝은 구슬은 두루 하여 인색하지 않고　囊底明珠遍莫吝

---

30 해낭(奚囊) : 시초(詩草)를 넣는 주머니. 당(唐)나라 시인 이하(李賀)가 명승지를 돌아
　　다니며 지은 시를 해노(奚奴 종)가 가지고 다니는 주머니에 넣었던 고사가 전해 옴.
31 일양(一陽) : 동지(冬至). 양기(陽氣)가 처음 발동하므로 이르는 말.

한 조각 던지기 청하니 춘소(春霄)[32]에 값하네　　　請投一片價春霄

기노시타 난고가 보여준 시에 따라

소헌(嘯軒)

만 리 길 사신의 수레로 처음 돌아드니　　　萬里初返使車軺

에도 성의 저물녘 풍경은 비 개인 하늘이네　　江城暮色雨晴霄

높은 다락에서 거듭 술을 따라 잔은 불룩하고　高樓酒重盃心凸

빈 의자에 바람 불어오니 촛불만 흔들리네　　虛榻風來燭影搖

인사 나누며 크게 기뻐하니 진실로 율회(律會)요　傾蓋懽深眞律會

이웃 나라 사귀는 액정(液廷)은 성명한 조정이네　交隣液著聖明朝

하교(河橋)에 내일은 뜬 구름 흩어지리니　　　河橋明日浮雲散

곡진한 노래 단아한 뜻 이 밤에 다하네　　　　款曲端宜盡此霄

저의 성은 성(成)이며 이름은 몽량(夢良)이고, 자는 여필(汝弼), 호는
장소헌(長嘯軒)입니다. 성균관 진사로 부사(副使)의 서기관으로 왔습니
다. 족하의 성함은 국계(菊溪)를 통해 이미 알고 있습니다.

---

32 춘소(春霄) : 목왕(穆王)이 동쪽으로 순수(巡狩)하여 정(鄭)나라 대암 골짜기까지 가
　서 춘소궁(春霄宮)을 세우고 모든 방사(方士)들을 모아 신선(神仙)되는 일을 이야기했
　다 함.

물음

난고

듣건대 귀국의 선비는 거문고를 잘 탄다고 하는데, 그렇습니까?

답함

경목

선비가 가야금을 많이 타기는 하나 거문고는 타지 못합니다. 가야금은 고조(古調)가 많아 말로 다 설명할 수 없습니다.

물음

난고

길거리의 소곡(小曲)은 어떤 곡조로 부릅니까?

답함

경목

황풍악(皇風樂)·보허사(步虛詞)·평우조(平羽調)·옥수(玉樹)·후정화(後庭花)가 있습니다.

물음

난고

도관(道觀)이 있어 우류(羽流)³³ 여관(女冠)³⁴이 제사를 받듭니까?

답함

경목

도관은 없고, 절이 있어서 승려가 주관합니다.

물음

난고

언문(諺文)은 자체(字體)를 잘 모르겠는데, 어떻습니까?

답함

경목

글자는 범자(梵字)와 비슷한데, 방언(方言)으로 글자의 뜻을 풉니다.

따로 언문을 써서 내게 보여주는데, 아래와 같다.

ㄱㄴㄷㄹㅁㅅㅇ

가갸거겨고교구규그기ᄀᆞ

나냐너녀노뇨누뉴느니ᄂᆞ

다댜더뎌도됴두듀드디ᄃᆞ

라랴러려로료루류르리ᄅᆞ

마먀머며모묘무뮤므미ᄆᆞ

바뱌버벼보뵤부뷰브비ᄇᆞ

---

33 우류(羽流) : 도교의 도사를 말함.

34 여관(女冠) : 도교에서 여자 도사.

사샤서셔소쇼수슈스시ᄉ
아야어여오요우유으이ᄋ
자쟈저져조죠주쥬즈지ᄌ
차챠처쳐초쵸추츄츠치ᄎ
파퍄퍼펴표푸퓨프피ᄑ
타탸터텨토툐투튜트티ᄐ
카캬커켜코쿄쿠큐크키ᄏ
하햐허혀호효후휴흐히ᄒ
과궈와워솨숴화훠

이로하(以呂波)로 글자를 번역한다.

イロハニホヘト
이ᄅ하니허헤도

チリヌルオワカ
지리ᄆ르어와가

ヨタレソツネナ
요다례소즈녜나

ラムウ井ノヲク
라ᄆ우이노어구

ヤマケフコエテ
야마계후고에뎨

アサキユメミシ
아사기유몌미시

ヱヒモセス
예히모셰츠

성 진사에게 아룀

난고

내게 조그마한 집이 있는데, 둘레에 산이 둘러싸였고 한쪽은 둥근 달 같아, 빛이 네 벽으로 들어오니, 밝게 백옥호(白玉壺)라고 편액을 달았습니다. 대개 명나라 호원서(胡元瑞)[35]의 옛 규범을 모방한 것이지요. 편액의 글씨는 이미 서초(西樵)가 썼는데, 족하 또한 이를 위해 써 주셔서 오래도록 벽 사이에 걸어둔다면 크게 빛날 것입니다. 언제나 온갖 꽃이 피는 봄 골짜기 가운데 같겠지요. 속히 붓을 휘둘러 주시기 바랍니다.

다시 난고에게

장소헌

백옥호 기문(記文)은 말씀하신 대로 그 자리에서 써 드리는 것이 마땅하나, 다만 여러 사람과 수창이 이어지고, 닭이 울어 공무로 뜻대로 하기 어려웠습니다. 도중에 조용해지고 만들어서 아메노모리 호슈(雨森芳洲)에 부쳐 전달하겠습니다. 반드시 부침(浮沈)의 근심이 없이, 저 또한 식언하지 않으리니, 그대 모름지기 잠시 기다리심이 어떻겠습니까?

---

35 호원서(胡元瑞) : 원서는 호응린(胡應麟)의 자. 명(明)나라 사람으로 어려서부터 시(詩)에 능하였고, 신종(神宗) 시대에 과거에 응시하였으나 여러 번 실패하자, 산중으로 들어가 은거하였음. 저서로는 『소실산방유고(少室山房類稿)』·『필총(筆叢)』·『시수(詩數)』 등이 있음.

또 다시

난고

거작(巨作)에 인색하지 않고 호슈(芳洲)에게 부치신다니, 기다리겠습니다.

아룀

소헌

제가 이제 긴급한 일이 있어서 사신의 앞에 들어가야 합니다. 곧 돌아올 것이니 좀 머물러 주시겠어요?

답함

난고

그대의 일이 마치면 반드시 다시 돌아와 만나리니, 나는 잠시 머물며 여러분의 맑은 이야기를 듣고자 합니다.

물음

난고

국계자(菊溪子)는 중국어를 할 수 있어 나와 서로 잘 통하는데, 지금 어느 곳에 있습니까?

답함

청천

국계자는 종사관 앞에 있으니, 오래지 않아 여기 올 것입니다.

답함

청천

오늘 정오 명해(鳴海)의 역정(驛亭)에서 이노데(井出) 씨를 만났는데, 나이가 스물다섯이고 저와 수창하였습니다. 스스로 난고(蘭皐) 현주(玄洲)와 서로 아는 사이라고 하면서, 이 작품으로 화답시를 청했습니다. 갈 길이 바빠 겨를 없어 이제 여기에 두니, 부침(浮沈)할까 두렵습니다.

답함

난고

이노데 생(生)은 나와 돈독한 관계입니다. 만약 맑은 화답시를 베풀어주시면, 생에게 영광일 것입니다. 내게 부쳐서 속히 전달한다면 귀하를 번거롭게 하지 않을 것입니다.

물음

청천

와타나베(渡邊) 능헌(夌軒)을 족하는 아십니까.

답함

난고

와타나베 생 또한 이 도시의 선비입니다. 그대의 뜻을 제게 보여주
십시오.

신 장원(申狀元)께 아룀

난고

에도에 소라이(徂徠) 선생이라는 이가 있는데, 일찍이 고문을 힘써
공부하여, 희공(姬公) 선보(宣父)의 글이 아니면 눈에 대지 않고, 좌마
(左馬) 반양(班楊)의 방책이 아니면 경사(經笥)에서 내지 않으며, 이소
(離騷)·문선(文選)과 이두(李杜)의 시가 아니면 생각하지 않아, 대체로
내공이 명나라 이헌길(李獻吉)과 나란합니다. 선생은 일찍이 문장의
도가 달의(達意)와 수사(修辭)의 두 파라고 하였는데, 성언(聖言)으로부
터 기실 둘은 서로 기대어, 수사(修辭)가 없으면 뜻이 전달되지 않는
까닭에, 삼대(三代) 때는 두 파가 일찍이 분별되지 않았습니다. 도쿄(東
京)는 수사에 편중되어 달의 일파는 조용합니다. 육조(六朝) 시대의 화
려함이 당나라에 이르러 지나쳐서 한유(韓愈)와 유종원(柳宗元)은 달의
를 떨쳐 우주가 일신하였고, 구양수(歐陽脩)와 소동파(蘇東坡)에 이르
러 또 배강(褒降)하였다가, 원명(元明)에 이르러 다시 극성하였습니다.
때로 이우린(李于鱗)·왕원미(王元美) 같은 이들이 나타나 전적으로 수
사로 떨치니, 하나로 고(古)를 원칙 삼아, 대호걸이라 할 만 합니다. 그
러므로 서경(西京) 아래의 문인을 평하여서는 당(唐)에서는 한유(韓柳)

를 취하고, 명(明)에서는 왕·이(王李)를 취하는 것이 이런 까닭입니다. 내가 그 문하에 놀아 그 책을 받고 매우 기쁘게 읽었으며, 지금 집간 (執簡)의 선비들이 그 풍을 따라 모범으로 삼지 않는 이가 없습니다. 귀국의 문장의 융기(隆幾)는 중국에 사양하지 않은 지 오래인데, 지금 의 문장 하는 이들이 송원(宋元)의 옛것을 따릅니까, 명(明)의 제가(諸 家)에 있습니까?

난고 기노시타 군에게 답함

청천(青泉)

소라이(徂徠) 선생은 성함을 듣지 못하였으나, 옛글을 달의(達意)와 수사(修辭)의 이단(二段)으로 나누어 논한 것은 사람으로 무척 확연히 밝혀주니, 하물며 족하처럼 친히 지도받았음에랴. 문장에 대해 저는 옛사람의 밝히신 자취를 살필 수 없으나, 대개 약관 이전이라면 진한 (秦漢)의 옛 책에 뜻을 두어 읽었고, 당송(唐宋)의 말기에 지엽을 먼저 공부하고 싶지 않았습니다. 독한 병을 걱정하여 다시 공부를 그만 두 고 드디어 한계를 두어 나아가지 못하니 참으로 애달픕니다. 우리나 라의 고려 때에는 오로지 송원(宋元)을 숭상했고, 우리 조정에 이르러 여러 인재가 또한 일어나, 어떤 이는 반·마(班馬)를 어떤 이는 한·유 · 소(韓柳蘇)로 그 원칙을 삼았으나, 유교로 주종을 삼는 까닭에 그 문 장의 체재는 모두 송나라의 습관을 따랐고, 그 사이 한두 장구(章句)가 험순(險順) 평삽(平澁)의 특이함이 있을 따름입니다. 명나라의 여러 대 가 가운데 이하(李何)와 왕(王) 그리고 이윤(李允)을 대방가로 삼으니,

그 문장이 처음 전해 왔을 때, 유행을 따라갈 생각이 없지 않았으나, 왕과 이의 문장을 전적으로 공부하는 이는 열에 한둘도 되지 않습니다. 지금 우리나라의 문장 하는 선비들은 대체로 말하기를, 마땅히 먼저 팔대가(八大家)를 많이 읽어야 한다 하니, 제 문장도 계경(谿逕) 평탄(平坦)을 익힌 다음에 명나라의 여러 대가는 또한 때때로 열람하여 그 문채(文采)를 도울 것입니다. 이와 같이 말합니다.

학사 안하에 아룀

난고

비루한 시 한 권을 옥호음초(玉壺吟艸)라 이름하고, 고풍(古風) 과 근체(近體) 약간 수는 모두 하리(下里) 파가(巴歌)일 따름입니다. 감히 마련하여 보여드리고 만약 책 앞에 몇 말씀 얹을 수 있다면 어찌 은사를 감당하겠습니까.[36]

답함

청천

제가 족하의 시를 보니 실로 오늘 날의 등한한 말이 아니었습니다. 서문은 반드시 깊이 생각하고 힘껏 써서 봉찬(奉贊)하는 것이니, 오늘

---

36 『훈지집2』에는 여기서 惟祈惟祈가 덧붙여 있음.

밤 분주한 사이에 여의치 않으리라 생각됩니다. 아메노모리(雨森)[37] 군에게 말하여, 반드시 뒤에 써서 보내드리겠습니다. 저쪽의 뜻도 어떠한 지 알 수 없으나, 전송에 인편이 있겠지요.

다시 아룀

난고

졸고(拙稿)의 서문은 여기서부터 오사카에 이르는 사이 쓰인다면 반드시 호슈(芳洲)에게 전해 주십시오. 호슈는 믿을만한 사람입니다. 그대에게 청하여 손 안의 구슬[38]을 인색하지 않으시니 감사합니다.

청천

내가 이미 호슈의 말을 들었으니, 허랑한 말은 만의 하나도 없습니다.

아룀

청천

귀국의 글을 읽을 때 음역(音譯)이 심히 비루하여 밝히 알기 어렵습

---

37 아메노모리(雨森) : 아메노모리 호슈(雨森芳洲)
38 손 안의 구슬 : 남의 시문(詩文)을 찬양하여 이른 말. 한유(韓愈)가 노정(盧汀)에게 수답한 시에서 노정이 준 시 96자(字)를 가리켜 "나에게 밝은 구슬 96개를 주었다[遺我明珠九十六]"한 데서 온 말.

니다. 이 때문에 여러 문사가 창화와 필담을 하면서 문리와 맥락에 해독할 수 없는 경우가 많습니다. 대개 성률(聲律)이 잘 갖춰지지 못한 때문인데, 이는 중국과 먼 까닭에 그 풍음(風音)이 다르겠지요. 쓰시마의 아메노모리(雨森), 도마쓰 우라기(東松浦儀)[39] 두 군자는 그 시문(詩文)이 진실로 절세의 재주라, 오늘날의 세상에서 쉽게 얻지 못할 것입니다. 그 사람을 보니 모두 한음(漢音)을 익혔습니다. 족하를 만나기 전에 먼저 선인편(仙人篇)을 얻어 보았는데, 고조(古調)가 매우 놀라웠지요. 아마도 한음에 밝으리라 했는데, 만나서 말을 들어보니 믿을 만하였습니다. 정말 당대의 사람이 아니었습니다. 신묘년(辛卯年)에 사행할 때, 돌아오면서 백석시초(白石詩艸) 한 권을 가지고 와 나에게 보여주기에, 나는 그 음조가 완랑(婉朗)하고 중국의 울림이 있어서 탄복하였지요. 이제 그 사람을 물었으나 손님을 만나러 나오지 않아 인사 나누지 못 하였으니 매우 안타깝습니다. 지난 번 오사카에 이르러 어떤 사람이 서지헌음고(瑞芝軒吟稿)[40] 여러 권을 보여주며, '도리야마 씨(鳥山氏)[41]가 지은 것'이라 하였거니와, 그 시가 깊이 있어 맛나고, 그 문하생 한 사람이 힘써 내게 서문을 부탁하여, 사양하지 못 하고 서문을 써 주었습니다. 이제 지은 서문은 천천히 써야 한다고 말한 것은, 오늘밤 초를 잡기가 어렵다는 것이 아니라, 깊이 그대의 문장을 알아 얻을 수 있음이니, 오래 사람들 사이에 있으면서, 내가 창졸간에 그것

---

39 도마쓰 우라기(東松浦儀) : 미상.
40 서지헌음고(瑞芝軒吟稿) : 백석(白石)의 시문집.
41 도리야마 씨(鳥山氏) : 백석(白石)을 말함.

을 하기 어렵기 때문입니다.

답함

난고

　삼가 가르침을 다하시니, 깊이 족하께서 제게 마음을 기울여 주심을 느낍니다. 백석(白石)은 에도의 도리야마(鳥山)에 있는데, 오사카에서 태어나 살아온 저 또한 아직 만난 적은 없으나, 그 시명(詩名)은 북두와 태산 같아서, 저 같은 무리가 감히 살펴 알만 하지 못합니다. 저는 시도(詩道)에 옛것은 반드시 한위(漢魏)를 높이고, 근체는 반드시 성당(盛唐)이며, 명나라는 왕(王) 이(李) 등 칠자(七子)[42]를 높이나, 또한 대력(大曆)[43] 이래 서곤체(西崑體)[44]를 모방하는 자가 있으나 일찍이 배우지 못하였습니다. 원서(元瑞)는 '시가의 도는 한번 한나라에서 성하였고, 다시 당나라에서 성하였으며, 또 다시 명나라에서 성하였다' 하였으니, 저는 확실한 논의라 생각합니다. 요즈음 어떤 일가를 이룬 이가 '당나라는 원·백(元白)[45]을 마루로 삼고, 송나라는 오직 소·황(蘇黃)[46]이나, 명나라의 여러 문인은 족히 취하여 들을 바 없다' 하였으니,

---

42 왕(王) 이(李) 등 칠자(七子) : 명나라의 재사 일곱 사람. 왕세정(王世貞), 이반룡(李攀龍) 등이다.
43 대력(大曆) : 당나라 대종(代宗) 시대의 연호. 766~779.
44 서곤체(西崑體) : 당(唐)나라 이상은(李商隱)·온정균(溫庭筠)의 시체(詩體).
45 원백(元白) : 백낙천(白樂天)과 원진(元稹).
46 소황(蘇黃) : 소동파(蘇東坡)와 황정견(黃庭堅).

슬픕니다.

물음

난고

족하께서 편히 주무셔야 하니 저 또한 물러나겠습니다. 내일 아침
다시 와 주기 바라시면 서로 만나겠습니다.

답함

청천

새벽을 다투어 떠나야 하니, 나는 이제 잠들지 못하겠고, 족하도 잠
자려 하지 않을 것 같으니, 다행이 나 때문에 염려하시지 않는다면,
잠시 앉았다가 내가 가는 것을 전송하시지요.

물음

청천

오카지마(岡嶋) 공의 중국어는 우리들을 크게 놀라게 하였습니다.
족하도 그 문하이지요. 족하의 시문(詩文)은 멀리 한당어(漢唐語)를 공
부하여 중화를 모방하니 지극히 감탄할 만합니다. 교유하신 바에 영
재(英才)와 명사(名士)가 많지요?

답함

난고

 욕되이 지나친 칭찬을 받으니 감당할 수 없습니다. 저의 직무는 매우 낮아서 출근하지 않는 날이 없습니다. 쉬는 날이면 문을 닫고, 번거롭게 손님을 만나지 않습니다. 독서하는 틈틈이 악기를 다루며, 청풍명월(淸風明月)과 어울리니, 도하의 재인(才人)이 있는지 없는지 잘 모릅니다.

후지산 절구를 바치며 화답을 바람

청천

바다 구름 떠가는 부상(扶桑)의 동쪽으로 가니	扶桑東去海雲餘
만 길 봉우리 끝 눈은 모래 같네	萬仞峯頭雪似沙
아득히 해가 지니 가을빛이 숨어 있고	落日蒼茫秋色裏
푸른 하늘은 옥련화(玉蓮花)를 씻어 내네	靑天洗出玉蓮花

급히 후지산 시를 따라

난고

백옥 빛 부용이 바다에서 나온 나머지	白玉芙蓉出海餘
우뚝한 봉우리 가을빛에 은빛 모래를 뿌렸네	奇巒秋霽鋪銀沙
장쾌한 여정에 뜻한 것은 선약(仙藥)을 구하는 것	壯遊有意求仙藥

길 다한 산꼭대기 눈꽃을 어루만지네　　　　　　蹈盡絶巓弄雪花

이 시를 현주(玄洲)를 시켜 쓰게 하여 청천에게 보여드리다.

기노시타(木下) 아사히나(朝比奈) 두 사람에게

청천

두 분이 높은 마루에 나란히 계셔 빛이 만 길이나 나니 누가 놀라지 않으리오. 내려주신 높은 화답시는 바다 밖 적선(謫仙)이요 특별한 나라의 대왕입니다. 깊이 부러워하며 장차 가지고 가 동지들에게 보일 따름입니다.

답함

난고

부용(芙蓉)에 붙인 시는 진실로 백설부(白雪賦) 같이 뛰어난 노래입니다. 하리(下里)와 같은 비속한 노래가 어찌 취할 바이겠습니까. 오직 한 마당에 빛나는 옥이 갖추어졌습니다.

물음

난고

벌써 삼취(三吹)[47]하여 양관곡(陽關曲)을 부르고자 하나, 눈물이 흘러

내립니다. 북과 부는 악기에 대해 여쭈오니, 몇 가지나 있습니까?

답함

청천

북과 부는 악기는 곧 군문(軍門)에서 쓰는 바입니다. 사신이 위의(威儀)를 행하느라 피리를 불고 북을 치며, 포를 쏘고 평소(平簫)와 금정(金鉦)일 뿐입니다. 공악(公樂)은 곧 임금의 행차 앞에 반드시 필요하지요. 필률(觱篥)[48]과 해금(嵇琴), 생적(笙笛), 부고(缶鼓)는 국서를 가지고 오는 앞에서 연주하지요.

세 서기와 의사 등은 각각 와서 내게 좋은 종이와 필묵(筆墨) 등을 주었고, 국계(菊溪)와는 중국어로 조금 말을 나누었다. 여러분이 떠나려 하자 청천과 국계는 석별을 매우 아쉬워하고, 나 또한 이별의 슬픔이 같은 배를 탄 듯하였다. 드디어 헤어질 때, 조선의 손님은 알건 모르건 모두 내게 인사하며 갔다. 때는 아침 햇빛이 마루에 비춰오고, 황홀히 빛나 꿈에서 막 깬 듯하였다.

박재창(朴再昌)·김도남(金圖南)·정창주(鄭昌周) 등과 서로 모여 필담을 나누기도 말을 나누기도 하였다. 모두 삼한(三韓)의 세속의 일이라, 문아(文雅)한 것과 관련이 없는 까닭에, 생략하고 여기에 싣지 않는다.

---

47 삼취(三吹) : 군대가 떠날 때에 세 차례 나발을 부는 것.
48 필률(觱篥) : 가로 부는 피리. 앞면에 일곱 개 뒷면에 한 개의 구멍이 있음.

이 날 밤 여관에는 시끄러운 속인들이 글자를 써 달라고 간청하는 일이 그치지 않으니, 한갓 풍류의 멋진 모임은 번잡스러운 거리로 만들어버려 안타까운 까닭에, 충심을 헤아리려 하였지만 끝내 얻지 못하니, 진실로 매우 한탄스러웠다.

객관최찬집(客館璀粲集) 끝

客館璀粲集

吳下 蘭皋木實聞 著

『客館璀粲集』前編

享保己亥九月十六日, <u>朝鮮信使達張州吳都</u>, 其夜余以賤職, 偕<u>晁德涵</u>, 在賓館, 會諸韓客.

通刺

"從聞大纛之指東延頸西望日久矣, 今者水陵匕恙, 諸賢抵此, 可賀可賀. 余姓<u>木</u>, 初名<u>希聲</u>, 字以<u>實聞</u>行, 更字<u>達夫</u>, 號<u>蘭皋</u>, 又稱<u>玉壺眞人</u>. 曾在客舍, 而檢廚事, 乃獲接芝眉, 欣躍何罄."

<u>朝鮮</u>國諸賢座前.

≪呈國信製述官案下≫   蘭皋

風送管絃遠邇驪, 霓旌停處見飛鸞, 聖朝修聘勞賢者, 賓館莫歌行路難.

≪賦得仙人篇贈學士案下≫   蘭皋

玉骨仙人御六龍, 翱翔遠欲遊扶桑, 夜半東南日毬躍, 大海湧動碎琳瑯, 倏忽騁轡凌紫虛, 朝餐石髓暮瓊漿, 兩兩神童吹鳳簫, 雲間飄飄

素霓裳, 俯觀蓬萊五雲簇, 少時停駕上高堂, 珊瑚寶玦耀玳筵, 仙人解
顏共壺觴, 左把芙蓉右弄芝, 咳唾成舟滿玉床, 雲氣聚散何容易, 空望
窈冥心欲狂, 願使我輩生羽翼, 翻跡長遊崑崙岡.

　　時學士病在帷中故, 使<u>芳洲</u>呈野章, 後和成而<u>芳洲</u>傳余.

　　《奉酬木蘭皐見奇》　　　　　　　　　　　　　　　<u>青泉</u>
　　瑤琴彈向子期驪, 秋月蓬山降彩鸞, 此曲千年知者少, 堪憐白雪和
歌難.

　　《稟》 往病床面謝　　　　　　　　　　　　　　　<u>蘭皐</u>
　　"承聞有尊恙, 近來暴寒勉加保護, 可嚮呈木李, 忽賜瓊玖, 感佩無
已, 未審姓名願見示."

　　《復》　　　　　　　　　　　　　　　　　　　　<u>青泉</u>
　　"辱訪賤恙, 多謝. 僕姓<u>申</u>, 名<u>維翰</u>, 字<u>周伯</u>, 號<u>青泉</u>, 以秘書著作來,
所贈玉什絶句, 旣次韻, 若長篇則未暇和答, 姑竢明日, 必須奉酬."

　　《呈國信三書記案下》　　　　　　　　　　　　　<u>蘭皐</u>
　　繽紛蘭菊耀淸華, 香滿風流使者車, 明日君過蓬鳥去, 鼈頭靄靄湧
靑霞.
　　城南<u>熱田祠</u>, 自古稱<u>蓬萊宮</u>.

　　《奉次蘭皐詞伯韻》　　　　　　　　　　　　　　耕牧子
　　十年經史咀英華, 知子腦中富五車, 連榻偶成良夜晤, 燈前奇氣吐
靑霞.

《奉次蘭皐玉韻》 菊溪

秋老殊方感歲華, 靑丘何日更回車, 旅窓無以寬愁抱, 喜得玄暉詠綺霞.

《稟》 蘭皐

"公等, 姓名如何."

《復》

"僕姓姜名栢字子靑號耕牧子, 以正使書記來."

菊溪

"僕姓張名應斗字弼文號菊溪居士, 以從事官書記來."

副使記室, 病在別館故, 無酬和. 醫員在同席, 冠服彷彿于書記故, 余寫曰, 二君旣和就了, 足下奚不賜答章耶. 醫員卽書曰, 余姓白, 名興銓, 字君平, 號西樵, 以醫員隨來, 非書記也. 余又懇顔字, 西樵乃書白玉壺三大字, 以惠余.

《稟》 蘭皐

"辛卯之聘使, 李學士三書記等, 無恙否."

《復》 菊溪

"其時三書記, 皆無恙, 製述官不幸下世矣."

《稟》 蘭皐

"余好遠遊, 慕太史公蹤南遊江淮, 上會稽探禹穴闚, 九疑浮於沅湘,北遊汶泗, 遍欲窮天下之勝, 而因世故厥圖未邃, 豈不遺慨耶. 貴邦接壤於中華, 名山大川何翅數十, 其中有一二絶境奇窟可遊之地, 請見敎."

≪復≫　　　　　　　　　　　　　　　　　　　　　　菊溪

"吾邦山則有金剛·智異·妙香·俗離·太白·漢挐, 水則有鴨綠·豆滿·浿水·白馬·錦江·洛東, 而僕亦未及遍觀, 只窺其一二矣. 今來涉得三千里大海, 看了富士之奇峭, 京都之雄麗則, 可謂天下之大觀, 而此則子長之所未覩也."

≪稟≫ 余與晁玄洲以唐音口談故云云　　　　　　　　　　　　　　仝

"公等漢語能解, 可奇可奇. 余亦略學得, 而十不解八九, 可愧可愧."

≪復≫　　　　　　　　　　　　　　　　　　　　　　蘭皐

"余學唐話於岡嶋璞, 字玉成一字援之者, 援之本崎陽人, 辛卯歲, 接見貴邦鄭昌周東都, 鄭子今尙無恙否."

　　　　　　　　　　　　　　　　　　　　　　　　菊溪

"鄭判事今果無恙, 又來此行中耳. 權僉正亦善華語, 此行同隨來."

≪稟≫　　　　　　　　　　　　　　　　　　　　　　蘭皐

"足下科場中, 以何題, 占魁耶."

≪復≫　　　　　　　　　　　　　　　　　　　　　　菊溪

"詩題, 以操鏝歎, 居魁耳. 嘗聞貴邦無科第, 使英材在布衣之列, 可嗟可嗟."

蘭皐

"不敢當, 不敢當."

自是以後, 稍講唐話, 忽忽之際, 多忘卻了.

≪稟≫ 蘭皐
"公等所着冠名, 如何."

≪復≫ 耕牧子
"西樵所著, 是八卦高後冠, 我所著則, 東坡冠, 菊溪所著則, 臥龍
冠."[1]

≪稟≫ 仝
"尊年幾許, 且有令嗣又學耶."

≪復≫ 蘭皐
"余久客東都, 近歲還家鄉, 以故未嘗得受室, 奚況添丁耶. 今虛度
三十九春秋, 雙鬢旣欲絲, 不堪惶愧之至."

≪稟≫ 仝
"長州萩府, 有縣孝孺號周南者, 余同社中之士也. 正德辛壬交, 相
會貴邦諸賢于赤馬關, 此行亦周南獲接見公等否."

---

1 〈훈지집2〉에는 여기서 唱和筆語等, 詳在客館瑤粲集故, 不記于玆라고 밝혔음.

≪復≫ 耕牧子

"赤馬關卽赤間關否."

蘭皐

"然."

耕牧

"此人不爲來見耳."

≪稟≫ 蘭皐

"此樹名稱如何." _{一醫以赤實樹枝, 來使余問之.}

≪復≫ 西樵

"似商陸實耶."

≪又稟≫ 蘭皐

"商陸是艸也. 這箇樹也, 如何."

≪稟蘭皐前≫ 菊溪

"偶雖有寄詩人, 多以難解故, 不能和答也. 今次人韻, 以呈示足下耳."

≪奉贈蘭皐詞伯≫ 仝

蓬海彩雲鮮, 尋仙自古先, 幸今隨漢節, 何處覓秦船, 把酒愁堪遺,
論詩興正翩, 忽驚傾蓋地, 明日又離筵.

≪卒奉次菊溪惠示韻≫　　　　　　　　　　　　　　　蘭皐

使乎姓氏鮮, 登第萬人先, 對月吹瑤笛, 隨風泛彩船, 來時文斾炳, 歸日錦袍翩, 傳爵清譚合, 燭花照玳筵.

≪次人韻奉寄蘭皐≫　　　　　　　　　　　　　　　　耕牧

秋光晚菊鮮, 遠客鴈來先, 事業唯千卷, 行裝只一船, 殊方增鬱悒, 良夜喜聯翩, 解逅眞萍水, 明朝有別筵.

　右欲次韻則有官事, 而退去其後又弗果.

≪稟≫　　　　　　　　　　　　　　　　　　　　　　蘭皐

"余姓木, 名實聞, 號蘭皐. 承聞足下能解漢語, 余亦記得一二華音, 請領清敎."

≪復≫　　　　　　　　　　　　　　　　　　　　　　北岩

"余姓權, 名興式, 字君敬, 號北岩. 丁卯登科, 職至僉正, 年紀五十四, 遠路跋涉, 神氣甚憊, 請恕."

　明晨臨發, 學士題數語於壁間去, 如左.
　"木蘭皐詩, 尙有一篇, 未和而早發, 恩恩奈何, 歸時幸得相會, 以續前夜艸艸之話耳. 青泉申學士."

『客館璀粲集』前編終

『客館璀粲集』後編

一十月二十五日, 歸軺再造吳下, 館性高院, 余又與學士及記室醫員等, 酬唱.

≪稟諸賢≫　　　　　　　　　　　　　　　　　　　蘭皐

"東都盛禮旣畢, 旋旆方至玆, 諸賢起居萬福, 再獲接芳型, 曷勝欣勝之至, 鄕賜和章, 裝潢成軸, 冀用圖書, 永傳以爲他日之容顔耳." 諸子各打印章.

≪稟蘭皐座下≫　　　　　　　　　　　　　　　　　青泉

"解鞍之際, 旣要見公等, 今來謁多感多感. 僕在東都之日, 僅和仙人篇, 及寄玄洲之作, 將因岡島公傳送而未果, 今始持來以傳耳."

≪仙人篇和贈木蘭皐≫

蓬萊山高海茫茫, 金鴉躍出九枝桑, 枝長百尺縮煙霞, 葉間五色堆琳琅, 靈光淑氣何翕忽, 結爲羽葆濃爲漿, 仙人夕騎紅尾鳳, 毰毸冪空青雲裳, 瑤絃寶瑟廣寒音, 皇娥帝女列中堂, 一拍蓬山秋木綠, 笑指南斗作盃觴, 博望使者乘槎至, 欣然灑掃登銀床, 醉看期生食大棗, 栢梁小臣偸桃狂, 繁歌緩舞神以舒, 婆娑拾翠凌高岡.

"足下仙人篇, 驚倒珍誦, 以爲千古耶. 僕未敢遽信, 吾眼以爲當今世人, 決未有也. 自惟三韓遠客役, 在舟車, 得無顚沛, 亦天幸. 其於聲曲酬和, 豈敢經意, 顧以華篇, 命意, 有一二托寄之賜, 艸創巴音, 爲周郞, 誤拂絃, 願足下一回晒也. 王程促甚, 度於旬日內, 復過仙府,倘以三生好緣, 獲償寤寐之思, 何喜如之."

　　己亥孟冬上玄.　　　青泉申秘書.

《復申公》　　　　　　　　　　　　　　　　　蘭皐
"多荷厚意, 感謝無罄. 長篇之瓊報, 不覺頭風傾痊, 又裁鄙律述別懷."

《寄別青泉申公》　　　　　　　　　　　　　　蘭皐
文旆玆初返, 壯遊賦幾篇, 重逢揮彩筆, 再別絶朱絃, 層海珣玗秀,
三山鸞鶴群, 卿園歸到日, 美譽照凌煙.

《奉和蘭皐見贈》　　　　　　　　　　　　　　青泉
邂逅來眞氣, 飛騰賦傑篇, 寒星動劍匣, 明月遶琴絃, 八尺龍爲友,
三淸鶴不群, 何當擺俗累, 携手破蒼煙.

《寄別耕牧姜公》　　　　　　　　　　　　　　蘭皐
富山壁立宿雲收, 積雪玲瓏照綺裘, 傳命卽今辭紫闕, 回轅更欲向
靑丘, 地開金谷齊連榻, 月滿蓬壺共倚樓, 爛醉促軫撫商調, 七絃遍動
別離愁.

《奉次蘭皐詞伯韻》　　　　　　　　　　　　　耕牧子
十月湖田晚稻收, 寒侵遠客木綿衣, 追隨使節內殊域, 點撿詩囊返
故丘, 翳翳靑燈明夜榻, 蕭蕭紅葉下山樓, 人生聚散同萍水, 到處相蓬
卽別愁.

≪寄別菊溪張公≫ 蘭皐

使君此夜賦將歸, 門外鳴珂待曙暉, 霜淨篋中雄劍動, 更闌席上羽
觴飛, 靑鸞舞罷辭丹穴, 白雪歌殘震紫微, 明日臨岐應涕淚, 相看握手
思依依.

≪張州賓館奉次蘭皐贈別韻≫ 菊溪

促鞭征馬向西歸, 分付奴星趁早暉, 仙境漸隨滄嶼遠, 卿心先逐白
雲飛, 幸攀標格如瓊樹, 爲贈詩篇當紵衣, 明日驛亭分手後, 定思賓榻
此相依.

≪寄別西樵白公≫ 蘭皐

雞林仙客入扶桑, 行李每携採藥囊, 客舍漏長風雪夜, 飄然吹律動
春陽. 燈下金盤橘柚鮮, 洞庭春色滿賓筵, 明朝更作河梁別, 遙望西山
落月邊.

≪奉次木蘭皐惠韻以寓別懷≫ 西樵

西下滄溟返梓桑, 携來物色滿奚囊, 蓬萊始覺吾遊久, 節序人間近
一陽. 詩似芙蓉出水鮮, 幸逢佳士共華筵, 相思別後知何處, 東望扶桑
日出邊.

≪奉呈書記案下≫ 未審尊號 蘭皐

淸時擁節發星軺, 妙選英聲飛九宵, 鼓瑟天邊雲聚散, 揮毫海表日
漂搖, 箕邦禮典存周代, 桑域衣冠尙漢朝, 囊底明珠遍莫吝, 請投一片
價春霄.

≪奉和木蘭皐惠示韻≫　　　　　　　　　　　　長嘯軒

萬里初返使車輈, 江城暮色雨晴霄, 高樓酒重盃心凸, 虛榻風來燭
影搖, 傾蓋懽深眞律會, 交隣液著聖明朝, 河橋明日浮雲散, 款曲端宜
盡此霄.

"僕姓成, 名夢良, 字汝弼, 號長嘯軒. 成均館進士, 以副使記室來,
足下姓諱, 因菊溪已知之."

≪問≫　　　　　　　　　　　　　　　　　　　　蘭皐

"聞貴邦之士, 善鼓瑟, 果然否."

≪答≫　　　　　　　　　　　　　　　　　　　　耕牧

"士多鼓琴, 不解鼓瑟, 琴曲多古調, 不能盡言."

≪問≫　　　　　　　　　　　　　　　　　　　　蘭皐

"里巷小曲, 唱何等詞耶."

≪答≫　　　　　　　　　　　　　　　　　　　耕牧子

"有皇風樂·步虛詞·平羽調·玉樹·後庭花."

≪問≫　　　　　　　　　　　　　　　　　　　　蘭皐

"有道觀, 而羽流女冠奉祠耶."

≪答≫　　　　　　　　　　　　　　　　　　　耕牧子

"無道觀, 有佛寺, 而僧髠主之."

≪問≫   蘭皐

"諺文, 未審字體, 如何."

≪答≫   耕牧子

"字似梵字, 而以方言譯字義." 別書諺文, 惠余如左.

ㄱㄴㄷㄹㅁㅅㅇ

가갸거겨고교구규그기ㄱ

나냐너녀노뇨누뉴느니ᄂ

다댜더뎌도됴두듀드디ᄃ

라랴러려로료루류르리ᄅ

마먀머며모묘무뮤므미ᄆ

바뱌버벼보뵤부뷰브비ᄇ

사샤서셔소쇼수슈스시ᄉ

아야어여오요우유으이ᄋ

자쟈저져조죠주쥬즈지ᄌ

차챠처쳐초쵸추츄츠치ᄎ

파퍄퍼펴포표푸퓨프피ᄑ

타탸터뎌토툐투튜트티ᄐ

카캬커켜코쿄쿠큐크키ᄏ

하햐허혀호효후휴흐히ᄒ

  과궈와워솨숴화훠

    以呂波譯字

이ᄅ하니허헤도

지리므르어와가

요다레소즈녜나
라므우이노어구
야마계후고메뎨
아사기유메미시
예히모셰츠

≪稟成進士≫　　　　　　　　　　　　　　　　　蘭皐
"余有方丈之室, 周加堊焉, 一關如寶月, 光入四壁, 瑩然顏其楣於
<u>白玉壺</u>, 蓋模倣<u>明</u>胡元瑞舊規矣. 扁字旣<u>西樵子</u>筆之, 足下亦爲之記,
永掛之壁間, 則光輝炳然. 每如在万花春谷中歟, 請速揮椽筆."

≪復木蘭皐前≫　　　　　　　　　　　　　　　　長嘯軒
"玉壺記文, 當依尊敎, 卽席書呈, 而但諸賢酬應陸續, 雞鳴官行, 務
難如意, 道中從容, 構成付<u>雨森芳洲</u>傳達, 必無浮沈之患, 而鄙亦不食
言, 尊須少待如何."

≪又復≫　　　　　　　　　　　　　　　　　　　蘭皐
"莫吝巨作, 而附<u>芳洲</u>, 惟竢."

≪稟≫　　　　　　　　　　　　　　　　　　　　嘯軒
"僕方有緊急事故, 入使相前, 卽爲還來, 少留如何."

≪復≫　　　　　　　　　　　　　　　　　　　　蘭皐
"貴幹元了, 必須再來而相見, 余暫留, 要聞諸公淸話耳."

≪問≫ 蘭皐

"菊溪子觧華音, 與余相善, 今在何處耶."

≪答≫ 靑泉

"菊溪子在從事道前, 不久而來此耳."

≪問≫ 靑泉

"今午, 鳴海驛亭, 遇井出氏, 年二十五, 與余唱酬. 自云, 與蘭皐玄洲有相知之分, 以此作又請和, 行急未遑, 今置之此, 恐其浮沈也."

≪答≫ 蘭皐

"井出生余有雅誼, 若惠淸和, 則生之榮也. 托余速須傳達, 莫煩貴念."

≪問≫ 靑泉

"渡邊夌軒, 足下所知耶."

≪答≫ 蘭皐

"渡邊生亦都下之士也. 有尊意則示余."

≪復申狀元座前≫ 蘭皐

"東都有徂徠先生者, 夙務古文辭之學, 非姬公宣父之書, 不涉於目, 非左馬班楊之策, 不發于笥, 非騷選李杜之篇, 不歷于思, 蓋齊功於明李獻吉矣. 先生嘗謂文章之道, 達意修辭, 二派發自聖言, 其實二者相須, 非修辭則, 意不得達故, 三代時, 二派未嘗分別也. 東京, 偏修辭而達意一派寥寥, 六朝浮靡, 至唐而極矣. 故韓柳以達意振之, 宇宙一新, 至歐蘇又衰降, 迨元明再極矣. 時有出李于鱗·王元美者焉, 專以修辭振之, 一以古爲則, 可謂大豪傑矣. 故評隱西京下文人. 唐取韓柳, 明取王李, 爲是故也. 余遊其門, 受其書, 讀之甚驪, 今執簡之士, 莫不趨風而宗之矣. 貴邦文章之隆幾, 不讓中國尙矣, 今之操觚之家, 沿宋元之舊耶, 在明世諸家."

≪復蘭皐木君座下≫   青泉

"徂徠先生, 姓諱亦未聞, 而其論古文辭達意修辭二段, 大令人躍然稱快, 況足下親炙之哉. 僕於文章, 不能窺古人牖下之趾, 然大抵弱冠以前卽, 有意讀秦漢古書, 不欲先攻枝葉於唐宋之末, 而惜罹毒痾因復輟業, 遂畫而不進, 可哀可哀. 我國高麗之世, 專尙宋元, 至我朝而群才亦起, 或曰班馬, 或曰韓柳蘇, 而原其體則, 以儒道爲宗故, 其文體裁, 率緣宋習, 間有一二章句險順平澁之殊而已. 皇明諸子中, 李何·王·李允爲大方家, 其文之始來傳也, 亦不無向風之思, 而其專攻王李之文者, 十無一二卽, 今我國中操觚之士, 大都言曰, 宜先多讀八大家, 吾文旣熟谿逕平坦然後, 皇明諸子, 亦可時時披閱, 以佐其采, 如此云云矣."

≪稟≫   蘭皐

"鄙什一卷, 名玉壺吟艸, 古風近體若干首, 是皆下里巴歌耳, 敢以備電燭, 若或冠數言於卷端則, 何賜當之."[2]

---

2 『훈지집』2에는 여기서 惟祈惟祈가 덧붙여 있음.

≪復≫　　　　　　　　　　　　　　　　　　　　　　　青泉

"僕見足下之詩, 實非今世等閑語, 序文必須精思力書以奉贊, 今夜
紛冗之際, 恐未如意已. 言于雨森君, 必欲從後書送, 彼意亦然, 未知
如何, 傳送有便故云."

≪又復≫　　　　　　　　　　　　　　　　　　　　　　　蘭皐

"拙稿序文, 自此至大坂之間, 搆出則必傳芳洲, 芳洲有信人也, 請
君勿吝握裏之璧, 爲感."

　　　　　　　　　　　　　　　　　　　　　　　　　　　青泉

"吾已聽芳洲言, 以萬無一虛疎爲言."

≪稟≫　　　　　　　　　　　　　　　　　　　　　　　　青泉

"貴國讀書, 音譯甚卑, 似難曉識, 是以諸文士, 倡和筆談, 文理脈絡,
多有不可解者. 蓋坐於聲律之未閑, 此與中國遠故, 其風音自別. 馬州
雨森·東松浦儀二君子, 其詩文固是絶才, 今世之不易得也. 見其人,
皆習漢音, 未見足下, 而先得仙人篇, 絶驚有古調, 疑其曉漢音, 而及
見之, 聽言語, 乃信然, 又是非當代之人也. 辛卯使行歸時, 持白石詩
艸一卷, 示余, 余歎其音調婉朗, 有中華之響, 今聞其人, 不出見客, 無
以奉拜, 甚恨甚恨. 頃到大坂, 有人傳示瑞芝軒吟稿數卷曰, 鳥山氏所
作, 其詩蘊籍有味, 其門生一人, 力請余爲序, 不辭而爲之序, 方今淸
製序文, 遲緩搆出, 爲云云者, 非以今夜艸艸爲難, 深知足下文可得,
久在人間, 僕所以難於蒼卒爲之."

≪復≫　　　　　　　　　　　　　　　　　　　　　　　　蘭皐

"謹悉示諭, 深感足下爲余傾心矣. 白石子, 在東都鳥山, 生居浪華,

余亦未相見, 而其詩名恰如斗山, 吾輩非所可敢窺知也. 余於詩道, 古必尙漢魏, 近體必盛唐, 且慕明王李等七子, 亦未嘗學大曆以來, 倣西崑體者, 所爲矣. 元瑞曰, 詩歌之道, 一盛於漢, 再盛於唐, 又再盛於明, 余謂確論也. 近有一家云, 唐宗元白, 宋唯蘇黃, 明世諸子, 無足取塗聽耳食, 哀哉."

《問》　　　　　　　　　　　　　　　　　　　蘭皐
"足下暫熟眠, 而可余亦退去, 明早要再來, 而相會耳."

《答》　　　　　　　　　　　　　　　　　　　靑泉
"拂曉發行, 吾今不可宿, 足下如不欲眠, 幸勿以吾爲念, 且坐頃刻以送我去."

《稟》　　　　　　　　　　　　　　　　　　　靑泉
"岡嶋公漢音, 大驚倒吾輩, 況足下出其門哉. 足下詩文, 遠學漢唐語, 亦倣中華, 極可嘆賞之甚, 所交遊英才名士多多."

《復》　　　　　　　　　　　　　　　　　　　蘭皐
"辱過譽無足敢當. 余職務甚賤冗, 無日不朝矣. 休休則杜門, 猥不接雜賓, 讀書之暇, 或操絲弄竹, 所伴淸風明月, 以故不知都下才人有與無耳."

《呈富山絶久要和》　　　　　　　　　　　　　靑泉
扶桑東去海雲餘, 萬仞峯頭雪似沙, 落日蒼茫秋色裡, 靑天洗出玉蓮花.

≪走次富山韻≫　　　　　　　　　　　　　　　蘭皐

白玉芙蓉出海餘, 奇巒秋霽鋪銀沙, 壯遊有意求仙藥, 蹈盡絶巓弄
雪花. <small>右詩使玄洲書之呈示.</small>

≪謝木朝兩君≫　　　　　　　　　　　　　　　靑泉

"二公聯璧高堂, 光焰萬丈, 孰不驚駴哉. 所賜高和, 可謂海外謫仙,
殊域大王也. 深以欣羨, 將持去而示同志而已."

≪復≫　　　　　　　　　　　　　　　　　　　蘭皐

"芙蓉之題詠, 眞白雪絶調也. 下里之鄙和, 豈耐取. 唯一場玉粲之
具耳."

≪問≫　　　　　　　　　　　　　　　　　　　蘭皐

"已三吹欲歌陽關, 哽咽泣下, 因問鼓吹樂器, 有幾品耶."

≪答≫　　　　　　　　　　　　　　　　　　　靑泉

"鼓吹乃軍門所用, 使臣行威儀, 吹角擊鼓放炮平簫金鉦而已. 公樂
乃御輦前必用之樂, 觱篥嵆琴笙笛缶鼓, 所以奏於國書奉持之前."

三書記良醫等, 來各贈余以彩牋筆墨等, 菊溪稍以華語口談, 諸子
發行, 靑泉菊溪, 惜別彷徨, 余亦作離愁同一船之狀, 遂分袂了, 韓客
知與不知, 皆揖余去, 時朝輝入堂皇, 恍然如夢醒而已.

與朴再昌金圖南鄭昌周等, 相會, 或筆談或口語, 皆三韓俗事, 而多
以不關文雅故, 略不此載也.

此夜賓館, 絶喧囂且俗流, 懇寫字弗已, 徒令風流寄會, 作嚷鬧之

街, 可哀故, 欲問數仲, 遂不果, 信可恨之甚也.

『客館璀粲集』畢

봉도유주

蓬島遺珠

봉도유주(蓬島遺珠) 전편(前編)

오아리(吳下) 현주(玄洲) 아사(朝) 분엔(文淵)[1] 지음

기해년(己亥年) 가을 9월 16일 밤, 신유한(申維翰)·강백(姜栢)·장응두(張應斗)·백흥전을 오아리 번의 빈관에서 만나다.

아룀

현주(玄洲)

저의 성은 아사(朝)이며 이름은 분엔(文淵)이고, 자는 덕함(德涵)이며 별호는 현주(玄洲)입니다. 족하는 바다 같이 넓은 붓과 산처럼 우뚝한 학문으로 높으신 풍모가 두루 퍼져 있어서 우리나라 사람들이 오래도록 우러러 왔습니다. 이제 사신의 깃발이 이곳에 임하니, 안내가 필요

---

1 아사히나 분엔(朝比奈文淵) : ?~1734. 에도시대 중기의 유학자. 오규 소라이(荻生徂徠)에게 배움. 오와리(尾張) 나고야번(名古屋藩)에서 일하며, 향보(享保) 4년 동문인 기노시타 난고(木下蘭皐)와 함께 조선통신사와 필담하고, 글을 받았다. 난고(蘭皐)가 편찬한 〈객관최찬(客館璀粲)〉은 같은 날의 상황을 정리한 것. 향보 19년 1월 12일 사거(死去). 성(姓)은 따로 죠(晁), 자(字)는 함덕(涵德), 호는 현주(玄洲), 옥호(玉壺)임.

하여 특별히 숙소로 왔는데, 못난 시 한 편을 바쳐 전촉(電囑)을 갖추
고자 합니다. 청사(靑史)에 남게 해 주십시오.

청천(靑泉) 신(申) 공께 드림

현주

사성(使星)이 멀리 무창성(武昌城)[2]을 가리키고	使星遙指武昌城
삽상한 바람 크게 불어 만 리에 생기네	颯爾雄風萬里生
말을 높은 다락에 맨 맑은 경치의 땅	繫馬高樓淸景地
획획 비단 붓은 동영(東瀛)[3]에 빛나네	翩翩彩筆耀東瀛

답함

청천(靑泉)

저의 성은 신(申)이며 이름은 유한(維翰), 자는 주백(周伯)이고 호는
청천(靑泉)입니다. 관직은 지금 비서저작(秘書著作)인데 선발되어 왔습
니다. 뭍길 바닷길에 피로하고, 차고 습해 병을 얻었으며, 이제 막 옷

---

2 무창성(武昌城) : 무장성(武藏城) 곧 지금의 도쿄 지역을 가리키는 무사시(武藏)의 다
른 표현. 일본의 지명을 한시에 쓸 때 아취를 살리거나 운을 맞추기 유사한 중국의 지명으
로 바꾸어 씀. 오규 소라이와 그의 제자들이 흔히 사용함. 쓰사카 도요(津阪東陽), 『야항
시화(夜航詩話)』(1836) 참고.
3 동영(東瀛) : 중국에 대비해서는 우리나라를 가리키나 여기서는 상대적으로 우리나라
의 동쪽인 일본을 말함.

을 벗고 누웠는데, 도타운 보살핌을 받고 맑은 시를 주시니 감격하여 엎어질 지경입니다. 다만 대면하여 말씀을 나누는 예를 차릴 수 없으니, 깊이 스스로 형편없는 시와 졸렬한 화답시로 어찌 높은 안목을 번잡하게 하리오. 잠시 기다려 주십시오.

아사(朝) 겐슈(玄洲)가 주신 시에 답함

청천

가을 달이 에도 성에 가득할 때 서로 만나	相逢秋月滿江城
푸른 산 붓 아래에서 웃음이 피어나네	一笑靑山筆下生
이로부터 그대의 몸은 일찍이 우화(羽化)하여	自是君身曾羽化
손을 잡고 호영(壺瀛)⁴에 오를 수 있겠네	可能携手上壺瀛

다시 신 학사에게 수창함

현주

시편에는 누가 사선성(謝宣城)⁵을 대적하리오	詩篇誰敵謝宣城
비단 종이에 먹의 흔적에서 기이한 기운이 생겨나네	

---

4 호영(壺瀛) : 영호(瀛壺)를 운에 맞추기 위해 글자를 바꿈. 영주산(瀛洲山)을 영호라 함. 한편 봉호(蓬壺)는 봉래산(蓬萊山), 방장산(方丈山)은 방호(方壺)이며, 이 세 산이 삼신산(三神山)인데 바다에 있음.

5 사선성(謝宣城) : 사조(謝朓). 남제(南齊)의 시인으로, 일찍이 선성 태수(宣城太守)를 역임해 부르는 이름.

彩牋墨痕奇氣生

이로부터 동쪽 길 천 리에

從是東行一千里

날개로 바람을 이기며 중영(重瀛)을 끊겠네

凌風羽翼絶重瀛

아룀

현주

동도(東都)에 성이 오카지마(岡島)이며 이름이 아라타마(璞)이고, 자는 옥성(玉成) 또는 원지(援之)라 하는 이가 있는데, 저와는 막역한 사이입니다. 신묘(辛卯) 생이며, 귀국의 이동곽(李東郭)·정창주(鄭昌周) 등과 인사를 나눈 적이 있고, 자못 추장(推奬)을 입었습니다. 이제 사신의 일행이 동도(東都)에 이르면 그가 반드시 객청으로 올 것이니, 살피셔서 만나주신다면 어찌 그에게는 영광이며 저에게는 다행이 아니겠습니까. 유념해 주시기 바랍니다.

답함

청천

동도에 이르러 만약 원지가 오면 마땅히 족하의 말대로 먼저 만나 은근한 기쁨을 누리지요. 이동곽은 이미 구천(九泉)의 사람이 되었고, 정창주는 상판사(上判事)로 이제 막 여기 도착했지요.

청천은 약간 몸이 좋지 않다고 들었는데, 이후로는 물러나 서로 만나지 못하였고, 다음 날 아침 떠날 때에 사람을 시켜 몇 마디를 내게 전하였거니와, "아사 현주가 지난 밤 와서 나를 만났으나, 몸이 아파 조용히 말을 나누지 못하였네. 오늘 또 다시 보지 못 하고 떠나니, 무척 안타깝다"고 하였다.

다음 날 아침, 청천의 자리를 찾아 글을 썼다.

욕되이 전아한 사랑을 입고 영광스럽게 바라는 바 이상이었는데, 감사한 마음 다하지 못하니, 이제 작별하는 마당에 특별히 와서 몸은 어떠신지 여쭐 따름입니다. 공의 병은 조금 나아지셨는지, 아니면 계절이 더운 가을이라 변방의 바람에 쉬 상처 입을까 하니, 자중하시기 바랍니다.

답함

청천

그대가 찾아주셨으나 병으로 말을 나누지 못하고, 한 자리에서 반갑게 웃으니 과연 인연인가 봅니다. 밝기가 옥수(玉樹)와 같아 사람으로 하여금 잊지 못하게 합니다. 돌아갈 때, 다시금 받들어 적곡(駒谷)의 생각을 위로하겠습니다. 이제 난고(蘭皐)가 시 장편을 바라나 아직 화답하지 못했고, 또한 돌아오는 길에 삼가 전하리니, 나를 위해 이 뜻을 전해주면 다행이겠습니다.

다시 답함

현주

자주 두터운 사랑을 받아 감사한 마음 깊을 따름입니다. 행색(行色)을 갖추어 또한 영광스럽게 돌아오실 날을 기약하고, 난고 시의 화답은 돌아올 때에 주시겠다는 뜻을 곧 난고에게 전하겠습니다.

청천

가거나 머물거나 마음은 일반입니다.

현주

갈 길은 바빠 이별을 고하니, 영광스러운 행차가 다시 이곳을 지나거든, 반드시 와서 알려주십시오. 엎드려 유념해 주시길 빕니다.

아룀

청천

가을바람 이미 저물어 눈서리 치니, 끼니 거르지 않으며 자애하고, 이 행차가 오래지 않아 여기를 지날 것입니다.

앞과 같이 통성명(通姓名)하다.

답함

경목자

저의 성은 강(姜)이고 이름은 백(栢)이며, 자는 자청(子靑)이고 경목자(耕枚子)라 호합니다. 정사의 서기로 왔습니다.

답함

국계

저의 성은 장(張)이고 이름은 응두(應斗)이며, 자는 필문(弼文)이고 국계거사(菊溪居士)라 호합니다. 종사관의 서기로 왔습니다.

답함

서초

저의 성은 백(白)이고 이름은 흥전(興銓)이며, 자는 군평(君平)이고 서초(西樵)라 호합니다. 의원으로 왔습니다.

강(姜)·장(張) 두 시인에게 드림

현주

큰 일꾼이 명령을 받아 일본에 들어오니	大才御命入扶桑
사신 길 가을은 깊어 등자나무 귤나무도 노랗네	征路秋深橙橘黃
시를 읊으니 무지개가 푸른 바다에 가로걸리고	賦就彩虹橫碧海
숨었던 물고기가 뛰어 올라 남은 빛을 따르네	潛鱗躍出逐餘光

현주가 준 시를 따라

경목자(耕牧子)

남자의 숙원은 봉상(蓬桑)에 값하는 것	男兒宿願償蓬桑
오랜 시간의 일정에 늦은 국화가 노랗네	歲月長程晚菊黃
시인을 만나 붓통을 들고오니	邂逅詩人携筆囊
밝은 등불 밑에 맑은 이야기 나누며 앉아 있네	靑談坐守一燈光

현주가 준 시를 따라

국계(菊溪)

학종(學種)[6]하는 이와 성도(成都)에 팔백상(八百桑) 키운 이[7]	
	學種成都八百桑
책으로 베개를 하고 황제 헌원씨(軒轅氏)를 꿈꾸네	圖書胙枕夢軒黃
가을바람에 우연히 뗏목 탄 사신이 되어	秋風偶作乘槎客
그대의 문장은 만 길 빛임을 보네	睹子文章萬丈光

---

6 학종(學種) : 진(秦)나라 때 동릉후(東陵侯)를 지낸 소평(召平)이 진 나라가 망하자 가난한 평민이 되어 장안성(長安城) 동쪽에서 오이를 심었는데, 지난날의 부귀를 잊고 오이 가꾸기에 전념하여, 그 오이의 맛이 좋아 동릉과(東陵瓜)라고 불렀음. 그것을 배우겠다 함은 벼슬을 버리고 몸소 농사를 짓겠다는 뜻을 나타낸 것.

7 팔백상(八百桑) 키운 이 : 자기 스스로 생활할 수 있는 자산을 말한 것. 제갈량(諸葛亮)이 후주(後主)에게 말하면서, "신에게는 성도(成都)에 뽕나무 팔백 주와 밭 십오 경(頃)이 있어 자손들이 먹고 살기에는 넉넉합니다." 운운하였음.

강(姜)·장(張) 두 공이 맑은 화답시를 내려주시기 바라며
앞의 운을 써서 사례함

현주

이전부터 오래 가진 뜻 시상(柴桑)[8]을 그리워하였더니	從來夙志慕柴桑
세 갈래 길에서 한낱 읊노니 가을 잎 누렇네	三徑徒吟秋葉黃
이 밤 그대를 대해 수표(水杓)를 던지니	此夜對君投水杓
나를 맞아 검은 구슬이 푸른빛을 띠네	酬吾玄璧發靑光

내가 쓴 팔분초서(八分艸書) 각 한 첩(帖)을 두 서기와 서초(西樵)에게 보이고, 발어(跋語)를 청했다.

아룀

서초

종이 끝의 감색이 높푸러 이미 그 골수(骨髓)를 얻었습니다. 이 첩(帖)은 나를 위해 던져주신 것 아닙니까.

답함

현주

지나친 칭찬을 받으니 감당하기 어렵습니다. 이 첩과 같다면 느끼신 바를 한 말씀 내려 주시고, 졸필이라면 따로 한 책을 써서 드리도

---

8 시상(柴桑) : 도연명(陶淵明)이 살던 곳.

록 하겠습니다.

때로 경목자(耕牧子)·서초(西樵)가 매 첩에 몇 마디씩 써서 내게 주었다.

초서첩 (艸書帖)

기해년(己亥年), 내가 대필(載筆)의 역할을 맡아 동국에 들어가 오와리 주(尾張州)에 머물며, 아사(朝) 현주(玄洲)의 글씨를 보았는데, 대개 필법이 조자앙(趙子昂)과 똑같아, 기이하고 장쾌하며 깔끔하여 과연 범묵(凡墨)이 아니었다. 아, 현주가 글씨에 첩을 만들어내는 공력이 깊고도 신중했다. 어떤 것은 마음에서 얻어 신화(神化)한 것이 아닌지. 옛사람이 검무(劍舞)를 보고, 교구꾼이 공주(公主)와 길을 다투는 모습에 미쳐, 붓끝으로 신화 백출(神化百出)할 수 있으리니, 현주는 과연 이 한 가지 일이 있으면 다음 날 앞으로 나가리니, 다만 자앙과 같을 뿐만이 아니다. 현주의 철문(鐵門)은 몇 사람이나 도파(蹈破)를 입을 지 알 수 없다. 현주는 부지런 하라. 내 평생은 참으로 졸렬해서, 누구는 잘 쓰고 누구는 못쓴다는 둥, 감히 남의 글씨를 논하지 못하나, 청하는 까닭에 얼굴을 들어 책 끝에 쓰고 돌아간다. 해는 기해년, 조선국 진사 강백자(姜栢子) 청발(靑跋).

팔분첩(八分帖)

팔분(八分)[9]은 예스럽다. 오늘날 사람은 설명하는 이가 적으니, 하물
며 그 예스러움에 가까이 가기를 바라랴. 내가 기해년 초가을에 사절
을 따라 오와리 주에 이르렀다. 팔분 한 첩을 가지고 내게 보여주는
이가 있었는데, 그 모양을 보니 빼어나고 그 문장을 보니 드넓었다.
이 첩은 곧 그 수묵(手墨)인데, 내가 중히 여기고 물었더니, 아사(朝)는
그 성이고, 현주(玄洲)는 그 호였다. 내가 이어 현주를 일러, "팔분법은
고아하여 급하지도 느리지도 않으며, 예로부터 쓰는 것이 어려운데,
이제 그대가 그 법을 완전히 익히셨으니, 어찌 크게 기뻐할 일이 아니
겠습니까. 노두(老杜)가 이른바 한 글자가 천금에 해당한다 했으니, 진
실로 헛말이 아닙니다. 자앙(子昻)보다 더 신화(神化)에 들어가기 바랍
니다."라고 말하자, 현주는 그 말을 써주기 청했다. 그래서 졸필로 그
첩의 끝에 써주고 돌아오니, 속초(續貂)[10]라 할 수 있겠다. 동화(東華)
서초(西樵) 백군평(白君平) 쓰다.

---

9 팔분(八分) : 예서(隸書) 이분(二分)과 전서(篆書) 팔분(八分)을 섞어서 만든 한자(漢
  字)의 서체(書體). 한(漢)나라 채옹(蔡邕)이 처음 만들었다고 함.
10 속초(續貂) : 구미속초(狗尾續貂). 진(晉)나라 조왕륜(趙王倫)의 일당이 고관(高官)이
  되자 그의 종까지 관위(官位)에 올라, 관(冠)을 장식하는 담비 꼬리가 부족하여 개꼬리로
  장식하였다는 고사. 자격 없는 벼슬아치라는 뜻의 겸사.

아룀 사람들을 위해 사자(寫字)를 바라며

현주

종이 몇 장을 드려 환아수(換鵝手)[11]를 번거롭게 합니다.

답함

국계

내 글씨는 심히 졸렬하고, 고명(高明)께서는 이미 스스로 가지고 있으시지요. 황정(黃庭)을 베끼기 어려운데, 누가 스스로 거위를 가지고 그것을 바꾸려 하리오.

다시 답함

현주

거듭 높은 칭찬을 입으니 감당하지 못하겠습니다. 겸손히 사양하지 마시고 속히 글씨를 써 주십시오.

국계는 곧 몇 장을 써서 내게 주었다.

---

11 환아수(換鵝手) : 진(晉)나라 때 명필 왕희지(王羲之)가 거위를 매우 좋아하여, 도사 (道士)의 집에 거위가 있음을 보고는 그것을 갖고 싶어 하자, 그 도사가 "『도덕경(道德 經)』을 써 주면 거위를 주겠노라."고 하니, 왕희지가 마침내 『도덕경』을 써 주고 그 거위 를 가져갔다는 고사에서 온 말.

국계

저라면 공졸(工拙)을 따지지 않고 써서 드립니다. 고명께선 글씨를 잘 쓰시는데, 어찌 한 글자를 써서 내게 주지 않으십니까.

답함

현주

헛된 영예를 많이 입었으나 참으로 부끄럽습니다. 영행(榮行)이 다시 이곳을 지나시면 반드시 써서 드리지요.

다시 답함

국계

이미 글씨를 써서 보여주셨으니 무척 감사합니다.

아룀[12]

저 또한 한 폭을 얻고 싶은데, 허락해 주지 않으시려는지요.

---

12 『상한창화훈지집』권2에는 경목자(耕牧子)가 한 말로 되어 있음.

답함
현주

삼가 받들겠습니다.

다시 답함
경목자(耕牧子)

정말 다행입니다.

아룀
현주

귀국에서는 서예법(書藝法)[13]으로 누구를 배웁니까? 또한 명나라 말의 서재(書才)로는 누구를 칩니까?

답함
국계

우리나라의 선비는 다만 진법(晉法)을 배우기 때문에 나머지는 모릅니다.

---

13 서예법(書藝法) : 원문의 '臨池之法因'을 이렇게 번역함.

아룀

현주

진(晉)으로 이왕 족하다면 어떤 사람입니까?

답함

국계

진당(晉唐) 이후로는 조송설(趙松雪)[14] 한 사람을 취하는 데 지나지
않을 따름입니다.

또

현주

미해악(米海嶽)[15]의 서법은 어찌 취하지 않습니까?

또 답함

국계

미불의 서법은 비록 묘절(妙絶)하나, 이미 송설이 있으므로 취하지

---

14 조송설(趙松雪) : 원(元)나라의 저명한 화가인 조맹부(趙孟頫)로, 그의 호가 송설도인
   (松雪道人)임.
15 미해악(米海嶽) : 미불(米芾). 해악은 호, 원장(元章)은 자임.

않습니다.

아룀
현주

귀국에 글씨를 잘 쓰는 선비가 몇이나 됩니까.

답함
국계

윤순(尹淳)·조윤덕(曹潤德)이 그들입니다.

아룀
현주

귀국에 선(仙)을 배워 하늘에 오른 이가 있습니까?

답함
경목자

　신라 시대에 4선이 있었는데, 안상(安詳)·영랑(永郎)·술랑(述郎)·남석행(南石行)의 무리입니다. 또 최고운(崔孤雲)이 신선이 되어 올랐다고 전하는데, 다 믿을 수 있겠습니까.

아룀

현주

귀국에서 책을 읽을 때 음(音)과 평상의 말 사이가 어떻게 다릅니까?

답함

경목자

우리나라 평상어는 각기 습속에 따라 육경(六經)과 같지 않으므로, 우리나라의 언문(諺文)을 가지고 그 뜻을 풀어 아이들을 가르치지요. 그러나 우리나라 풍속의 책 읽는 법은 음석(音釋)과 토음(吐音)이 있으므로, 정경(正經)의 해석은 평상어를 따릅니다. 토음 또한 평상어일 뿐입니다.

아룀

현주

귀국에서 시를 배우는 가르침은 어떠합니까.

답함

경목자

시를 배운다면 당시(唐詩)를 높입니다. 충분히 배운 다음 송나라의 독재(篤齋)·방옹(放翁)·소(蘇)·황(黃)의 무리를 가지고 느긋이 읊어 그 질자(質子)를 얻습니다.

또 답함

현주

시학(詩學)은 오직 성당(盛唐)에 있고, 중만(中晩)은 감히 취하지 않습니다. 하물며 송조(宋朝)이겠습니까. 소(蘇)·황(黃) 같으면 특별히 외도(外道)라 생각하나, 고명(高明)은 어떻습니까?

또 답함

경목자

우리는 힘을 다하지 못하여 다만 섭렵했을 따름이요 자세히는 모릅니다.

아룀

경목자

공은 한음(漢音)을 해독하실 수 있으니, 어떻게 배우셨나요?

답함

현주

도쿄(東京)에 소라이(徂徠)라 부르는 물무경(物茂卿)이란 분이 있는데, 내가 스승으로 모신지 여러 해입니다. 비록 그러나 경술(經術)과 문장(文章)은 일찍이 그 계제(階梯)를 꿰뚫지 못했습니다. 화음(華音) 또한 대략 한두 글자 쓸 뿐입니다. 무척 송구스럽습니다.

아룀

현주

공 등은 중국 땅에 들어가 보았습니까?

답함

경목자

우리나라의 아름다운 자연 경관과 예악 문물의 번성함이 중국에 뒤지지 않는데, 반드시 멀리 중국 땅에 들어가야 합니까?

아룀

경목자

서책 가운데 『한서평림(漢書評林)』, 『좌전평림(左傳評林)』은 저를 위해 값을 물어 두고, 돌아갈 때 가지고 가면 다행이겠습니다. 옛사람의 화물(畵物) 또한 사서 가고 싶습니다.

답함

현주

삼가 명을 받들겠습니다.

아룀

국계

그대의 집에 소장한 좋은 서첩(書帖)은 어떤 것입니까?

답함

현주

우리나라에 글을 배우는 집안이 적지 않습니다. 비록 그러나 오직 한 종류의 모양만 있어, 내가 마음으로 매우 싫어하는 까닭에, 진(秦) 이후의 비첩(碑帖)은 스스로 취사선택해서 베낍니다. 지난 날 명나라의 왕이길(王履吉)[16] 축희철(祝希哲)[17] 등의 진적(眞蹟)을 얻어, 감상하고 있습니다.

아룀

현주

공 등은 천 리 먼 길의 역참(驛站)을 거쳐 왔으니, 매우 수척해지신 것을 알 만합니다. 내가 오랫동안 빛나는 모습을 접했으니, 싫어하실까 염려됩니다. 물러나려 합니다.

---

16 왕이길(王履吉) : 이길은 왕총(王寵)의 자. 손으로 경서(經書)를 모두 두 번이나 베껴 썼다고 함.
17 축희철(祝希哲) : 미상.

답함

국계

공과 더불어 문답하니 비록 여러 날 오래여도 조금이나 싫은 뜻이 없습니다. 다만 천 리 행역(行役)에 마음과 몸이 수척해져서 응대하기 어려우니, 이것이 안타깝습니다.

아룀

현주

편히 주무십시오. 내일 아침 특별히 와서 작별하겠습니다.

답함

경목자

나는 자려하니 경도 이제 가십시오. 옛사람이 이른바 앞날에 만날 기약 알아도 이 밤중에 헤어지기 어렵다 하였습니다. 내일 아침 와서 뵙지요.

봉도유주 전편 끝

봉도유주(蓬島遺珠) 후편(後編)

오아리(吳下) 현주(玄洲) 아사(朝) 분엔(文淵) 지음

10월 25일, 돌아오는 길에 다시 오와리 번의 성광원(性光院)에 묵어, 그날 밤 또 조선의 손님을 만났다.

아룀

현주(玄洲)

성례(盛禮)를 마치고 드디어 일행이 다시 이곳에 머물러, 아름다운 모습을 접하니 얼마나 기쁜지요. 소시(小詩) 한 수를 여러분에게 드려 친구를 마음을 펼쳐 보입니다.

헤어지는 청천(靑泉) 신(申) 공에게 드림

현주

사신의 말은 소슬히 삭풍에 우는데	征馬蕭蕭嘶朔風
등 앞에서 헤어지는 슬픔 떠나는 이나 머무는 이나 같네	燈前別恨去留同

거문고 울리는 경관(璃館) 정은 두루 합하고　　　鳴琴璃館情遍合
술을 잡는 화연(華筵) 흥은 다시 녹아드네　　　把酒華筵興更融
여섯 깃털[1] 훨훨 날아 푸른 바다를 넘어서고　　　六翮飄颻凌碧海
삼신산은 아득하여 맑은 하늘에 희미하네　　　三山縹緲薄清穹
그대를 보낸 천 리 길 서로 생각하는 마음 절실한데　　　送君千里相思切
멀리 하늘 서쪽을 바라보니 저녁 해가 붉구나　　　遙望天西夕日紅

하나. 청천 아룀 여기 이르러 그대를 뵈니 기쁨이 어찌 그치리오. 제가 동도(東都)에 있던 날, 그대에게 보내려 지은 작품이 오카지마(岡島) 공을 통해 전송하려 했는데, 이루지 못했습니다. 이제 비로소 가지고 와서 드립니다.

아사 현주에게 부쳐 드림

청천

기억하는가 황화주 잡았던 일　　　憶把黃花酒
흔쾌히 옥수의 자태를 보았네　　　欣看玉樹姿
별자리는 쌍검의 갑이고　　　星辰雙劍匣
산수는 칠현의 실이네　　　山水七絃絲
헤어진 다음 구름은 바다에 이어지고　　　別後雲連海
시 읊던 해변은 달이 휘장에 걸렸네　　　吟邊月掛帷

---

1 여섯 깃털 : 공중에 높이 나는 새는 여섯 개의 강한 깃털을 지니고 있다 함.

새로 오카지마라는 이를 아니　　　　　　　　　　新知岡嶋子
한번 웃으며 그대의 시를 말하네　　　　　　　　　一笑話君詩

　기해년 9월, 내가 오와리 번의 나고야에 나그네로 지나다 현주 군과
만나 외론 등불을 밝히며 술을 마시고 말을 나눴다. 나는 그때 병이
나 손님의 예를 차리지 못하였으나, 단번에 눈에 띠여 현포(玄圃)[2]의
보배임을 알았다. 또 양아곡(陽阿曲)으로 가장하나 백설곡(白雪曲)으로
응답하고, 자리가 따뜻해지기 전에 문득 파하여 이별의 시간이 오니,
가을빛에 다만 지붕에 비추는 남은 달빛만 볼 뿐이었다. 그대는 벌써
나를 위해 오카지마(岡嶋)라는 어진 이를 말해 주었고, 동도에 이른 지
몇 일만에 괴연 그 사람을 만나보니, 그 사람은 스스로 기인이라, 그
와 더불어 녹명(鹿鳴)의 자리에서 노래하고 마시는데, 일컫는 바 축의
(祝意) 중의 사람은 또한 현주 군에 있었다. 내가 지난날의 눈을 더욱
믿어, 드디어 오카지마의 시를 따라 부르기를,

훌륭한 노래 백설곡은 모두 따라 하기 어려우니　　高歌白雪和皆難
아름다운 집에서 술잔 나누며 한번 웃어 보네　　　盃酒華堂一笑觀
현주의 뜻 다소 알아　　　　　　　　　　　　　　認得玄洲多少意
역루(驛樓)의 밝은 달 아래 장안을 꿈꾸네　　　　驛樓明月夢長安

라 하였다. 더불어 편지[魚雁]를 붙이고 농두(隴頭)의 매화(梅花)[3]를 지

---

2 현포(玄圃) : 신선이 사는 곳으로 곤륜산(崑崙山) 꼭대기에 있다 함.

으니, 그대는 완연히 내 얼굴을 기억하라.

답함

현주

훌륭한 시를 받들어 거듭 맑은 가르침을 받습니다. 또 동도(東都)의
여관에서 오카지마(岡島) 원지(援之)를 만나 이에 □□청(靑)을 주고,
이야기를 나누던 나머지 내 일에 이르러 도타운 정을 펼치니, 마음과
몸에 스며들어 감사함을 어찌 다 하리오. 도타운 시에 따라 화답하고
자 할 뿐입니다.

청천 신 공이 보내주신 시에 따라

현주

먼 사신 길 강과 바다를 지나	遠役經江海
늠름하신 모습 소나무와 잣나무 같네	凜然松柏姿
기쁘게 만나 자주 술자리를 가지니	懽逢頻酌酒
이별을 안타까워하기는 실처럼 얼크러졌네	恨別思如絲

---

3 농두(隴頭)의 매화(梅花) : 남조(南朝) 송(宋)의 육개(陸凱)가 강남에 있을 때 교분이
두터웠던 범엽(范曄)에게 매화 한 가지를 부치면서, "매화를 꺾다 역사를 만났기에, 농두
사는 그대에게 부치오. 강남에는 아무 것도 없어, 애오라지 한 가지 봄을 보낸다오.[折梅
逢驛使 寄與隴頭人 江南無所有 聊贈一枝春]"라는 시를 함께 부친 일이 있음.

서유(徐孺)의 탑(榻)⁴에서 설명하고	爲說徐孺榻
오로지 동자(董子)의 장막⁵을 드리웠네	聊垂董子帷
그대가 오카지마의 말을 베껴서 전하니	君傳岡寫語
깊이 한 편의 시를 감상하네	深感一篇詩

아사 현주에 화답하여 드림

청천

그대가 쓴 글씨 아래를 보니 긴 바람이 일고	看君筆下起長風
승상에게 맞으니 저절로 같이 돌아오네	丞相中卽廻自同
10월의 강산은 차가우나 더욱 좋고	十月江山寒更好
외로운 등불 밑 시와 술에 흥은 솟구치네	孤燈詩酒興方融
신령스런 붕새가 물을 치며 남해로 날아가고	神鵬擊水移南海
한가로운 학은 구름을 따라 아득히 높은 하늘로 올라가네	
	逸鶴連雲渺上穹
기쁨을 함께 하니 순치(脣齒)와 같은 나라이고	猶喜並生脣齒國
내 머리 희지 않고 그대 얼굴 붉네	吾頭未白子顏紅

---

4 서유(徐孺)의 탑(榻) : 한(漢)나라 진번(陳蕃)이란 사람이 예장(豫章)태수로 가서 그 지방의 명사인 서유(徐孺)라는 사람을 잘 대접하여 서유에게만 앉게 하는 걸상이 있었음. 그래서 서유가 돌아가면 그 걸상은 높은 곳에 달아매었다 함.

5 동자(董子)의 장막 : 서한(西漢)의 학자 동중서(董仲舒)가 장막을 드리운 채 강론을 하였으므로 제자들 중에서도 그 얼굴을 한 번도 보지 못한 자가 있었으며, 독서에 심취한 나머지 3년 동안 집의 뜨락을 내다보지도 않았다는 고사가 전함.

아룀

현주

귀국의 이름난 산에서 오래된 돌 비석이 나온 적 있습니까. 만약 얻었다면 비문을 탁본하는 법을 상세히 가르쳐 주십시오.

답함

청천

옛 비문을 찍어낼 때에는 먼저 좋은 술로 씻고 종이로 그 위를 발라서 조금 젖게 한 다음, 솜 같은 것으로 자획의 깊은 곳을 살살 문질러 깊은 곳의 자획을 더 움푹 들어가게 하고는 바로 높은 곳에 먹을 바르면 자연스레 글자를 이룹니다.

아룀

현주

귀국의 사군자(士君子)의 관복(冠服)은 중국을 모방한 지 오래되었습니다. 그렇다면 부인의 차림새는 명나라의 제도에 따른 것입니까, 달풍(韃風)을 모방한 것입니까?

답함

청천

청(淸)의 제도라면 우리나라에서 한 번도 시행되지 않았습니다. 다만 우리나라의 일들은 중화를 본받은 것인데, 부녀자의 차림새는 명도 청도 아닌 신라 때부터의 오랜 관습이지요. 사람이 모두 그 까닭을 알아서 또한 갑자기 변하기 어렵고, 이 때문에 궁궐의 궁녀 및 서울의 귀족 집에서라면 나라의 습속을 많이 쓰지 않습니다. 미녀의 모습으로 꾸밉니다.

아룀

현주

귀국의 어린 아이의 머리카락은 어느 시대의 풍조에 의거하였습니까.

답함

청천

관례를 치르기 전에는 저 아이의 머리카락과 같은데, 이 제도가 어느 시대에 근거하였는지는 들어보지 못하였습니다. 아마 나라 안의 오래된 습속이겠지요.

아룀

현주

그대 나라의 종이는 어떤 재료로 만듭니까?

답함

청천

닥나무로 만듭니다.

또 물음

현주

『본초(本艸)』에 이른바 닥나무입니까.

답함

청천

그렇습니다.

또

현주

중국의 모변지(毛邊紙)는 닥나무로 만드는데, 모변지와 그대 나라의 종이는 같지 않은가요?

또 답함

청천

같지 않으나 비슷하기는 합니다.

아룀

현주

귀국의 금조(琴調)는 중국과 같은가요, 다른가요?

답함

청천

조(調)는 차이가 나나 만드는 방법은 같습니다.

아룀

현주

손님을 대할 즈음에 여의(如意)[6]를 잡는다든지, 주미(麈尾)[7] 흔드는 등의 일을 하는가요?

답함

청천

여의나 주미라면 쓰기도 하고 쓰지 않기도 합니다.

---

6 여의(如意) : 불가에서 사용하는 도구의 일종.
7 주미(麈尾) : 진(晉)나라 왕연(王衍)이 옥 손잡이[玉柄]에 고라니 꼬리털[麈尾]을 매단 불자(拂子)를 항상 손에 들고서 청담을 펼쳤다는 고사가 있음.

아룀

현주

귀국의 생황(笙簧)은 중국과 같은가요, 다른가요? 어떻습니까.

답함

청천

우리나라의 생황은 중국과 매우 닮았고 소리는 매우 맑습니다.

아룀

청천

우리나라의 먹 가운데 훌륭한 것은 해주(海州)에서 나는데, 구해묵(口海墨)이라 이름 붙인 바로 이것이지요. 그대에게 바쳐 (그대가) 왕우군(王右軍)처럼 붓글씨 쓰는 데에 돕고자 하니 교우의 선물일 뿐입니다.

답함

현주

욕되이 문방구 가운데 오래도록 진귀한 것을 내려, 어루만지며 훗날 얼굴을 대하는 듯 여기겠습니다. 매우 고맙습니다.

또 답함

청천

미미한 물건인데 무슨 감사를요. 도리어 부끄러울 뿐입니다.

아룀

현주

그대 나라의 오미자(五味子)는 중국산과 매우 비슷한데, 그 잎과 줄기 등은 같고 다름이 어떻습니까?

답함

청천

중국의 잎과 줄기를 보지 못하였으나, 다만 사람들이 모두 같다고 말하는 것을 들었습니다.

아룀

청천

말이 천고의 시문(詩文)에 이르니 슬픔을 이기지 못합니다. 어찌 그대와 함께 하리오. 이곳에 열흘을 머물며, 언어가 통하여 이 뜻을 폅니다.

답함

현주

저력(樗櫟)[8]을 버리지 않으시니, 시단의 뛰어난 솜씨꾼이라 할 만합니다. 밤을 새워 들은 맑은 가르침에 감격스러운 마음 어찌 그치리오. 다만 내일 아침이면 이별하여야 하니 안타깝고, 가득한 마음은 만의 하나라도 다하지 못했습니다. 이것이 무척 서글플 뿐입니다.

아룀

현주

오늘 밤 인사드리고, 다시 용문(龍門)의 영광을 다하고자 합니다. 바라건대 □청(□靑)께서는 제가 드리는 무잡한 시에 화답시를 내려주시기 바랍니다.

헤어지는 경목(耕牧) 강(姜) 공에게 부침

현주

조선의 손님을 만나	邂逅箕域客
절의 다락 앞에서 인사를 나누었네	傾蓋寺樓前
고운 빛깔 지팡이는 붉은 다락에 빛나고	彩杖輝朱閣

---

8 저력(樗櫟) : 상수리나무[櫟]와 가죽나무[樗]는 『장자(莊子)』의 인간세(人間世)와 소요유(逍遙遊)에서 대표적인 산목(散木)으로 등장하는 나무 이름.

비단 주머니는 비단 같은 자리에 비추네	錦囊映綺筵
찬 서리 장안(長安)의 새벽	霜寒秦樹曉
구름은 모여 파릉(巴陵)의 하늘	靄簇巴陵天
헤어진 다음 밝은 달을 보며	別後望明月
서로 그리워하는 동안 몇 차례나 둥글어질까	相思幾度圓

답함

경목자

도타운 정으로 찾아주시니 크게 위로가 되고 기쁩니다. 지난 번 무
성(武城 : 에도)에 있을 때, 하루는 오카(岡) 원지(援之)[9]를 만나 말이 그
대에게 마치자 서로 기뻐 흡족해 하니, 평소에 알고 지낸 사이 같았습
니다. 이에 이르러 생각하니 황홀함이 꿈만 같아, 슬프기만 합니다.
주신 바 아름다운 시는 화답하여야 마땅하나, 다만 연일 말을 달려 피
곤하기가 죽을 지경이요, 이곳이 매우 소란하여 조용히 시를 지을 정
신이 없으니, 이루지 못하면 나중에 모리 호슈(森芳洲)[10]에게 부치려
하니, 어떻겠습니까?

---

9 오카(岡) 원지(援之) : 앞서 나온 오카지마(岡島) 원지(援之)임.
10 모리 호슈(森芳洲) : 아메노모리 호슈(雨森芳洲)임.

다시 답함

현주

삼가 동도(東都)의 객청에서 만난 일을 들었거니와, 매양 제 이야기에 미쳐 도타운 사랑이 감사할 여지가 없습니다. 고매한 화답시는 너무 심려하지 마십시오.

아사 현주에게 드림

경목자

내가 사절단을 따라 일본에 들어와 험한 산과 바다를 지나며, 자주 그 나라의 문장 하는 선비와 고금을 담론하고, 거의 한 나라의 뛰어난 인재를 모두 보았다고 생각하는데, 뜻밖에 또 오와리 주에서 한 수재를 만났으니, 아사 현주가 그이다. 현주는 사람됨에 매우 말라서 옷의 무게도 이기지 못할 듯하나 글씨를 무척 잘 쓰니, 이왕(二王)[11]과 안류(顔柳)[12]의 근골(筋骨)과 육간(肉簳)에 체득하지 않은 바 없어, 한 획이라도 방심하지 않고 울연히 하나의 법을 이루어 참으로 기이했다. 또 아름다운 시를 아끼고 더욱 한문에 뛰어나, 한 사람이 어려운 세 가지를 하니, 진실로 통재(通才)였다. 내가 그와 하룻밤 이야기를 나누고, 새벽이 되어서야 파하였는데, 아쉬워 차마 헤어지지 못하고, 돌아오는 때에 다시 만나기로 기약하였다. 에도에 들어가 현주가 친구 원지(援

---

11 이왕(二王) : 왕희지(王羲之)와 그의 아들 왕헌지(王獻之)를 합칭한 말.
12 안류(顔柳) : 안진경(顔眞卿)과 유공권(柳公權)을 합칭한 말.

之)를 만났는데, 마치 현주를 본 듯이 매번 현주를 말할 때마다 일찍이 감격하지 않음이 없었으니, 얼마나 다행인가. 왕사(王事)를 마치고 돌아오는 길에 이미 지나온 길을 되밟아 오와리 주에 묵으니, 먼저 현주가 무고한 지 묻고 만나게 되자, 위로의 말을 쏟아내며 말로 다 할 수 없었는데, 현주가 또 시 한 편을 내게 주고 또 붓과 먹을 선물로 주니, 도타운 뜻을 어찌 잊을 수 있겠는가. 드디어 본디 시를 따라 화답하여 돌려보내니, 현주는 다음날 상자 속의 천 개 달의 면목(面目)을 삼으시라. 삼가 서한다.

서로 만나 거듭 웃으며 인사 나누니	相逢重一笑
시의 뼈는 이전처럼 완연하네	詩骨宛如前
이 밤은 마땅히 길게 이야기 나누고	此夜宣長語
내일 아침은 다시 이별의 잔치	明朝更別筵
외로운 구름 큰 산으로 돌아가고	孤雲歸大壑
홀로 된 기러기는 먼 하늘에서 울리	獨雁叫長天
맥맥이 혼을 녹이는 곳	脈脈銷魂處
등불 남아 새벽달이 둥싯하네	燈殘曉月圓

아룀

현주

삼가 고매한 화답시를 받고 총애함이 화곤(華袞)[13]을 넘고, 아름다운

---

13 화곤(華袞) : 옛날 왕공(王公) 귀족(貴族)이 입던 화려한 의복.

느낌이 모여 들어오니, 마음속에 새겨 어느 날에 잊으리오. 또 서문 가운데 이왕(二王)의 풍모라 하시니, 심히 감당하지 못하겠습니다. 마음속 깊이 부끄럽습니다.

답함
경목자

지나친 겸손이 지극하군요. 저의 글은 발물(發物)의 만의 하나나 될까 싶을 따름입니다.

아룀
경목자

이 종이는 도화색(桃花色)의 대간(台簡)인데, 그대를 위해 애오라지 문방용으로 갖추었습니다.

답함
현주

주신 종이의 품질이 매우 높습니다. 여러 호사가에게 보이고 싶군요. 감사하는 마음이 어찌 다하겠습니까.

또 답함

경목자

길손의 주머니가 다 떨어져 매우 소략하니 어찌 감사 받으리오. 부끄러울 뿐입니다.

아룀

현주

이 종이는 귀국의 비단종이라 부르는 그것입니까.

답함 등불을 비춰 하루가 지났다

경목자

이것은 비단종이는 아닙니다.

아룀

소헌(嘯軒)

지난 번 동관(東關)에 갔던 날 신우(薪憂)가 있어 시단에 참여하지 못해 매우 안타까웠습니다. 이제 다행히 만나보러 지극한 정성으로 기원했습니다. 저의 성은 성(成)이고 이름은 몽량(夢良)이며, 자는 여필(汝弼)이고 호는 장소헌(長嘯軒)입니다. 성균관 진사인데, 부사(副使)의 기실(記窒)로 왔습니다.

아룀

현주

오래도록 성명(盛名)을 우러렀는데, 이제 처음 아름다운 모습을 접하였습니다. 옥산(玉山)을 대한 듯하니, 지극한 기쁨을 이기지 못하겠습니다.

장소헌(長嘯軒) 성(成) 공께 드림

현주

서리 무릅쓴 국화송이가 기이한 향기를 뿜는데	傲霜百菊吐奇芳
난새와 학이 높이 나는 봉래 섬의 구름	鸞鶴扶搖蓬島雲
헤어진 다음 다락 머리에서 옥적을 부노라면	別後樓頭吹玉笛
하늘 끝 달그림자에 날마다 그대 생각	天涯月暗日思君

또

현주

신선 손님 거문고를 타니 이별의 정이 울리고	仙客彈琴動別情
맑은 시는 도리어 애끊는 소리	清吟還作斷腸聲
마땅히 이 모임은 진실로 부평 같음을 아니	應知此會眞萍水
다시 촛불 심지를 잘라 웃으며 이야기 나누네	更剪燭花笑語傾

아사 현주의 도타운 시에 급히 화답함

소헌(嘯軒)

골짜기 난 꽃은 그윽이 향기를 내뿜는데 　　谷口崇蘭暗吐芳
붓 끝에 지은 시는 구름을 넘어서네 　　　　筆端詞賦欲凌雲
에도에서 일찍이 원지(援之)를 만났거니와 　　武城曾會與援之
천하의 영재라 그대를 얻어 기뻐하네 　　　　天下英才喜得君

또

소헌

하룻밤 만남이 만고의 정 　　　　　　　　　一夜相逢萬古情
높은 산 흐르는 물 칠현금(七絃琴) 소리 　　高山流水七絃聲
내일 아침 총총한 이별 감당할 수 있으려니 　可堪明曉匆匆別
다만 이전부터 인사 나누지 못했음만 안타깝네 只恨從前蓋未傾

따로 국계(菊溪) 장(張) 공에게 드림

현주

외로운 여관 푸른 등불 꺼지려 할 때 　　　　孤館青燈欲滅時
헤어지는 정에 자주 두 마음을 알아 달라 재촉하니 別情頻促兩心知
신선 같은 손님은 이제 가면 난바다에 떠서 　仙客此去浮瀛海
구름 이내 팔채(八彩)의 눈썹[14]이 서로 섞이네 雲靄交攢八彩眉

---

14 팔채의 눈썹 : 당요(唐堯)의 눈썹에 여덟 가지 색채가 있었다는 데서 나온 것으로, 제왕

급히 아사 현주가 준 시를 따라

국계

달 돋고 닭 울어 떠나는 시간	月出鷄鳴去住時
묵묵히 이별하는 생각 뉘 알 이 있으리	黯然離思有誰知
뜬세상 모이고 흩어지고 본디 정한 바 없으니	浮生聚散元無定
장정(長亭)을 향해 함부로 눈썹 찌푸리지 마시게	莫向長亭浪皺眉

서초(西樵) 백(白) 공에게 드림

현주

신선 같은 재주꾼이 새로 명령을 받아	仙才新被命
바다 밖 멀리 사신을 따라왔네	海外遠從官
벌써 좋은 풍광을 아끼니	已愛風光好
행로가 어려운들 어찌 슬프랴	何愁行路難
야인(野人)은 검패(劍佩)[15]를 맞고	野人迎劍佩
풍속이 다르니 우리 의관을 놀라네	殊俗駭衣冠
이 밤에 뜬 봉래 섬의 달	此夜蓬瀛月
소슬히 찬 눈을 비추네	淒涼映雪寒

의 얼굴을 찬미하는 말.

15 검패(劍珮) : 칼과 패옥(珮玉)을 찬 조신(朝臣)을 가리킨 말.

아사 현주가 보여주신 시를 따라 이별의 마음을 담다

서초

원습(原濕)에 말 달리는 땅	原濕驅馳地
삼한의 한 작은 관리이네	三韓一小官
고래 같은 파도에 험한 길을 끊으나	鯨波休道險
왕명으로 받은 일은 감히 어렵다 사양 못하네	王事敢辭難
만나서 그대의 소매를 잡으니	邂逅摻君袂
초라한 내 의관을 부끄러워 하네	空疎愧我冠
이별하는 시간 다소간 내 뜻을 보이니	臨別多少意
보도(寶刀)의 차가움을 취하소서	看取寶刀寒

아룀

현주

전에 약속한 졸필은 각 한 첩씩 마련하여 삼가 드립니다. 명하신 바를 사양하기 어려워 마침내 도아(塗鴉)[16]하였으나, 남궁(南宮) 위국(魏國)에 웃음거리가 될 것입니다.

---

16 도아(塗鴉) : 글씨가 유치한 것을 이르는 말로 흔히 겸사(謙辭)로 쓰임. 당(唐)나라 노동(盧仝)의 시 시첨정(示添丁)에 "갑자기 서안(書案) 위에 먹물을 끄적이면 시서(詩書)를 지우고 고친 것이 마치 늙은 까마귀 같네.[忽來案上飜墨汁 塗抹詩書如老鴉]"라는 구절에서 비롯된 말.

답함

경목(耕牧) 국계(菊溪)

보첩(寶帖)을 주신 은혜에 영광스러움이 삼명(三命)[17]을 넘어서고, 기쁨이 백붕(百朋)[18]을 넘치니, 매우 고맙습니다. 칼 아래 현항(玄杭)[19]은 공이 말을 풀어 참을 얻었습니다. 매우 부럽습니다.

호북첩(湖北帖) 발(跋)

내가 해 뜨는 남쪽 나라에서 아사 현주(朝玄洲)의 시를 얻어 보고 이를 기이하게 여겨, 벌써 서로 더불어 화답하여 노래하니, 하늘하늘 아름답도다. 그리고 그 상자에서 꺼내 그 자신이 쓴 팔분(八分) 소전(小篆)과 초예(艸隷) 한 축을 보니, 매우 기묘하여 현포(玄圃)[20]에 안개가 낀 듯했다. 큰 것은 이무기 같고, 작은 것은 순간기(珣玕琪)[21] 같았으며, 더러 날카롭고 더러 세차고, 모양이 하나같지 않아, 대개 천기(天機)에

---

17 삼명(三命) : 춘추시대 공자의 조상 정고보(正考父)가 송(宋)나라의 상경(上卿)으로 제수될 때 처음에 명이 내리자 고개를 숙이고, 두 번째 명이 내리자 몸을 구부리고, 세 번째 명이 내리자 허리를 완전히 굽히고서 담장을 따라 빠른 걸음으로 달아났다는 데서 나온 말.

18 백붕(百朋) : 녹(祿)이 많음을 뜻함. 옛날에 화패(貨貝)의 단위를 붕(朋)이라 하였는데, 붕은 곧 쌍(雙)의 뜻으로 2패(貝)를 1붕(朋)으로 삼았음.

19 칼 아래 현항(玄杭) : 미상.

20 현포(玄圃) : 신선이 사는 곳으로 곤륜산(崑崙山) 꼭대기에 있다 함.

21 순간기(珣玕琪) : 의무려(醫無閭)에서 난다는 옥.

저촉되는 것이었다. 대개 십주(十州) 삼도(三嶋)의 옥수(玉樹)와 청총(靑蔥) 사이를 따라, 치면 되고 불명 와서, 흡사 인간 세상의 일종의 청쾌(淸快)을 지은 듯하니, 곧 서하(西河)의 혼탈무(渾脫舞)[22]이다. 도리어 나는 거리 아녀자의 자태일 뿐이요, 나는 각곡(刻鵠)[23]에 곤란해 하고, 야노(野鶩)[24]가 되지 못하니, 돌아보아 어찌 그대에게 손익이 되리오. 오직 이것은 구구한 녹업(綠業)이니, 다행히 동해상에 이르러 친히 안기생(安期生)[25]을 뵙고, 오이 같이 큰 대추를 먹으며, 우러르며 돌아길 더디 하여 의연히 생각을 맺어 간다. 또 어떻게 스스로 문장을 짓지 못하므로, 몇 줄 초라한 말을 지어 옆에 붙이고 돌아가니, 다른 날 돌아가거든 우리 삼한(三韓)에 자랑하기를, 신선의 붓 아래 다섯 빛깔의 옥 같은 글자가 있었다고 하리라. 또 여룡(驪龍)[26], 함봉(頷鳳), 황원(皇圓)이 되니, 내가 그와 더불어 그 화려함을 줍노라. 때는 기해(己亥) 맹동(孟冬) 하현(下絃), 조선국 선무랑 비서관저작 겸 태상시충통신제술관(宣務郎秘書館著作兼太常寺充通信製述官) 청천(靑泉) 신유한(申維翰) 씀.

---

22 혼탈무(渾脫舞) : 공손 대랑은 당(唐)나라 때 교방(敎坊)의 기녀(妓女)로서 검무(劍舞)를 매우 잘 추었는데, 그가 혼탈무를 출 때에 승(僧) 회소(懷素)는 그 춤을 보고서 초서(草書)의 묘(妙)를 터득했고, 서가인 장욱(張旭) 역시 그 춤을 보고서 초서에 커다란 진보를 가져왔다고 함.

23 각곡(刻鵠) : 진짜는 아니라도 모양이 비슷함. 고니를 조각하다 그대로 안 되더라도 집오리 정도는 되지만 호랑이를 그리다가 그대로 안 되면 도리어 개 모양이 되어버림.

24 야노(野鶩) : 진(晉)나라 유익(庾翼)이 자신의 글씨는 집안의 닭[家鷄]과 같은 반면에 왕희지의 글씨는 들판의 오리[野鶩]와 같다고 평한 고사가 있음.

25 안기생(安期生) : 동해의 선산(仙山)에서 살았다는 고대의 전설적인 선인(仙人)의 이름.

26 여룡(驪龍) : 흑색의 용.

수축(壽軸)에 붙임

어느 날 내가 통신사를 따라 오와리(尾陽)에 이르자, 현주(玄洲) 아사(朝) 공이 시를 가지고 여관으로 찾아와 촛불을 잡고 수창(酬唱)하는데, 틈틈이 싫증나지 않고 동이 트는 것을 알지 못했다. 진정 그 재기(才氣)가 어울리는 무리보다 뛰어나 그 자세한 것을 아직 모르겠다. 일을 마치고 돌아갈 날이 되어 다시 오와리에 이르자 현주는 이미 지난 날 촛불을 잡은 곳에서 기다리고 있었다. 만나서 기쁜 나머지 소매에서 한 축(軸)을 꺼내니 전서(篆書)로 백수(百壽)라는 글자를 썼는데 현주의 자필이었다. 글자의 획이 고아하여 크게 옛 사람의 남긴 법을 터득하였는데, 반드시 '백수'라는 글자를 쓴 것은 양친의 축수무강(祝壽無彊)을 비는 뜻이라고 한다. 아, 시에서 현주처럼, 글씨에서 현주처럼, 한 시대 문단의 헌걸찬 이라 할 수 있겠는데, 또 효행의 행동은 유예(游藝)의 사이에서 나온 것이니, 이처럼 착실하다면 무릇 뜻을 기르는 절도와 몸을 세우는 방도가 지극하지 않다 하지 못하리라. 그러므로 문장은 곧 나머지 일이요, 문장 또한 효사(孝思)를 담지 못한다. 나는 그 나머지 힘과 학문과 우아한 뜻을 기뻐하여 몇 마디 췌언을 하니, 이로써 능언(能言)의 군자를 기다리는 것이다. 해는 기해년 맹동, 조선국 진사 국계(菊溪) 장필문(張弼文).

굴을 품고 깊이 정성으로 육랑(陸郎)[27]을 말하고　　懷橘深誠說陸郎

---

27 육랑(陸郎) : 삼국 시대 오(吳)나라의 육적(陸積)을 말함. 여섯 살 되던 해에 원술(袁

뛰는 물고기를 보며 진실로 느꺼나니 왕상(王祥)[28]이네　躍魚眞感有王祥

다투어 아나니 일본에는 현주라는 이　　　　　　爭知日域玄洲子

백수라고 (쓴 글자) 속에 효도의 뜻은 길구나　　　百壽□中孝意長[29]

기해년 양월(陽月) 하순 조선국 백흥전(白興銓) 군평(君平) 씀.

　　난고(蘭皐) 오아리 나고야인 기노시타 우좌위문(尾陽名護屋人木下宇左衛門)

　　　현주(玄洲) 동국동소 아사히나 심좌위문(同國同所朝比奈甚左衛門)

봉도유주(蓬島遺珠) 대미(大尾)

術)을 만나 감귤 대접을 받고는 모친에게 드리려고 몰래 감귤을 가슴속에 품고 나왔던
고사가 있음.

28 왕상(王祥) : 중국 24효(孝) 중의 한 사람으로, 자는 휴징(休徵), 시호는 원(元), 임기
(臨沂) 사람. 자기에게 잔인하게 대하는 계모를 지극한 효성으로 봉양했음. 계모는 산
물고기 먹기를 좋아했는데, 한번은 겨울에 계모에게 잉어를 대접하기 위해 강에 내려가
얼음을 깨려고 하자 얼음이 절로 벌어져 한 쌍의 잉어가 뛰어 나왔다고 함.

29 百壽□中孝意長 : 『상한창화훈지집』 권2에는 百字壽中孝意長이라 되어 있음.

늦가을 달을 마주하여 풍토가 다른 것을 적고 마침내 거친 시 한 수를 엮어 학사 청천(青泉) 신(申) 공의 앞에 바침

오아리(尾州) 나고야(名護屋)　하야시(林) 춘암(春庵)

사신으로 멀리서 오신 손님 만 리 하늘이요	星客遙來萬里天
두 나라는 달 하나에 산천이 막혀있네	兩邦一月隔山川
계림은 십삼야(十三夜)를 쓰지 않으므로	鷄林不用十三夜
마대(馬臺)³⁰에 감상하러 오기 팔백 년이네	馬臺賞來八百年

하야시 춘암이 준 시에 화답함

청천(青泉) 신(申)

우혈(禹穴)과 강회(江淮)³¹는 만 리 하늘인데	禹穴江淮萬里天
사마 천의 웅필은 산천에 남았네	史遷雄筆在山川
그대를 아는 큰 눈은 창해에 이어지고	知君大眼連滄海
소매 속의 시와 글은 몇 년인가 묻네	袖裏詩書問幾年

---

30 마대(馬臺) : 강항(姜沆)의 간양록(看羊錄)에, "왜왕(倭王)이 예전에 이곳에 도읍하고 이름을 화국(和國)이라 했다. 또한 야마대(野馬臺)라고도 하는데, 야마대란 양 무제(梁武帝)가 명명(命名)한 것이다. 왜인들의 행위가 경박하여 야마(野馬)와 같기 때문에 그 도읍을 이름한 것인데, 왜인들이 지금도 태화를 야마대라고 칭한다"고 하였음.

31 우혈(禹穴)과 강회(江淮) : 우혈(禹穴)은 우(禹) 임금의 유적(遺蹟). 『사기(史記)』〈태 사공자서(太史公自序)〉에 "나이 스물에 강회(江淮)에서 노닐고, 회계산(會稽山)에 올라 가 우혈을 관람했다." 하였음.

서기 성 소헌에게 드림

하야시 춘암

만 리 산천에 몇 역이나 지났나	萬里山川幾驛程
추위 무릅쓰고 더위 피해 이제 고향으로 돌아가네	凌寒避暑好歸鄕
멀리서 온 손님과 새로 인사하며 교유하니	新交傾蓋遠遊客
다시 만날 날은 기약 없고 헤어지는 정만 가득하네	再會無期多別情

하야시 춘암의 시에 화답함

성 소헌

바람은 종일 불어 가는 길이 곤란하고	風埃綜日困脩程
술잔을 마주하여 취하니 고향이 그립네	偶向樽前醉作鄕
두 나라 교린은 본디 좋은 뜻이니	兩國交隣元好意
한 자리 시 짓는 모임 어찌 정이 없으리	一場詩會豈無情

蓬島遺珠

吳下 玄洲 朝文淵 著

『蓬島遺珠』前編

己亥秋九月十六日夜, 會申維翰·姜栢·張應斗·白興銓於張蕃賓館.

≪稟≫   玄洲

"僕姓朝, 名文淵, 字德涵, 別號玄洲. 足下筆海翻瀾, 學山聳秀, 高風預遍, 吾邦人人, 歡仰久矣. 今文旆臨此, 要御李, 特來館下, 且呈醜詩一絶, 以具電矚, 伏希垂青."

≪奉呈青泉申公≫   玄洲

使星遙指武昌城, 颯爾雄風萬里生, 繫馬高樓清景地, 翩翩彩筆耀東瀛.

≪復≫   青泉

"僕姓申, 名維翰, 字周伯, 號青泉. 官今秘書著作泰選而來. 海陸勞頓, 冷濕成恙, 今方解衣而臥, 辱蒙惠臨, 賜以清汁, 感結傾倒. 但以不能執對晤之禮, 深自惶汁拙和, 何足煩高眼, 從當俟隙."

≪奉酬朝玄淵惠贈≫　　　　　　　　　　　　　　　　　　　青泉

相逢秋月滿江城, 一笑青山筆下生, 自是君身曾羽化, 可能携手上壺瀛.

≪再奉酬申學士≫　　　　　　　　　　　　　　　　　　　　玄洲

詩篇誰敵謝宣城, 彩牋墨痕奇氣生, 從是東行一千里, 凌風羽翼絶重瀛.

≪稟≫　　　　　　　　　　　　　　　　　　　　　　　　　玄州

一 "東都有姓岡島, 名璞, 字玉成, 一字援之者, 僕莫逆也. 辛卯歲, 與貴邦李東郭·鄭昌周等, 有傾蓋之識, 而頗蒙推獎. 方今彩斾到東都則, 彼必詣客廳, 嵬眄爲之容接則, 非啻彼之榮, 抑僕之幸也. 伏要留念." 青泉復 "到京師, 若蒙援之之來狂, 當以足下之言, 爲先致意接, 慇懃之懽矣. 李東郭已作九泉之人, 鄭昌周以上判事, 今方到此. 青泉聞有微恙, 此後退亦不相接, 明早將發行, 乃使人傳數語於余曰, 朝玄洲昨夜來見我, 而病不得從容語, 今又不復見而去, 可歎可歎."

明晨, 訪青泉之席, 寫曰,

一 "辱蒙雅愛, 榮出望外, 感謝無盡卽, 今欲作別, 特來奉候耳. 貴恙信宿得梢愈, 否時屬烈秋, 邊風易傷, 伏惟自重." 青泉 "蒙君見訪, 病未能酬話, 一場歡笑, 果有數耶. 皎然玉樹, 令人不可忘. 歸時, 更奉以慰駒谷之思, 是望蘭皐詩長篇, 尙未和, 亦當於歸路敬傳, 幸爲我道此意." 玄洲又復 "數荷厚愛, 感佩彌深矣已. 裝行色, 亦期榮旋之日, 蘭皐詩高和, 歸時可惠之意, 乃以傳之蘭皐."

青泉

"去留心事一般."

玄洲

"行色匆匆, 乃告辭, 榮行再過此, 必當來訊矣, 伏請留念."

≪稟≫　　　　　　　　　　　　　　　　　　　　　　　　青泉

"秋風已暮雪霜, 可念加飱自愛, 此行當不久過此."

通姓名如前

≪復≫　　　　　　　　　　　　　　　　　　　　　　　　耕枚子

"僕姓姜名栢, 字子靑, 號耕枚子, 以正使書記來."

≪復≫　　　　　　　　　　　　　　　　　　　　　　　　菊溪

"僕姓張名應斗, 字弼文, 號菊溪居士, 以從使書記來."

≪復≫　　　　　　　　　　　　　　　　　　　　　　　　西樵

"僕姓白名興銓, 字君平, 號西樵, 以醫員來."

≪呈姜·張兩詩伯≫　　　　　　　　　　　　　　　　　　玄洲

大才御命入扶桑, 征路秋深橙橘黃, 賦就彩虹橫碧海, 潛鱗躍出逐餘光.

《奉次玄洲惠贈》　　　　　　　　　　　　　　　　　耕牧子

男兒宿願償蓬桑, 歲月長程晚菊黃, 邂逅詩人携筆囊, 靑談坐守一
燈光.

《奉次玄洲贈韻》　　　　　　　　　　　　　　　　　菊溪

學種成都八百桑, 圖書萡枕夢軒黃, 秋風偶作乘槎客, 睹子文章萬
丈光.

《姜・張兩公欲賜淸和用前韻奉謝》　　　　　　　　　玄洲

從來夙志慕柴桑, 三徑徒吟秋葉黃, 此夜對君投水杓, 酬吾玄壁發
靑光.

余所書八分艸書各一帖, 示于二書記及西樵, 以請跋語.

一 西樵稟 "紙尾鷟高明, 已得其骨髓矣. 此帖爲我投之否." 玄洲復 "辱
過譽, 不敢當矣. 如此帖, 則賜一言爲感所需, 拙筆則別書一本, 以呈
之耳. 時耕牧子・西樵, 每帖書數語, 以與余."

《艸書帖》

己亥, 余以載筆之役, 入日東國, 抵尾張州, 得見朝玄洲筆. 盍筆法
眞是趙子昻, 而奇壯峻潔, 寀非凡墨. 噫, 玄洲墨池臨帖之功, 深且苦
矣. 或者, 無乃有得於心而神化耶. 古人見劍舞, 及擔夫與公主, 爭路
之狀, 而能使筆端, 神化百出, 玄洲果有此一事, 則他日進就, 不但如
子昻而已. 玄洲之鐵門限未知, 被幾人蹈破也. 玄洲勉之矣. 余平生必
拙, 不敢論人筆, 某也善, 某也不善, 而請之故, 抗顏書其卷尾, 以歸

之. 歲在己亥, <u>朝鮮國進士姜栢子靑</u>跋.

≪八分帖≫

八分古也, 今之人鮮解其說, 況望其近於古耶. 余於己亥抄¹秋, 隨
使節到<u>尾張州</u>也. 有以八分一帖 示余者, 觀其貌粹然也, 扣其文汪然.
此帖卽其手墨也, 余重爲敬而問之, <u>朝</u>其姓, <u>玄洲</u>其號也. 余仍謂<u>玄洲</u>
曰, 八分之法, 匀匀井井, 不疾不徐, 自古作者爲難, 而今子盡得其法
而有之, 豈非可大喜耶. <u>老杜</u>所謂一字直千金者, 信非虛也. 願子昂之
愈入於神化也. <u>玄洲</u>請書其言, 仍以拙筆書其帖尾而歸之, 可謂續貂
也. 東華<u>西樵白君平</u>題.

一 <u>玄洲</u>稟爲人乞寫字 "呈數紙, 以要煩換鵝手." <u>菊溪</u>復 "吾筆甚拙, 高明
已自有之矣. 難寫黃庭, 誰以自鵝換之乎." <u>玄洲</u>又復 "屢辱高褒, 不敢
當, 請莫謙辭, 速揮毫. <u>菊溪</u>卽書數張與余." <u>菊溪</u>稟 "不佞則不論工拙,
而書呈矣. 高明則善書, 何不書一字與我耶." <u>玄洲</u>復 "多蒙虛譽, 慚愧
慚愧. 榮行再過此, 則必當書呈矣." <u>菊溪</u>又復 "旣蒙書給之示, 可感可
感." <u>耕牧子</u>稟 "不佞亦欲得一本, 倘或許之否." <u>玄洲</u>復 "謹領謹領."
一 <u>耕牧子</u>稟 "公能解漢音, 何以學之耶." <u>玄洲</u>復 "<u>東京</u>有<u>物茂卿</u>號<u>徂徠</u>
者, 余師事之有年矣. 雖然經術文章, 未曾窺其階梯也. 華音亦略記
一二耳. 惶愧惶愧."

≪又復≫   耕牧子
"甚幸甚幸."

---

1 抄 : 初의 오자인 듯함.

≪稟≫   玄洲

"貴國臨池之法因, 何學之矣, 亦明季書才, 爲誰耶."

≪復≫   菊溪

"吾邦之士, 但學晉法故, 其餘不知耳."

≪稟≫   玄洲

"晉以往足之, 爲以何人耶."

≪復≫   菊溪

"晉唐以後, 不過取越[2]松雪一人而已."

≪又復≫   玄洲

"米海嶽之書法, 何以不取之耶."

≪又復≫   菊溪

"米法雖妙絶, 旣有松雪故, 不取耳."

≪稟≫   玄洲

"貴國善書名士, 有幾耶."

≪復≫   菊溪

"尹淳·曹潤德是也."

---

2 越 : 趙의 오자.

≪稟≫   <u>玄洲</u>

"貴國有學僊, 而昇天尸解者耶."

≪復≫   耕牧子

"<u>羅朝</u>有四僊, <u>安詳永</u>, 卽述, 卽<u>南石行</u>之屬, 又傳<u>崔孤雲</u>仙化而登,
可盡信哉."

≪稟≫   <u>玄洲</u>

"貴國讀書, 音與俗間語, 異同如何."

≪復≫   耕牧子

"吾邦俗語, 各因習俗, 而不同六經則, 以吾邦諺文, 釋其義, 以敎小
兒, 然吾國俗讀書之法, 有音釋及吐音則, 正經釋則, 從俗語, 吐亦俗
音耳."

≪稟≫   <u>玄洲</u>

"貴國, 學詩之敎, 如何."

≪復≫   耕牧子

"學詩則<u>唐</u>詩尙矣. 旣已浹洽之後, 亦以<u>宋朝篤齋</u>·<u>放翁</u>·<u>蘇</u>·<u>黃</u>之
屬, 優遊涵詠, 以得其質子也."

≪又復≫   <u>玄洲</u>

"詩學唯在<u>盛唐</u>, 而中晚不敢取矣. 況<u>宋朝</u>乎. 如<u>蘇</u>·<u>黃</u>則, 殊以爲外
道, 高明如何."

《又復》　　　　　　　　　　　　　　　　　　　　　　耕枚子
"吾輩於不能致力, 只能涉獵而已, 未知其詳耳."

《稟》　　　　　　　　　　　　　　　　　　　　　　　耕牧子
"公能解漢音, 何以學之耶."

《復》　　　　　　　　　　　　　　　　　　　　　　　玄洲
"東京有物茂卿號徂徠者, 余師事之有年矣. 雖然經術文章, 未曾窺
其階梯也. 華音亦略記一二耳. 惶愧惶愧."

《稟》　　　　　　　　　　　　　　　　　　　　　　　玄洲
"公等, 有入中朝之地也耶."

《復》　　　　　　　　　　　　　　　　　　　　　　　耕牧子
"弊國煙霞水石之觀, 禮樂文物之盛, 不讓中國, 何必遠入中邦也."

《稟》　　　　　　　　　　　　　　　　　　　　　　　耕牧子
"書冊中, 漢書評林, 左傳評林, 辛爲僕問價, 置之以待還歸如何, 古
人畫物, 亦欲貿去耳."

《復》　　　　　　　　　　　　　　　　　　　　　　　玄洲
"謹領命矣."

《稟》　　　　　　　　　　　　　　　　　　　　　　　菊溪
"尊家所藏, 有何好書帖耶."

≪復≫ 　　　　　　　　　　　　　　　　　　　　　玄洲

"吾邦學書之家, 不乏其人, 雖然唯有一種國樣, 而余心甚厭之故,
秦以往碑帖, 自取捨以模之, 頃得明王履吉祝希哲等之眞蹟, 以爲玩
弄耳."

≪稟≫ 　　　　　　　　　　　　　　　　　　　　　玄洲

"公等千里長程驛站而來, 可知其瘦倦, 吾□久接光儀, 恐有厭之故,
欲辭去."

≪復≫ 　　　　　　　　　　　　　　　　　　　　　菊溪

"與公問答, 雖十旬之久, 小無厭意, 但千里行役, 心力瘦困難酬應,
是可恨也."

≪稟≫ 　　　　　　　　　　　　　　　　　　　　　玄洲

"請熟眠矣. 明朝特來作別."

≪復≫ 　　　　　　　　　　　　　　　　　　　　　耕牧子

"我且欲眠, 卿且去此, 古人所謂知有前期在, 難分此夜中者也. 明
朝不可不來見."

『逢島遺珠』 前編 終

『蓬島遺珠』後編

十月廿五日, 歸輤再館尾藩性光院, 其夜又會韓客.

≪稟≫　　　　　　　　　　　　　　　　　　　　　　　玄洲

盛禮已, 竟彩斾再祇此, 得接芝眉, 欣慰何極矣. 小詩一律, 呈左右
聊申朋懷.

≪寄別靑泉申公≫　　　　　　　　　　　　　　　　　　　玄洲

征馬蕭蕭嘶朔風, 燈前別恨去留同, 鳴琴璃館情遍合, 把酒華筵興
更融, 六翮飄颻凌碧海, 三山縹緲薄淸穹, 送君千里相思切, 遙望天西
夕日紅.

≪稟≫　　　　　　　　　　　　　　　　　　　　　　　靑泉

"到此卽奉君開靑喜幸何已, 僕在東都之日, 寄君之作, 將因岡嶋公
傳送, 而未果, 今始持來以奉."

≪寄贈朝玄洲≫　　　　　　　　　　　　　　　　　　　　靑泉

憶把黃花酒, 欣看王樹姿, 星辰雙劍厓, 山水七絃絲. 別後雲連海,
吟邊月掛帷, 新知岡嶋子, 一笑話君詩.

己亥菊月, 余過尾張之名護屋逆旅, 與玄洲君邂逅, 作孤燈酒語. 余
時病不能當客禮, 然一開眼, 知其爲玄圃珍也. 已又陽阿僞而白雪訕,
未煖席而輒罷別來, 秋色但見屋梁殘月耳. 君旣爲余言岡嶋子之賢,
至東都數日, 果得其人, 其人自奇士, 與之歌且吟於鹿鳴之席, 所稱祝
意中人, 亦在玄洲君. 余益信曩日之眼, 遂次岡嶋詩曰, 高歌白雪和皆

難, 盃酒華堂一笑觀, 認得<u>玄洲</u>多少意, 驛樓明月夢<u>長安</u>. 並以付魚雁, 作隴頭梅花, 君能完然, 而記余面耶.

≪復≫　　　　　　　　　　　　　　　　　　　　　　玄洲

"辱惠佳什, 重以淸敎, 且承東都旅館, 會<u>岡島援之</u>, 乃贈□靑, 談和之餘語, 及僕事, 種種厚情, 刺人心骨, 感載何罄, 惠詩隨將奏和耳."

≪走次靑泉申公見寄韻≫　　　　　　　　　　　　　玄洲

遠役經江海, 凜然松柏姿, 懽逢頻酌酒, 恨別思如絲. 爲說徐孺榻, 聊垂董子帷, 君傳<u>岡嶋</u>語, 深感一篇詩.

≪和奉朝玄洲≫　　　　　　　　　　　　　　　　　靑泉

看君筆下起長風, 丞相中郞廻自同, 十月江山寒更好, 孤燈詩酒興方融, 神鵬擊水移南海, 逸鶴連雲渺上穹, 猶喜並生唇齒國, 吾頭未白子顏紅.

≪稟≫　　　　　　　　　　　　　　　　　　　　　玄洲

"貴國名山, 有出古石碑否, 若得之則榻碑文之法, 詳見敎."

≪復≫　　　　　　　　　　　　　　　　　　　　　靑泉

"古碑文印出時, 先以好酒洗淨, 乃以紙糊其上, 稍令濕之然後, 以綿子等物, 揉擦其字畫深處, 使其深處畫, 爲凹陷卽, □墨於高處, 自然成字."

≪稟≫　　　　　　　　　　　　　　　　　　　　　玄洲

"貴國士君子冠服, 倣<u>中朝</u>尙矣, 然若婦人飾髮卽, 泅<u>明</u>制耶, 又摸韃風耶."

《復》　　　　　　　　　　　　　　　　　　　　　青泉
"淸制則一無頒行於我國者, 但我國之事事, 摸擬中華, 而婦女飾髮
之制, 非明非淸, 自是新羅舊習, 人皆知其然, 而亦難猝變, 是以闕中
宮女, 及京華貴公家則, 多不用國俗, 而以美女樣飾之."

《稟》　　　　　　　　　　　　　　　　　　　　　玄洲
"貴國小童之頭髮, 據何代之餘風耶."

《復》　　　　　　　　　　　　　　　　　　　　　青泉
"若冠之前, 皆如彼小童頭髮, 而此制未聞倣何代, 似是國中古俗."

《稟》　　　　　　　　　　　　　　　　　　　　　玄洲
"貴邦之紙, 以何物製之耶."

《復》　　　　　　　　　　　　　　　　　　　　　青泉
"以楮製之."

《又問》　　　　　　　　　　　　　　　　　　　　玄洲
"本艸所謂楮耶."

《復》　　　　　　　　　　　　　　　　　　　　　青泉
"然."

《又》　　　　　　　　　　　　　　　　　　　　　玄洲
"中國毛邊紙, 以楮製之, 而毛邊紙與貴邦紙, 不齊何如."

≪又復≫　　　　　　　　　　　　　　　　　　　青泉
"其不同似, 有所似然."

≪稟≫　　　　　　　　　　　　　　　　　　　　玄洲
"貴國琴調, 與中國同否."

≪復≫　　　　　　　　　　　　　　　　　　　　青泉
"調則差异, 而製作則同."

≪稟≫　　　　　　　　　　　　　　　　　　　　玄洲
"對客之際, 有擎如意, 揮塵尾等之事否."

≪復≫　　　　　　　　　　　　　　　　　　　　青泉
"如意塵尾則, 或用或不用."

≪稟≫　　　　　　　　　　　　　　　　　　　　玄洲
"貴國之笙, 與中國同否同, 如何."

≪復≫　　　　　　　　　　　　　　　　　　　　青泉
"我國之笙, 與中國甚似, 聲甚淸亮."

≪稟≫　　　　　　　　　　　　　　　　　　　　青泉
"我國墨品, 佳者出於海州, 名曰海墨, 此卽是也. 奉君以助右軍揮灑, 膠膝之設耳."

≪復≫　　　　　　　　　　　　　　　　　　　　玄洲
"辱盛賜文房中, 永珍玩以爲他日之面目. 多謝多謝."

《又復》 青泉

"物微何謝, 還切愧愧."

《稟》 玄洲

"貴邦五味子, 勝似中國之産, 其葉蔓等, 異同如何."

《復》 青泉

"不見中國葉蔓, 而但聞人皆謂同."

《稟》 青泉

"語及千古詩文, 不勝悵然, 安能與君, 留此旬日, 且通言語, 以叙此意."

《復》 玄洲

"不棄樗櫟, 可謂詞壇之良工也. 徹夜之清誨, 感佩無已, 只恨向曉告別, 廑廑鄙懷, 未盡萬一, 是深可惜矣."

《稟》 玄洲

"今夜拜候, 再欲窮龍門之榮, 願□青, 所呈蕪詩, 請賜和章矣."

《寄別耕牧姜公》 玄洲

邂逅箕域客, 傾蓋寺樓前, 彩杖輝朱閣, 錦囊映綺筵, 霜寒秦樹曉, 靄簇巴陵天, 別後望明月, 相思幾度圓.

《復》 耕牧子

"辱蒙惠臨, 欣慰可喻, 頃在武城, 日獲接岡援之, 語及君相與款洽,

有如平昔相識也. 及今思之, 怳如夢寐, 可悵可悵. 所惠瑤韻, 乃當奉
和, 而非但連日鞍馬勞憊欲死, 且此處甚擾, 當從容搆艸爲神, 而如不
及則, 追和付之於<u>森芳洲</u>, 未知如何."

≪又復≫   玄洲

"辱聞東都之客廳, 會接之, 每語及僕, 愛厚無地謝, 如高和則勿勞
軫念矣."

≪奉贈朝玄洲≫   耕牧子

余隨使節入日東, 歷崎嶇山海, 數與其國文章之士, 談論古今, 以爲
殆盡見一邦翹秀之材, 意外又<u>張州</u>得一秀才, <u>朝玄洲</u>是也. <u>玄洲</u>爲人
清瘦, 如不勝衣, 而最長於墨妙, <u>二王</u>顔柳, 筋骨肉髂, 無不體而得之,
一畫不放心, 鬱然爲一法家, 吁亦奇矣. 且爲詩灑灑可愛, 尤善於漢
語, 一人而有三難, 信通才也. 余與之一夜噱談, 至曉乃罷, 猶眷眷不
忍別, 以來時爲後期. 入江戶見<u>玄洲</u>所友援之, 如見<u>玄洲</u>, 每語及<u>玄
洲</u>, 未曾不悵然, 何幸. 王事勾當客路, 已復歷路, 宿尾州, 先問<u>玄洲</u>
無恙, 及見之, 傾慰倒瀉, 宷難狀言, 而<u>玄洲</u>又以一詩贐我, 且有管城
陳玄之贈, 厚意何可忘也. 遂和原韻歸之, <u>玄洲</u>以爲他日篋中千月面
目. 謹序.

相逢重一笑, 詩骨宛如前, 此夜宜長語, 明朝更別筵, 孤雲歸大壑,
獨雁叫長天, 脈脈銷魂處, 燈殘曉月圓.

≪禀≫   玄洲

"謹領高和, 寵踰華袞, 佩感交集, 銘肝雕心, 何日忘之乎. 又序中,
以<u>二王</u>之風稱之, 甚不當矣. 心深恧怩耳."

《復》   耕牧子
"一何過謙至此耶. 僕之文, 恐不能發物萬一耳."

《稟》   耕牧子
"此紙是桃花色台簡, 奉君聊具文房之用矣."

《復》   玄洲
"所惠紙品極佳, 欲示諸好事, 感謝何盡."

《又復》   耕牧子
"客囊罄竭略甚, 何足謝, 可愧可愧."

《稟》   玄洲
"此紙稱貴國之繭紙, 然否."

《復》 照灯一過日   耕牧子
"此非繭紙."

《稟》   嘯軒
"前赴東關之日, 有薪憂, 未參詩壇, 深以爲恨, 今幸良覿, 誠至祈願. 僕姓成名夢良, 字汝弼號長嘯軒, 成均館進士, 以副使記室來."

《稟》   玄洲
"久仰盛名, 今初接芝眉, 如對玉山, 不勝欣騰之至矣."

《奉贈長嘯軒成公》   玄洲
傲霜百菊吐奇芳, 鸞鶴扶搖蓬島雲, 別後樓頭吹玉笛, 天涯月暗日思君.

《又》　　　　　　　　　　　　　　　　　　玄洲
仙客彈琴動別情, 淸吟還作斷腸聲, 應知此會眞萍水, 更剪燭花笑語傾.

《走和朝玄洲惠韻》　　　　　　　　　　　　嘯軒
谷口崇蘭暗吐芳, 筆端詞賦欲凌雲, 武城曾會與援之, 天下英才喜得君.

《又》　　　　　　　　　　　　　　　　　　嘯軒
一夜相逢萬古情, 高山流水七絃聲, 可堪明曉匆匆別, 只恨從前蓋未傾.

《寄別菊溪張公》　　　　　　　　　　　　　玄洲
孤館靑燈欲滅時, 別情頻促兩心知, 仙客此去浮瀛海, 雲靄交攢八彩眉.

《走次朝玄洲惠贈》　　　　　　　　　　　　菊溪
月出鷄鳴去住時, 黯然離思有誰知, 浮生聚散元無定, 莫向長亭浪皺眉.

《奉贈西樵白公》　　　　　　　　　　　　　玄洲
仙才新被命, 海外遠從官, 已愛風光好, 何愁行路難, 野人迎劍佩,
殊俗駭衣冠, 此夜蓬瀛月, 凄凉映雪寒.

≪奉次朝玄洲惠示韻以寓別懷≫　　　　　　　　　　　　　西樵

原濕驅馳地，三韓一小官，鯨波休道險，王事敢辭難，邂逅摻君袂，
空疎愧我冠，臨別多少意，看取寶刀寒．

≪稟≫　　　　　　　　　　　　　　　　　　　　　　玄洲

"向所約拙筆各一帖，謹以奉姜·張兩公，難辭來命故，終成塗鴉，以
取笑于南宮魏國矣."

≪復≫　　　　　　　　　　　　　　　　　　　耕牧·菊溪

"寶帖之惠，榮逾三命，喜溢百朋，深感深感．劍下玄杭，公解語得眞
矣．歆羨歆羨."

≪跋湖北帖≫

余於日東之國，得朝玄洲詞藻而奇之，業相與和而歌，颯颯乎嫩哉．
旣又發其篋，而睹其自書八分小篆艸隷一軸，奇奇有玄圃煙霞氣．大
者如蛟螭蟠，小者如珣玕琪，或爲劍或爲怒，狠者不一，盡其所觸於天
機者，皆從十州三嶋玉樹青蔥間，打化吹來，恰作人間一種清快，卽西
河之渾脫舞，却是塵街兒女熊[3]耳．夫余之困於刻鵠，而不能化野鶩，
顧安敢損益於君，惟是區區綠業，幸得至東海上，親見期生，食大棗如
瓜，俛仰遲回，依依結想而去，又奚以不自文，故題數行語疥於左方，
而還之謂以異日歸詫吾三韓，曰神僊筆下，有五色瑯玕字彼，且爲驪
龍頷鳳皇圓，而吾與之拾其華云．旹[4]己亥孟冬下絃，朝鮮國宣務郎秘

3　熊：態의 오자인 듯함.
4　旹：時의 古字.

書館著作兼太常寺充通信製述官, 青泉申維翰書.

≪題壽軸≫

日余隨槎役到尾陽, 玄洲朝公袖詩來訪於旅館, 秉燭酬唱, 舋舋不厭, 不知東方之白, 固知其才氣之抜乎流輩, 而猶未得其詳也. 及竣事歸來之日, 復到尾陽則, 玄洲已待於頃日秉燭之地矣, 執袂驚喜之餘, 袖出一軸則, 篆書百壽字, 而玄洲之自筆也. 字畫古雅, 大得古人之遺法, 而必書百壽字者, 爲其雙親祝壽無疆之意. 噫, 詩如玄洲, 筆如玄洲, 可爲一代詞壇之傑, 而又其孝悌之行, 發於游藝之間者, 如是孶孶則, 凡於養志之節, 立身之方, 靡不用其極也. 然則文章乃其餘事, 而文章亦無以寓其孝思也. 余喜其餘力學文雅志, 贅以數語, 以俟夫能言之君子云. 歲己亥孟冬, 朝鮮國進士張菊溪弼文.

懷橘深誠說陸郎, 躍魚眞感有王祥, 爭知日域玄洲子, 百壽　中孝意長[5].

歲己亥陽月下腕朝鮮國白興銓君平題

蘭皐　<small>尾陽名護屋人木下宇左衛門</small>

玄洲　<small>同國同所朝比奈甚左衛門</small>

『蓬島遺珠』大尾

5　百字壽中孝意長

≪對季秋月，記土風異，以卒綴野詩一絕，而叨奉呈學士青泉申公案
下≫ _{尾州名護屋} 林春庵

星客遙來萬里天，兩邦一月隔山川，<u>鷄林</u>不用十三夜，馬臺賞來八
百年．

≪奉和林春庵惠贈≫ 青泉申

禹穴江淮萬里天，史遷雄筆在山川，知君大眼連滄海，袖裏詩書問
幾年．

≪奉呈書記成嘯軒案下≫ 林春庵

萬里山川幾驛程，凌寒避暑好歸鄉，新交傾蓋遠遊客，再會無期多
別情．

≪奉和林春庵惠韻≫ 成嘯軒

風埃綜日困脩程，偶向樽前醉作鄉，兩國交隣元好意，一場詩會豈
無情．

享保五_{庚子}年正月吉辰

押小路通柵馬東人町

皇都書林 安田万助梓

신양산인한관창화고

信陽山人韓館倡和稿

다자이 슌다이(太宰春臺)의
『신양산인한관창화고(信陽山人韓館倡和稿)』

　1716년 7세의 어린 쇼군이 죽고 나서, 기슈(紀州)의 도쿠가와 요시무네(德川吉宗)가 새로이 즉위하였다. 조선은 이를 축하하기 위해 1719년 홍치중(洪致中) 등을 통신사로 파견하였다. 1711년 빙례 개혁 때문에 갈등을 일으켰던 아라이 하쿠세키(新井白石)는 실각하여 구례(舊例)로 회복하였고, 언제나 건너느라 고생을 했던 바다의 수종(水宗)조차 가뿐하게 지났을 정도로 여정은 평안했다. 기해(己亥) 통신사행은 여느 때보다 평온한 분위기 속에서 문화 교류도 활발하였다.

　에도 막부 이래 일본의 한문학은 점점 발전하여, 특수한 한문 담당층이 아닌 일반적인 유자층이 생겨나고 학파를 형성하기에 이르렀다. 그 대표적인 것이 오규 소라이(荻生徂徠)의 고문사학(古文辭學)이다. 1709년 은퇴한 오규 소라이는 에도의 니혼바시 근처에 겐엔(蘐園)이라는 사숙을 열고 제자를 가르쳤다. 경전은 주자(朱子)의 주를 따르던 송학(宋學)을 비판하고 본래 글자의 의미를 따라야 한다고 주장했고, 시문은 명나라의 이반룡(李攀龍)을 수용하였다.

　1719년 기해 사행이 되면 오규 소라이의 제자들이 필담창화에 조금

씩 등장하기 시작한다. 그 중 한 사람이 다자이 슌다이(太宰春臺, 1680~1747)이다. 슌다이는 소라이의 경학을 계승한 제자로 알려져 있다. 그는 1715년 이래 벼슬을 그만두고 연구와 집필에 전념하면서 사숙을 열어 제자들을 키웠다.

1719년 10월 6일 다자이 슌다이는 에도의 혼간지(本願寺)에서 2명의 벗과 쓰시마의 신몬야쿠(眞文役) 아메노모리 호슈(雨森芳洲)의 중개로, 제술관 신유한(申維翰)과 서기 강백(姜栢), 성몽량(成夢良), 장응두(張應斗)를 만났고 그 자리에 우연히 군관 정후교(鄭後僑)도 함께 하였다. 잠시 시를 전하고 필담을 나누었으나, 다이가쿠노카미(大學頭) 하야시 호코(林鳳岡)이 찾아와 급작스럽게 자리를 파하게 되었고, 화답시는 15일과 20일에 다른 사람을 통해 받았다. 짧은 만남이었지만 슌다이는 조선인과 주고받은 글월을 모두 상세하게 기록해 두었다.

아쉽게도 민간의 유자였던 슌다이는 학술적인 토론을 할 기회를 얻지는 못하였고, 신유한 등의 조선인들도 일본 고문사파의 존재를 알 기회가 없었다. 자세한 사행기록인 신유한의 『해유록(海游錄)』에서도 다자이 슌다이는 등장하지 않는다. 그러나 이후 사행이 거듭되면서 고문사파의 존재가 알려졌고 이에 따라 슌다이의 책도 조선에 전해졌다. 후대 정약용(丁若鏞)과 이덕무(李德懋) 등도 그의 책을 읽고 문장에 대해 매우 칭찬하였다. 『신양산인한관창화고(信陽山人韓館倡和稿)』는 내용이 풍부한 것은 아니지만, 초기 소라이학파의 인물이 조선인과 만난 기록이라는 점에서 의의가 있다고 할 것이다.

본서에서 사용한 『신양산인한관창화고(信陽山人韓館倡和稿)』는 필사본으로, 『군서일곡(群書一觳)』 6책에 오규 소라이의 『유구국빙사기(琉

球國聘使記)』와 함께 실려 있다. 마지막 장에 "天明四年夏五月望臨寫
于息偃館 南畝子誌"라는 필사기를 통해, 『군서일곡』의 편자인 오오타
난보(大田南畝)가 1784년 필사한 것임을 알 수 있다. 현재 일본 국립공
문서관의 내각문고에 소장되어 있다.

신양산인한관창화고(信陽山人韓館倡和稿)

춘대 태재순덕부보(春臺太宰純德夫父)[1] 저

　　향보 4년 기해(1719) 9월 27일 조선의 삼사가 동도(東都)[2]에 들어와 본원사(本願寺)[3]에 관소를 정했다. 학사 신유한(申維翰)[4]이 제술관으로 따라왔고, 진사 강백(姜栢)[5]은 정사 기실, 진사 성몽량(成夢良)[6]은 부사

1　춘대 태재순 덕부보(春臺太宰純德夫父) : 태재춘대[太宰春臺, 다자이 슌다이, 1680~ 1747]로, 에도 중기 유학자이다. 이름은 순(純), 자는 덕부(德夫), 통칭은 미우위문(彌右 衛門), 호는 춘대(春臺), 별호는 자지원(紫芝園)이다. 신농[信農, 시나노] 출신으로, 1711년 적생조래[荻生徂徠, 오규 소라이] 문하에 들어갔다. 그의 제자 중 경세론에 가장 뛰어나다는 평가를 받았다. 저서로『경세록(經濟錄)』·『논어고훈(論語古訓)』·『성학문 답(聖學問答)』등이 있다.

2　동도(東都) : 서쪽에 있는 천황의 수도 서경(西京)에 대비하여 막부의 도성이 있던 동 쪽의 강호[江戸, 에도]를 가리키는 말이다.

3　본원사(本願寺) : 현 일본 도쿄 아사쿠사에 위치한 절로, 1711년 이래 통신사가 에도에 머물 때 숙소로 사용하였다.

4　신유한(申維翰) : 1681~?. 본관은 영해(寧海), 자는 주백(周伯), 호는 청천(靑泉)이 다. 1713년(숙종 39) 문과에 급제, 제술관(製述官)이 되어 통신사(通信使) 홍치중(洪致 中)을 수행하여 일본에 다녀왔다. 저서에『청천집(靑泉集)』·『분충서난록(奮忠紓難錄)』 등이 있다.

5　강백(姜栢) : 1690~1777. 본관은 진주, 자는 자청(子靑), 호는 우곡(愚谷)이다. 1727 년 정시에서 장원으로 급제하였다. 1728년 이인좌의 난에 연루, 무고한 죄로 철산에 유배 되었다가, 조선 건국 이래 처음으로 과거에 많은 합격자를 낸 공로가 참작되어 1732년

기실, 진사 장응두(張應斗)[7]는 종사 기실이었다. 이에 10월 6일 나와 친구 대범(大凡) 석숙담(石叔潭)[8]·수계(須溪) 추자사(秋子師)[9]·축전(筑前) 기실 원천(原泉) 도유백(稻有伯)[10]이 우방주(雨芳洲)[11]의 중개를 통해 신학사 및 세 서기를 관사에서 만났다. 방주가 우리 네 사람을 인도하여 학사의 거처에 가니, 세 서기도 있었다. 이윽고 성명을 통하고 나서 각기 칠언절구 1수를 드렸다. 잠시 후 무관 한 명이 우리들을 보러 왔는데, 바로 비장 정후교(鄭後僑)[12]였다. 우리 네 사람이 그에게도 시를

죄가 감형되어 정산현감에 제수되었다. 그의 문집 『우곡집(愚谷集)』이 전한다.

6 성몽량(成夢良) : 1673~?. 자는 여필(汝弼), 본관은 창녕. 1719년 부사 서기로 통신사행에 참여하였다.

7 장응두(張應斗) : 1670~1729. 자는 필문(弼文), 호는 국계(菊溪)이다. 1719년 9차 통신사행 때 서기(書記)로 일본에 다녀왔다.

8 대범(大凡) 석숙담(石叔潭) : 석천대범[石川大凡, 이시카와 다이본, ?~1741]으로, 에도 중기의 유학자이다. 이름은 지청(之淸), 자는 숙담(叔潭)이다. 신분은 하타모토[旗本]. 적생조래(荻生徂徠)에게 배웠고, 후에 막부의 유관이 되었다. 1733년부터는 미장주(尾張州)에서 일했다. 저서로『대범산인집(大凡山人集)』등이 있다.

9 수계(須溪) 추자사(秋子師) : 미상이다.

10 원천(原泉) 도유백(稻有伯) : 유미원천[由美原泉, 유미 겐센, 1689~1772]으로, 에도 중기의 유학자이다. 본성은 도류(稻留), 이름은 희현(希賢), 자는 자선(子善)·호도(好道), 통칭은 미이랑(彌二郎)이다. 패원익헌[貝原益軒, 가이바라 에키켄]의 제자로 복강번[福岡藩, 후쿠오카 번]에 고용되었다. 후에 에도로 가서 적생조래(荻生徂徠)와 산현주남[山縣周南, 야마가타 슈난]에게 배웠다. 1745년 금택번[金澤藩, 가나자와 번] 번주의 시강이 되었다. 저서로『시어격(詩語格)』등이 있다.

11 우방주(雨芳洲) : 우삼방주[雨森芳洲, 아메노모리 호슈, 1668~1755]로, 에도 전·중기의 유학자이다. 이름은 준량(俊良)·성청(誠淸), 자는 백양(伯陽), 통칭은 동오랑(東五郎), 별호는 굴창(橘窓)이다. 목하순암[木下順庵, 기노시타 준안]의 제자로, 스승의 추천을 통해 대마 부중 번[對馬府中藩, 쓰시마 후츄 번]에 고용되었다. 저서로『조선천호연혁지(朝鮮踐好沿革志)』·『굴창다화(橘窓茶話)』등이 있다.

12 정후교(鄭後僑) : 1675~1755. 본관은 하동(河東), 자는 혜경(惠卿), 호는 국당(菊塘)

주었다. 다섯 사람이 미처 다 화운시를 짓지 못했는데 때마침 임(林) 쾌주[13]가 공무를 처리하러 왔다. 학사 및 세 서기가 갑자기 시 짓기를 그만두고 우리들에게 인사를 하고는 마침내 쾌주를 만나러 외당으로 나가고 비장만 자리에 남았다. 흥은 이미 깨지고 날도 저물어, 끝내 즐거움을 다하지 못하고 돌아왔다. 이날 관소 안이 매우 분주하여 내가 지니고 간 고시를 네 사람에게 직접 드릴 수 없었으므로, 떠날 때 방주(芳洲)에게 부탁하여 전했다. 13일 또 방주를 통해 다섯 사람에게 각기 글월 1편씩 보냈다. 15일 세 사신이 동도를 출발했다. 나흘 후천(川) 생[14]이 방주의 명으로 소헌(嘯軒 : 성몽량)이 첩운한 화운시와 국계(菊溪 : 장응두)가 화운한 고풍시를 가지고 와서 조래(徂徠) 씨[15]에게 다시 전하였고 또 다시 전해 손에 들어온 것이 실제로 이달 20일이다. 그러므로 두 사람의 시는 뒤에 기록되었다. 필담은 본래 창화하는 사

이다. 1719년 통신사행에 참여하여 일본에서 시명을 떨쳤다. 고서(古書)에 통하고, 특히 시(詩)에 뛰어나 김창흡(金昌翕)으로부터 당시(唐詩)의 절묘(絶妙)함을 재현했다는 격찬을 받았다. 사행록 『부상기행(扶桑紀行)』을 남겼다.

13 임(林) 쾌주 : 임봉강[林鳳岡, 하야시 호코, 1645~1732]로, 에도 전·중기의 유학자이다. 이름은 당(戇)·신독(信篤), 자는 직민(直民), 통칭은 춘상(春常), 별호는 정우(整宇)이다. 1691년 쇼군의 명에 따라 공자묘를 탕도[湯島, 유시마]로 옮기고 석전(釋奠)을 주관하였다. 이와 함께 머리를 길러 선비를 자처하고 대학두(大學頭)의 직임을 맡았다. 석전을 주관하였기 때문에 통신사 기록에 임쾌주로 호칭되는 경우가 많다.

14 천(川) 생 : 미상. 대마도 호행원의 한 사람으로 추정된다.

15 조래(徂徠) 씨 : 적생조래[荻生徂徠, 오규 소라이, 1666~1728]로, 에도 전·중기의 유학자이다. 이름은 쌍송(雙松), 자는 무경(茂卿), 통칭은 총우위문(惣右衛門), 별호는 헌원(蘐園). 고문사학을 제창했다. 모장정[茅場町, 가야바 초]에 헌원숙(蘐園塾)을 열어, 태재춘대(太宰春臺)·복부남곽[服部南郭, 핫토리 난가쿠] 등의 뛰어난 인재를 길렀다. 저서로 『논어징(論語徵)』·『변명(辨名)』·『변도(辨道)』 등이 있다.

이 혹은 앞뒤에 있어 절로 차례가 있으나 지금 모아 권 머리에 기록하니 마땅히 석상에 있었던 여러 시편 및 성 서기가 첩운한 화운시의 뒤에 참고하여 보면 그 차례를 볼 수 있을 것이다. 춘대(春臺)가 쓰다.

필어(筆語)

"공들께서는 화운시를 내려주시려면 귀국의 종이에 써 주시기를 청합니다." 춘대

"국당(菊塘 : 정후교)은 시를 잘 하는 사람입니다. 공들은 일어나 읍하십시오." 국계

"국당 공은 관직이 무엇입니까?" 춘대

"비장으로 왔으나 본래 활 쏘고 말 타는 사람은 아닙니다. 글 잘하는 사람으로 명성이 자자합니다." 경목[강백]

"감히 성함과 자를 묻겠습니다." 춘대

"제 성은 정, 이름은 후교, 자는 혜경(惠卿), 호는 국당입니다. 이번에 부사(副使)의 막좌(幕佐)로 왔습니다.[16] 여기에서 여러 훌륭한 선비를 만나 보니 기쁘고 다행스럽습니다." 국당

"시에 창화하는 것이 마치 번개에 천둥소리가 따라오듯 빠르군요. 감히 공들의 학업과 사는 곳을 묻겠습니다. 각기 써서 보여주셨으면

---

16 이번에 …… 왔습니다. : 정후교가 부사 황선(黃璿, 1682~1728)의 소속 군관으로 사행에 참여하였음을 말한 것이다.

합니다." _{소헌}

　"저는 우리나라 신농주(信濃州)에서 태어나 동도에서 자랐습니다. 젊어서 독서를 좋아하여 그 당대의 유학자에게 나아가 수업하였습니다. 장년이 되어서는 이름이 무경(武卿)인 조래 물(物) 선생을 사사하여 고문사(古文辭)를 배웠으나 가죽나무 상수리나무처럼 재목으로 못쓸 재주를 어쩌겠습니까. 오하아몽(吳下阿蒙)¹⁷을 면치 못할 뿐입니다. 그리고 천성이 구경하러 다니는 것을 좋아하여, 관례를 치르고부터 부사산(富士山)¹⁸을 오르고 평안(平安)¹⁹에 갔다가 낭화(浪華)²⁰에 이르렀고 영락(寧樂)²¹을 지나 돌아왔습니다. 산천이 훌륭하다 들으면 천리를 멀다 여기지 않습니다만 오직 해외 유람을 하지 못한 것이 한스럽습니다. 공의 이번 행차 같은 경우는 실로 '장유(壯遊)'²²입니다. 부럽고도 부럽습니다. 우리 고장 선비들이 모두 음악을 좋아하고 우리

17　오하아몽(吳下阿蒙) : 삼국시대 오나라 명장 여몽(呂蒙)이 본래 무식하였으나 열심히 책을 읽어, 노숙(魯肅)이 그의 학식이 몰라보게 진보한 것에 탄복하면서 "나는 현제(賢弟)가 무사(武事)만 아는 줄로 생각했는데, 지금 와서 보건대 학식이 깊고 넓으니 과거에 보던 오하의 아몽이 아니다.[吾謂大弟但有武略耳. 至于今者, 學識英博, 非復吳下阿蒙.]"라고 하였다. 『三國志 卷54 呂蒙傳』

18　부사산(富士山) : 후지산. 현재 일본 시즈오카 현에 있는 산으로, 일본 제일의 명산으로 꼽힌다.

19　평안(平安) : 다이라노미야코. 평안경[平安京, 헤이안쿄]의 준말로, 794년 환무천황(桓武天皇) 때부터 1869년까지 천황이 있었던 현재의 교토 지역을 가리킨다.

20　낭화(浪華) : 나니와. 현 오사카[大坂]의 옛 지명이다.

21　영락(寧樂) : 나라. 나라노미야코[寧樂京 혹은 奈良京]의 준말로, 710년부터 784년까지 천황의 수도였던 평성경[平城京, 헤이죠쿄]을 가리킨다. 현재의 나라(奈良)이다.

22　'장유(壯遊)' : 사마천(司馬遷)이 견문을 넓히려고 20세 때 남쪽으로 강회(江淮)·회계(會稽)·우혈(禹穴)·구의(九疑)·원상(沅湘)를 거쳤고, 북쪽으로는 문사(汶泗)를 건너고 제노(齊魯)의 땅에서 학문을 익히고 양초(梁楚)를 지나 돌아온 것을 가리킨다.

나라에 다행히 옛 음악이 전합니다. 저도 피리를 조금 불 줄 압니다.
송독하다가 틈이 나면 동지들과 한 곳에 모여 현악기와 관악기를 연
주하고 즐겁게 마시면서 하루를 보냅니다. 우소주무(虞韶周武),[23] 회금
점슬(回琴點瑟),[24] 태자 진의 생(笙),[25] 점리(漸離)의 축,(筑)[26] 진쟁(秦箏)
과 호각(胡角),[27] 왕소군(王昭君)의 연주,[28] 왕포(王褒)의 사부(辭賦),[29] 마
융(馬融)의 적(笛),[30] 채염(蔡琰)의 가(笳),[31] 예형의 〈어양참과(漁陽摻
撾)〉,[32] 환이(桓伊)가 강가에서 연주한 세 곡조[33]로부터 아래로 명황(明

---

23 우소주무(虞韶周武) : 우순(虞舜)의 음악인 소악(韶樂)과 주무왕(周武王)의 음악인 대
   무(大武)를 가리킨다.
24 회금점슬(回琴點瑟) : 공자 제자 가운데 안회(顔回)는 거문고를 타고 증점(曾點)은 비
   파를 탄 데서 연유한 말이다.
25 태자 진의 생(笙) : 주 영왕(周靈王)의 태자 진(晉)이 피리(笙)를 잘 불어 봉의 울음소
   리를 냈는데, 후에 신선이 되어 백학(白鶴)을 타고 떠났다고 한다.
26 점리(漸離)의 축(筑) : 고점리(高漸離)는 개백정으로 축(筑)을 잘 연주하였는데 위나라
   사람인 형가(荊軻)와 친하여 연나라 저자에서 술을 마시며 노래를 부르곤 했다.
27 진쟁(秦箏)과 호각(胡角) : 가야금과 비슷하게 생긴 진나라의 현악기와 호인(胡人)의
   뿔 나팔 악기.
28 왕소군(王昭君)의 연주 : 한원제(漢元帝) 때 왕소군(王昭君)이 밤에 비파를 연주하며
   마음을 풀다가 이 소리를 들은 황제에게 발견되어 명비에 봉해졌다고 한다.
29 왕포(王褒)의 사부(辭賦) : 왕포(王褒)는 한선제(漢宣帝) 때 뛰어난 사부가(辭賦家)
   로, 위진남북조의 변려문에 큰 영향을 미쳤다.
30 마융(馬融)의 적(笛) : 동한(東漢)의 경학가 마융(馬融, 79~166)은 고(鼓)와 적(笛)을
   잘 연주하였다. 그의 〈장적부(長笛賦)〉가 전한다.
31 채염(蔡琰)의 가(笳) : 채염(蔡琰)은 채옹(蔡邕)의 딸로, 남편이 일찍 죽어 친정으로
   돌아오다가 한말(漢末)의 난리에 오랑캐에게 잡혀가 두 아들을 낳았다. 그는 음률(音律)
   에 능하여 〈호가십팔박(胡笳十八拍)〉을 지었는데 위(魏)의 조조(曹操)가 가엾게 여겨
   금벽(金璧)을 오랑캐에게 상환해 주고 다시 데려왔다.
32 어양참과(漁陽摻撾) : 예형(禰衡)이 지은 곡조 명. 공융(孔融)이 조조(曹操)에게 예형
   을 추천하였으나 예형은 조조를 상대하지 않았다. 조조가 그를 모욕하기 위해 북을 치는

皇)의 갈고(羯鼓),³⁴ 대랑(大娘)의 혼탈무(渾脫舞)³⁵에 이르기까지 다 열거할 수가 없습니다. 오늘 좋은 만남에 공들을 위해 한 곡 연주하여 객지의 회포를 위로하고 싶습니다만 틈을 얻을 수가 없습니다. 한스럽고 한스럽습니다." _{춘대}

"화운시가 더할 나위 없이 묘합니다." _{춘대}

"변변찮은 서툰 시어라 하나도 취할 것이 없는데도 군자들께서 실정을 지나치게 칭찬을 해주시니 못난 저의 재주가 깊이 부끄럽습니다. 선양해주신 높은 뜻에 매우 감사드립니다." _{국계}

"시도 묘하고 글자도 묘합니다. '감구(感舊)'라는 시어가 더욱 묘합니다." _{춘대}

"정중하신 칭찬을 어찌 감당하겠습니까?" _{소헌}

"대학사[제술관]를 밖에서 보자고 청하여, 즐거움을 다하지 못하니 한탄스럽습니다. 내일 다시 만나야 하겠습니다." _{국계}

"공들께서 화운을 미처 두루 하지 못하고 총총히 우리들을 버리시

아전으로 삼아 연회에서 북을 치게 하였는데, 예형이 〈어양참과〉를 연주하자 모든 손님이 감동하였다고 한다.

33 환이(桓伊)가 강가에서 연주한 세 곡조 : 〈매화삼롱(梅花三弄)〉을 가리킨다. 왕휘지(王徽之)가 환이(桓伊)를 우연히 만나 적(笛)를 연주해달라고 부탁하자 〈매화삼롱(梅花三弄)〉 세 곡조를 연주하고 떠났다고 한다.

34 명황(明皇)의 갈고(羯鼓) : 명황은 당나라 현종의 시(諡)인 지도대성대명효황제(至道大聖大明孝皇帝)의 준말. 현종이 갈고를 좋아하여 어느 날 내정에서 연주하면서 스스로 〈春光好〉라는 곡을 만들었다. 이때 내정의 살구꽃이 따라 피었다고 한다.

35 대랑(大娘)의 혼탈무(渾脫舞) : 대랑은 당나라 때 기녀 공손대랑(公孫大娘)을 가리킨다. 검무(劍舞)를 매우 잘 추었는데, 그가 혼탈무를 출 때에 승려 회소(懷素)는 그 춤을 보고서 초서(草書)의 묘(妙)를 터득했고, 서가인 장욱(張旭) 역시 그 춤을 보고서 초서에 커다란 진보를 가져왔다고 한다.

니, 실로 흥이 깨졌습니다." _{춘대}

"공의 시재는 민첩하기가 무리에서 **빼어나니** 우리들이 어찌 당하겠습니까? 하물며 오늘의 즐거움은 제가 남은 흥을 다해서는 더욱 안 될 것입니다. 매우 감사합니다. 그런데 이미 해가 다 져서 불을 켜고 계속하기 어렵습니다. 우선 인사하고 떠나야 하겠습니다. 저를 버리지 말고 후일 다시 청해주시길 바랄 뿐입니다." _{춘대}

"공들의 시편에는 모두 고인의 풍격이 있으니 흠모하기를 그만둘 수 없군요. 날이 늦어 안온하게 얘기를 나누지 못하고 파하니 한탄스럽습니다. 떠나기 전 다시 만나기를 바랄 뿐입니다." _{국당}

"귀하의 호가 어떻게 되는 지와 나이는 얼마인지 묻겠습니다." _{춘대}
"성은 김(金), 이름은 세만(世萬),[36] 나이는 21세입니다."

고풍 1장을 삼가 청천 신 공께 드리다
古風一章謹呈靑泉申公

춘대

남자는 태어나서 뜻을 품으니	男子生有志
상투 틀면 사방을 돌아다니네	束髮事四方
게다가 **빼어난** 재주를 품어	何況抱脩能
당세의 인재라고 일컬음에랴	當世稱材良
붓 휘둘러 화려한 시부 지으니	揮毫成麗藻

---

36 성은 …… 세만(世萬) : 제술관 신유한에게 딸린 소동 김세만(金世萬)이다.

빛나는 문채를 당할 수 없네	文采不可當
나랏일로 만 리 밖 떠나와서는	祗役萬里外
붓을 이고 박망후[37] 따르는구나	戴筆從博望
큰 바다 넘실넘실 펼쳐 있었고	滄海漫浩浩
도로는 어찌 그리 길기만 한지	道路一何長
부상 아래 사신 부절 멈추어둔 채	弭節扶桑下
여유롭게 국가 위광 살펴보셨네	容與觀國光
솥마다[38] 좋은 고기[39] 삶아내었고	谷鬵烹嘉魚
봄 술은 높은 당에 벌려 놓았네.	春酒在高堂
그대가 그립다 말하려 해도	願言我思子
이 바구니 저 바구니[40] 받들 길 없네	無由承筥筐

---

37 박망후(博望侯) : 한(漢)나라 때 장건(張騫)의 봉호로, 일찍이 대하국(大夏國)에 사신
갔다가 뗏목을 타고 황하(黃河)의 근원을 거슬러 올라가 은하수(銀河水)에 이르렀다고
한다.

38 솥마다 : 곡심(谷鬵). 문맥상 이 단어는 『시경(詩經)』의 〈비풍(匪風)〉에 "뉘 능히 고기
를 삶아 큰 솥·작은 솥에 씻으리[誰能烹魚, 溉之釜鬵。]"라는 구절에 나오는 "釜鬵"의
오기로 보인다. 원래 의미는 큰 솥과 작은 솥이다.

39 좋은 고기 : 『시경(詩經)』의 〈남유가어(南有嘉魚)〉에 "남녘엔 좋은 고기들이 득실득
실 팔딱이네. 군자에게 술이 있어 좋은 손 맞아 잔치하고 즐기네.[南有嘉魚, 烝然罩
罩。君子有酒, 嘉賓式燕以樂。]"라고 하였다. 훌륭한 손님을 대접함을 노래한 것이다.

40 이 바구니 저 바구니 : 거광(筥筐). 원래는 둥근 바구니와 모난 바구니를 가리키는데,
편의상 이렇게 번역해 둔다. 『詩經·召南』의 〈采蘋〉에 "물가 나물 뜯으러, 남쪽 산골
시내 가네. …… 어디에다 담을까요, 둥근 바구니와 모난 대바구니[于以采蘋, 南澗之
濱。 …… 于以盛之, 維筐及筥。]"라는 구절에서 연유한 말로, 접대를 잘함을 가리킨다.

전과 마찬가지로 삼가 경목 강 공께 드리다
同前謹呈耕牧姜公

춘대

순임금은 사악(四岳)[41]을 중임하였고	虞廷重四岳
주 왕실은 태공[42]을 후에 봉했네	周室侯太公
귀족 집안 어찌 오래 가지 않으랴	華胄豈不遠
후손들이 끝없이 이어진다네	苗裔垂無窮
이 사람은 진실로 특출 났으니	之子眞特秀
날랜 재주 조상에게 물려받았네	翩翩祖宗風
명을 받아 사행 길에 함께 참여해	受命參握節
뗏목 타고 큰 바다 동쪽 향했네	乘槎大海東
바라보는 곳마다 청운 있으니	所望有靑雲
어찌 한갓 작은 공만 세울 뿐이랴	寧徒尺寸功
낭화 나루 타고 온 배 매어두었고	維舟浪華津
부용봉 지날 때는 수레 세웠지	停車芙蓉峯
험난한 길 두렵지 않았던 것은	艱險不足畏
휘황한 꽃[43] 무성한 일 생각했기에	惟思皇華穠

---

41 사악(四岳) : 요임금의 신하 희화(羲和)의 네 아들로, 순임금 때 각각 사방의 제후를
　　맡아보았다고 한다.

42 태공 : 태공망(太公望)을 가리킨다. 사냥 나온 주문왕(周文王)에게 등용되었고, 주무
　　왕(周武王)을 도와 은을 멸하고 제나라에 봉해졌다.

43 휘황한 꽃 : 황황자화(皇皇者華)를 가리킨다. 『시경(詩經)』의 〈황황자화(皇皇者華)〉
　　에 "휘황찬란한 꽃이여, 언덕에나 낮은 땅에 피었네. 부지런히 달리는 사신은 행여 사명
　　못다 할까 걱정일세.[皇皇者華, 于彼原隰。駪駪征夫, 每懷靡及。]"라고 하니, 사신의
　　임무를 잘 하는 것을 가리킨다.

아아! 나랏일 너무 분주해   嗟爾靱掌甚

금술동이 함께 하기 어렵기만 해   金樽難與同

전과 마찬가지로 소헌 성공에게 삼가 드리다
同前謹呈嘯軒成公

춘대

선비들 행역에 수고로운데   列士勞行役

서기들 한결같이 뛰어나구나   書記一何賢

왕사는 본래부터 끝없는 데다   王事故靡盬

이 사람 재주 유독 뛰어나구나   之子獨翩翩

평대[44]에서 서한을 써서 주시니   授簡平臺上

문채가 자리 가득 퍼지는구나   文藻擒當筵

천금수[45]를 아껴서 무엇 하리오   豈愛千金壽

구하는 것 아름다운 말에 있을 뿐   所求在嘉言

조복[羔裘]은 훌륭한 덕과 걸맞고   羔裘稱令德

관복은 곱고도 깨끗하여라   冠服麗且鮮

동해 바다 발 담가 씻기도 하고   濯足東海水

부상에서 옷자락도 털어 입었지   振衣扶桑嶺

---

44 평대(平臺) : 양원(梁園)을 가리킨다. 한나라 문제의 넷째 아들인 효왕(孝王)이 만든 곳으로, 사마상여(司馬相如)와 매승(枚乘) 등의 문사를 불러 잔치를 열어, 한나라 초기 문화의 중심이 되었던 곳이다.

45 천금수(千金壽) : 전국 시대 노중련(盧仲漣)이 월나라를 위해 진나라 군대의 포위를 풀자 평원군이 천금으로 노중련을 축수한 데서 연유하여, 축수하는 말을 가리키게 되었다.

긴 여정 고생살이 싫지 않으니	不厭長途苦
왕명의 존엄함 생각뿐이네	每懷王命尊
못난 나는 동쪽 길에 기다리다가	少子在東道
공경하여 옷매무새 매만진다네	愛敬起周旋

전과 같이 국계 장공에게 삼가 드리다
同前謹呈菊溪張公

춘대

나라에서 화목함을 귀히 여기니	邦家貴輯睦
선린(善隣)은 예로부터 보배로운 것.	善隣古所寶
거룩하다, 한림학사 손님께서는	韙哉翰林客
고생스런 먼 길을 떠나오셨네.	間關行遠道
붓을 잡아 사신 임무 보필하였고	秉筆毗專對
사명은 혼자서 지은 것이네.	辭命獨自草
문장은 서간에서 광채가 나고	文章光簡牘
명성은 구름 밖에 뻗어나가네.	英華達雲表
임금님 베푼 은총 어찌 적으며	寵數豈不多
공명을 어찌 일찍 못 이루겠나.	功名豈不早
아침에 곤륜산을 출발했건만	朝發崑崙丘
저녁에는 봉래섬에 묵게 되었네.	夕宿蓬萊嶋
봉황은 구천을 날아오르고	鳳凰翔九天
교룡은 신령한 못 뛰어오르네.	蛟龍躍靈沼
북해의 술동이[46] 조금 따라서	薄酌北海樽

술잔 들어 늙지 말라 축수하노라.　　　　　　　　　　稱觴以難老

자리에서 청천공께 받들어 드리다
席上奉呈靑泉公

사절이 동쪽으로 만 리 남짓 달려와　　　　　　使節東馳萬里餘
홍려관[47]에 대부 수레 새로이 멈추었네　　　　鴻臚新駐大夫車
높고 높은 수레 덮개 구름처럼 모이니　　　　　峨峨冠盖如雲集
어느 분이 난대[48] 계신 행비서[49] 분이신가?　誰是蘭臺行秘書

춘대가 준 운에 받들어 화운하다
奉和春臺見贈

　　　　　　　　　　　　　　　　　　　　　　청천

불로초는 진 동자가 캐고 캐고 남았으니　　　仙草秦童采采餘

46　북해의 술동이 : 북해준(北海樽). 손님을 좋아하는 주인의 술동이를 가리킨다. 한나라
　　말 공융(孔融)은 북해의 재상이 되었으므로 공북해(孔北海)라고 불렸다. 퇴직한 후에
　　항상 손님들이 많았는데, "손님이 항상 가득하고 술동이 술은 비지 않으니 나는 걱정이
　　없다."라고 하였다 한다. 『後漢書 卷70 孔融傳』

47　홍려관(鴻臚館) : 한나라 때 외국 사신을 묵게 했던 관소로, 이후 외국 사절이 묵는
　　관소를 일반적으로 가리키게 되었다.

48　난대(蘭臺) : 한나라 때 궁중의 서적을 보관하던 장소이다.

49　행비서(行秘書) : 견문이 넓고 기억력이 뛰어난 사람을 비유한 말이다. 당 태종(唐太
　　宗)이 출행(出行)할 적에 우세남(虞世南)을 데리고 다니면서 그의 박문강기(博聞強記)
　　에 탄복하여 '행비서'라 불렀다고 한다.

봉래산 푸르름은 가는 수레 감싸주네 蓬山蒼翠擁行車

신선 굴에 나고 자란 그대가 부러우니 羨君生長烟霞窟

분서갱유 이전 책을 통쾌히 읽었겠지 快讀燔灰以上書

다시 원운에 차운하여 청천공의 화운시에 드리다
再次原韻奉酬靑泉公高和

춘대

하루 종일 논한 문장 의미는 넉넉하고 盡日論文意有餘

온 당 가득 좋은 일에 수레 미처 못 돌리네 滿堂好事未回車

태현경 초한 글에 좋은 글자 많을 테니 太玄草就多奇字

야밤까지 천록각[50] 글 교정일랑 하지 마오 夜半休繙天祿書

경목공에게 드리다
奉呈耕牧公

춘대

푸른 관복 백마 타고 사신을 배종하니 靑袍白馬任追陪

강건한 필력이 서기 재주 딱 맞구나 健筆偏稱書記才

무릉에서 노니는 일 피곤하지 않을 테니 自是茂陵遊未倦

그대가 평대에서 서간 줄 것 알겠노라 知君授簡在平臺

---

50 천록각(天祿閣) : 한나라 궁중의 전적을 보관한 장소로, 『태현경(太玄經)』을 지은 양웅(揚雄)이 이곳에서 교서(校書)를 한 적이 있다.

춘대에게 화운하여 주다
和贈春臺

만 리 길 남쪽으로 사절을 따랐으나	萬里南來使節陪
나라 위한 문장 재주 변변찮아 부끄럽네	文章華國愧微才
그대 만나 시 짓는 삼매경을 말하지만	逢君說到詩三昧
고운 시체 십대(十臺)를 묘사하기[51] 부끄럽구나	艶體羞稱有十臺

다시 원운에 차운하여 경목공의 화운시에 받들어 응수함
再次原韻奉酬耕牧公高和

춘대

천 년 만에 있을 모임 기쁘게 함께 하니	千秋高會喜趨陪
서기 중 어느 분이 완우[52] 같은 재주인가?	書記誰爭阮瑀才
큰 나라에 유식한 이 많다고 들었으니	見說大邦多有識
훌륭한 이름 이제 난대에 오르겠네	嘉名從此上蘭臺

---

51 십대(十臺)를 묘사하기 : 원의 오사도(吳師道)가 고소대(姑蘇臺) 등 유명한 대(臺)에
관한 〈십대회고(十臺懷古)〉를 지은 바 있다.

52 완우 : 阮瑀. 건안칠자(建安七子) 가운데 한 사람으로 문장이 뛰어나, 위(魏)나라 조조
(曹操)가 사공군모좨주(司空軍謀祭酒)로 삼아 국가 차원의 외교문서와 격문을 담당하여
짓도록 하였다.

소헌공에게 받들어 드리다

奉呈嘯軒公

취허 성완(成琬)[53]이 천화 내빙 때 제술관으로 왔었는데 소헌이 그 아들이다.[54]

춘대

취허의 명예는 구천에 드높으니	翠虛名譽九天高
옥나무 뜰 계단에[55] 봉황 새끼 있구나	玉樹庭階有鳳毛
자주 인끈 금빛 인장 어찌 찾기 어려우랴	紫綬金章豈難覓
앞서 이미 눈앞에서 푸른 관복 보았었네	眼前先已看靑袍

춘대가 준 아름다운 시편에 '감구(感舊)'라는 말이 있어서 감동하여 화답해 드리다

春臺見惠佳篇有感舊之語感而和呈

소헌

만 리 먼 동쪽 오니 검 한 자루 우뚝 높아	萬里東來一劍高
기이한 재주 보니 감히 모수[56] 자처하랴	奇才敢擬處囊毛

---

53 성완(成琬) : 1639~?. 본관은 창녕(昌寧). 자는 백규(伯圭), 호는 취허(翠虛). 문집으로 『취허집(翠虛集)』이 있다. 1682년 제술관으로 일본에 다녀왔다.

54 소헌이 그 아들이다. : 태재춘대의 착각으로 보인다. 성몽량은 성완의 조카이다.

55 옥나무 뜰 계단에 : 훌륭한 자제가 있음을 뜻한다. 진(晉)나라 사안(謝安)이 여러 자제들에게 어떤 자제가 되고 싶냐고 묻자, 그의 조카인 사현(謝玄)이 "비유하자면 지란옥수가 뜰 안에 자라게 하고 싶습니다.[譬如芝蘭玉樹欲使其生於階庭耳。]"라고 한 말에서 연유하였다. 『世說新語 言語』

56 모수(毛遂) : 전국 시대 조(趙)나라 평원군(平原君)의 문객(門客)인 모수(毛遂)가 "내가 일찍이 주머니 속의 송곳(囊中之錐)과 같은 입장이었다면, 송곳 끝만 밖으로 나온 정도에 그치지 않고 송곳 자루까지 밖으로 나왔을 것이다."라고 하면서 스스로를 추천하였다.

부상 나라 달빛은 예처럼 휘황하니 　　　　　扶桑月色輝如舊
발 닿는 강산마다 옷자락에 눈물 가득 　　　　隨處江山淚滿袍

숙부께서 동쪽에 오셨을 때 '달이 부상 큰 나무 사이에 뜨네.[月出扶桑大樹間]'라고 한 구절이 있어 말구에 운운하였습니다.

다시 원운에 차운하여 소헌공의 화운시에 수창하다
再次原韻奉酬嘯軒公高和

춘대

그대 재주 명성처럼 높음을 알겠으니 　　　　知君才氣競名高
구름 높이 훨훨 나는 한 마리 새 같구나 　　　雲際飄然一羽毛
부상 나무 가지 위에 깃들기 좋으리니 　　　好向扶桑枝上宿
옛적의 그 밝은 달 남색 도포 비추네 　　　　昔時明月照藍袍

국계공에게 드리다
奉呈菊溪公

춘대

삼한 사신 부절 깃발 청운에 드높으니 　　　三韓使節入靑雲
상국의 문장이 평소 듣던 그대로네 　　　　上國文章愜素聞
서기는 재주 높아 사명에 노련하니 　　　　書記翩翩老辭命
동방 기병 천 명도 그대를 못 당하리 　　　東方千騎不如君

춘대가 준 운에 받들어 차운하다
奉酬春臺惠贈韻

국계

구름 같이 토해내는 초탈한 기개 만나 · 當筵逸氣吐如雲

그 자리 척지금성[57] 귀에 가득 들려오네 · 擲地金聲滿耳聞

그래도 만남 이별 쉬운 인생 한스러워 · 却恨浮生離合易

이별한 후 그립지 않은 날 있으랴 · 別來何日不思君

다시 원운에 차운하여 국계공의 화운시에 응수하다
再次原韻奉酬菊溪公高和

춘대

재자가 붓 휘둘러 오색구름 일으키고 · 才子揮毫起彩雲

게다가 영 땅 곡조[58] 또 듣기를 감당하랴 · 郢中高調又堪聞

천고에 전한 풍류 생각만 했었는데 · 風流千古空相憶

지금 여기 그대에게 볼 줄을 알았으랴 · 豈料如今此遇君

---

57 척지금성(擲地金聲) : 훌륭한 시문을 가리킨다. 진(晉)나라 손작(孫綽)이 〈천태산부
 (天台山賦)〉를 지어 친구 범영기(范榮期)에게 보이며 "자네 한 번 땅에 던져 보게. 금석
 소리가 나리."라고 하였다는 말에서 유래하였다.

58 영 땅 훌륭한 곡조 : 〈양춘백설곡(陽春白雪曲)〉을 가리킨다. 전국 시대 초(楚)나라
 서울 언영(鄢郢)에서 어떤 사람이 이 노래를 불렀는데, 그 수준이 워낙 높아 그에 화답한
 자가 수십 명에 지나지 않았다고 한다.

국계공에게 드리다
奉呈菊塘公

춘대

장사가 뗏목 타고 귀한 행차 호위하니	壯士乘槎護玉珂
몇 번이나 뱃노래가 군가에 섞였던가	幾回欸乃雜鐃歌
장군께서 늠름한데 문재를 겸했으니	將軍威武兼才調
의기는 마복파[59]를 가벼이 여기리라	意氣應輕馬伏波

춘대가 주신 운에 차운하다
奉次春臺惠示韻

국당

쓸쓸한 낙엽 소리 말 장식 소리 섞여	蕭蕭寒葉雜鳴珂
만 리 길 슬픈 가을 지사가 노래하네	萬里悲秋志士歌
고국 떠난 이래로 서신이 끊겼으니	故國別來書信斷
안개 물결 저 너머로 고개조차 못 돌리네	不堪回首隔烟波

---

59 마복파(馬伏波) : 후한 때의 복파장군(伏波將軍) 마원(馬援)을 가리킨다. 교지국(交趾國)을 원정하여 두 개의 구리 기둥을 세워 한(漢)나라와 남방 외국의 경계선을 표시하였다.

다시 원운에 차운하여 국당공의 화운시에 응수하다
再次原韻奉酬菊塘公高和

춘대

큰 나라 관원들이 말 장식 울리니	大邦冠冕各鳴珂
서쪽으로 돌아갈 때 개선가 필요 없네	不用西歸奏凱歌
장군 보내 거듭해서 창 들게 하지 마오	休遣將軍重橫槊
근래에 동쪽 바다 풍파가 끊겼다오	近來東海絶風波

조선 제술관 청천 신공을 전송하는 글
奉送朝鮮製述靑泉申公序

춘대

한인이 우리에게 내빙하면 우리나라에 글 쓰는 사람치고 그들이 온다는 말을 듣고 안색이 동하지 않는 자가 없고, 한인들이 오게 되면 지나는 주마다 인사들이 알현하기를 청하고, 시로 창화한 자라면 또 학사 및 두세 명 서기들이 시를 잘하고 민첩함을 감당하기 어렵다 칭찬하지 않는 자가 없다. 아아! 풍부하구나, 한인이 문예에 있어서여! 내가 학사 신 청천 공을 만나고 돌아오자, 알고 지내는 두세 서생이 내방하였으니 역시 모두 시를 한인에게 보내 너그러운 대접을 받은 자들이었다. 이어서 나와 말할 때 한인이 민첩하게 응대한다고 매우 칭찬하였는데, 그들과 많이 겨루면서 패자의 상황에 처할 정도는 아니었다고 생각하는 듯 했다. 나는 듣고서 오랫동안 이마를 찡그리다가 말했다.

"이상하구나! 손님의 말씀이."

손님이 말했다.

"왜 그러십니까?"

"제가 불민하여 시를 잘 말하지 못합니다. 다만 저는 음률을 좋아하는데 그 가운데 피리 불기를 제일 좋아합니다. 이 때문에 조금쯤은 음악에 대해 말할 수 있으니, 음악으로 말해보도록 하겠습니다. 음악이란 즐거움이니 인정이 벗어날 수 없는 것입니다. 인정에 적절한 바를 얻으려하는 것은 사람들이 다 마찬가지입니다. 사람이 인정의 적절한 바를 얻으면 기뻐하고, 기뻐하면 즐겁고, 즐거우면 반드시 목소리에 드러나고 행동에 나타납니다. 그러나 기쁨은 삼가지 않으면 안 되고, 즐거움은 절제하지 않으면 안 됩니다. 그러므로 음악이라는 것은 선왕(先王)이 이것으로 기쁨을 삼가고 즐거움을 절제했던 것입니다. 음악을 제대로 된 방법으로 하지 않으면, 사악하고 음란한 행동이 일어납니다. 성인이 이렇게 되는 것을 미워하셨습니다. 그러므로 아송(雅頌)의 소리를 제정하여 인도하셨으니 음란함을 거두고 덕을 드러내는 것입니다. 이 때문에 금석사죽(金石絲竹)은 음악의 그릇이요,[60] 굴신부앙(屈伸俯仰)은 음악의 문채요,[61] 이남(二南)[62]과 아송(雅頌)[63]은 음악의

---

60 금석사죽(金石絲竹)은 음악의 그릇이고 : 『예기(禮記)』〈악기(樂記)〉의 "금석사죽은 악기이다.[金石絲竹, 樂之器也。]"라고 한 말에서 인용한 것이다. 금석사죽은(金石絲竹)은 쇠로 만든 종, 돌로 만든 경쇠, 현악기인 금슬, 관악기인 피리의 네 종류 악기를 가리킨다.

61 굴신부앙(屈伸俯仰)은 음악의 문채이며 : 『예기(禮記)』〈악기(樂記)〉의 "굽히고 펴며 굽어보고 우러르며 배열하여 흩어지고 모이며 천천히 하고 빨리 하는 것은 악의 문채이다 [屈伸俯仰, 綴兆舒疾, 樂之文也。]"라고 한 말에서 인용한 것이다. 굴신부앙(屈伸俯仰)

소리요, 오음육률(五音六律)[64]은 음악의 척도요, 팔음(八音)이 화합하여 서로 순서를 빼앗지 않음이 음악의 조화요, 천지를 움직이고 귀신을 감동시키고 온갖 짐승을 춤추게 하고 봉황이 오게 하는 것이 음악의 감응이요, 부부를 다스리고 효경을 이루고 인륜을 두터이 하고 교화를 아름답게 하고 풍속을 변화시키는 것이 음악의 성공입니다. 그러므로 선왕이 이로써 교(郊) 제사를 지내고 이로써 사직(社稷)의 제사를 지냈으며, 이로써 빈객(賓客)을 향응하고 이로써 향인(鄉人)을 화합하였습니다. 어떻게 이렇게 할 수 있었겠습니까? 조화입니다. 그러므로 '음악은 천지의 조화이다.'라고 한 것입니다. 예는 음악을 통해 행해지고 음악은 예를 통해 이루어집니다. 왕자의 자취가 없어진 이래로 예는 버려지고 음악은 없어졌으며 아송의 제향이 끊겼으니 후대 사람이 무엇을 통해 선왕의 세대에 성악의 성대함이 말한 바와 같음을 보겠습니까? 오직 양한(兩漢) 이후로, 시인의 작품이 비록 삼대의 옛 것을 뒤따르지 않았지만 오히려 풍인의 발자취를 따라 접해 아송에 돌아가려 하였으니, 지금 천지의 조화를 접할 수 있는 것은 오직 시 뿐입니다. 그리고 서경에 말하지 않았습니까? '시는 뜻을 말한 것[詩言志]'이라고. 그러므로 춘추시대에는 조회와 연향에서 시를 읊는 자는 대개

은 음악에 맞추어 추는 춤의 동작을 가리킨다.

62 이남(二南) : 『시경(詩經)』의 〈주남(周南)〉과 〈소남(召南)〉을 가리킨다.

63 아송(雅頌) : 『시경』 내용과 악곡 분류의 명칭으로, 아(雅)는 조정의 아악이고 송(頌)은 종묘 제사에 쓰이는 악곡을 가리킨다.

64 오음육률(五音六律) : 오음은 궁(宮)·상(商)·각(角)·치(徵)·우(羽)의 다섯 음계를, 육률은 음의 표준을 정하는 죽관을 가리킨다. 음악의 범칭으로 사용된다.

아송의 말을 읊을 뿐이었습니다. 지금 비록 그렇지 않더라도 어찌 많음을 숭상하겠습니까? 그러하니 민첩하게 응대함에서 역시 무엇을 취하겠습니까? 이는 다만 재주 겨루는 것이니 손님을 접대하면서 음악의 조화를 상하게 하는 것은 예의 뜻이 아닙니다."

"그렇다면 한인이 하는 것은 잘못입니까?"

"굳이 잘못이라 하겠습니까? 그들은 이국의 손님이고 주인 쪽 나라 사람이 그를 위해 지었는데도 손님이 대답하지 않으면 매우 불공한 것이니, 부득이해서일 뿐입니다. 조빙의 예는 선왕의 제도입니다. 계찰(季札)은 국풍을 얘기하고[65] 담자(郯子)는 관제를 말하였다고[66] 저는 들었습니다만 시를 가지고 서로 소란을 떨었다고는 듣지 못했습니다. 이렇게 번잡하니 누가 그 허물을 책임져야 합니까? 저는 우리나라 사람이 손님을 공경하지 않는 것이 걱정스럽습니다. 그렇더라도 내가 한인에게 면식을 얻은 것도 시 때문이니 이미 허물을 본받은 것입니다. 바라는 것은, 내가 이를 그만두고 한인을 서쪽 교외로 요청하여 산수의 사이에 싸리를 꺾어 펴고, 동해의 물고기 삶고 홍지(鴻池)의 술[67]을 따르며, 우리 두세 형제들과 현악기·관악기 연주하고 시 읊고

---

65 계찰(季札)은 국풍을 얘기하고 : 계찰(季札)은 춘추 시대 오(吳)나라 사람. 예악에 밝아 노나라로 사신 가서 주나라 음악을 듣고 열국(列國)의 치란흥쇠를 알았다 한다.

66 담자(郯子)는 관제를 말하였다 : 담자(郯子)는 담국(郯國)의 군주인데, 노나라에 조회 갔을 때 공자가 스승으로 따랐다고 한다.

67 홍지(鴻池)의 술 : 홍지[鴻池, 고이케]의 술은 이타미자케(伊丹酒)를 가리킨다. 1600년 이타미의 고이케 젠에몬(鴻池善右衛門)이 예전 방식을 개량해 청주의 대량생산법을 개발하여 청주가 본격적으로 일반 대중에 유통되게 되었다. 에도시대 가장 정평이 났던 술이다.

노래 부르는 것으로 서로 권하고 예법의 밖에서 노니는 것입니다. 비록 엄연히 큰 나라의 군자라지만 어찌 객회에 조금도 위로가 되지 않겠습니까? 그런 때라면 내가 한인과 더불어 혹 지은 시가 있을 것이니, 흥이 이르는 곳마다 아름답고 조리가 있을 것임은 아마도 미처 헤아릴 수 없을 것입니다. 아아! 예악은 옛 것이 아닙니다. 비록 조빙의 일이 있으나 〈녹명(鹿鳴)〉이 연주되지 않고 〈사무(四牡)〉가 응답되지 않으니[68] 또 무엇으로 훌륭한 손님의 마음을 편안하고 즐겁게 하겠습니까? 그렇지만 남의 신하 된 자는 사사로운 사귐이 없습니다. 나 같이 은거한 선비 역시 어찌 사사로움을 허여할 수 있겠습니까? 이것이 유감스럽습니다."

손님이 대답하지 않고 떠났다. 나는 마침내 이를 기록하여 신 공을 보내는 서문으로 삼는다. 모두 8백22자.

조선 정사 기실 경목 강공을 전송하는 글
奉送朝鮮正使記室耕牧姜公序

춘대

남자가 세상에 있으면 본래 사방으로 나갈 일이 있어야 마땅합니다. 그러므로 태어날 때 뽕나무 활과 쑥대 화살 여섯을 천지와 사방에 쏘아 할 일이 있음을 보이는 것입니다. 그런데 남자의 일은 사신과 장

---

68 〈녹명〉이 …… 않으니 : 〈녹명(鹿鳴)〉과 〈사무(四牡)〉는 『시경』의 편명으로, 사신에게 베푸는 노래이다.

수만한 것이 없습니다. 천하가 다스려지면 사신이 되고 어지러우면 장수가 되니, 사신을 나가면 독자적으로 응대를 해야 하고 장수가 되면 독자적으로 행동을 결정해야 합니다. 두 가지 모두 임금의 명을 받들어 나가 이역에서 공을 세우는 것입니다. 그 일이 비록 문무가 다르기는 하지만 역시 각기 숭상하는 바가 있습니다. 이른바 문사(文事)가 있는 자는 반드시 무를 갖추고 무사(武事)가 있는 자는 반드시 문을 갖추니, 실로 재주를 온전히 하기를 구하는 것입니다. 다만 장수는 항상 있는 일이 아니지만, 사신은 세대마다 반드시 있습니다. 그래서 문사를 하는 장부가 뜻을 세우면 꿋꿋하게 은거해 나오지 않고 당시의 세상을 오만하게 보며 제 일을 고상하게 할 뿐이지만, 만약 젊을 때 배우고 장성해서 뜻을 세워서 한 번 임금에게 신임을 얻으면, 마땅히 세상 일로 사방을 일삼아야 하니 어찌 땅 생각에 연연해하고 처자의 얼굴을 계속해서 보려 해야 되겠습니까? 제가 불초하나 머리를 묶어 상투를 올린 이래 삼가 이런 뜻을 품어왔습니다. 생각하면 우리 조정이 다스린 백년이 본디 청영(請纓)[69]의 때가 아닌 데다 더욱이 몸이 재야에 있는 데겠습니까? 우러러 청운(青雲)을 바라보나 이를 길이 없고 부절을 쥐고 달려 나라 안에 전하고 싶어도 역시 할 수가 없는데 오히려 바다 건너 큰 나라 관광하기를 구하겠습니까? 이것이 산림의 선비가 섭섭해 하며 이를 가는 까닭입니다. 우리 신조(神祖)께서 정통을 고쳐

---

69 청영(請纓) : 떨쳐 일어나 적을 죽임을 비유한 말이다. 남월과 화친하여 한나라가 종군을 남월의 사신으로 파견하려 하니 종군이 조정에 들어가 '긴 밧줄[纓]을 주시면 남월왕을 잡아 궁궐에 끌고 오겠습니다.'라며 자청하였다는 고사에서 유래하였다.

다시 조정을 연 이래, 우리와 사이좋게 지낸 나라 가운데 조선만한 나라가 없습니다. 조선은 우리에게 한 세대에 한 번 그 나라의 대신(大臣)이 내빙하여 옛 우호를 닦으니, 우리가 빈례로 대하는 것 역시 중시하지 않을 수 없습니다. 그런데 조선인은 우리나라에 손님으로 와서, 예를 바르게 하고 의를 밝히는 것을 잘하는 것은 물론이고 임금의 명을 욕되게 하지 않습니다. 그들이 시를 지을 때 민첩하게 문재를 펼치는데, 많이 하면 할수록 더욱 분명해지니, 진왕의 칠보시[70]가 이보다 더할 수 없을 것이라고 합니다. 저는 젊어서부터 이 일을 익숙하게 듣고 마음속으로 몰래 사모하여 스스로 이렇게 말한 적이 있습니다.

"남아가 한 번 임금의 명을 받들어 사방으로 사신을 나가 전대(專對)할 때 시 삼백편을 몸소 시험해 볼 수 없으니, 역시 그만이로구나. 만일 혹시라도 이른바 조선의 신사(信使)라는 사람을 만나 위의와 모습을 구경하고 언론을 듣고 또 그 사이를 문자로 주선할 수 있다면 오히려 또한 갑갑하게 쌓인 것을 펼 수 있을 것이다."

신묘년(1711)에 마침 조선 사신이 앞 조정의 새로운 정사를 축하하러 왔습니다.[71] 저는 기뻐 때를 얻었다고 여겼습니다. 관소의 아전이 법을 엄격히 지켜서 산림의 선비가 명함 한 번 넣는 것을 허락하지 않는다는 것은 헤아리지 못하였습니다. 곧 문을 청소하는 심부름꾼이

---

70 진왕의 칠보시 : 진왕(陳王)은 조식(曹植)을 가리킨다. 조비(曹丕)가 아우 조식의 문재를 시기하여 일곱 걸음을 걷는 동안에 시를 짓게 하고 만일 못 지으면 벌을 주겠다고 하였으나 조식이 과연 칠보 동안에 〈연두시(燃豆詩)〉를 지었다.

71 신묘년(1711)에 …… 왔습니다. : 6대 장군(將軍) 덕천가선[德川家宣, 도쿠가와 이에노부, 1662~1712]의 즉위를 축하하기 위해 1711년 통신사가 파견된 일을 가리킨다.

되려 하였으나 될 수가 없었습니다. 근심스럽게 애를 태우고 갈수록 감개하여 이를 갈았습니다.

이번에 신사가 다시 왔으니 하늘이 좋은 인연을 빌려주셔 저희들로 하여금 계단 아래 나아가 덕 있는 모습을 우러러 볼 수 있게 하였습니다. 그리고 그 기실(記室 : 서기) 강 경목공이란 이를 받들어 문사로 아낌을 받았습니다. 못난 저의 오랜 소원이 이제 응답을 받았으니 얼마나 다행입니까? 비록 그렇더라도 저 같은 자는 큰 붕새를 바라는 메추라기에 비유할 수 있을 것입니다. 하루아침에 상국의 인물을 보니 위의와 예절이 듣던 것보다 더하여 매우 부러운 마음이었습니다. 물러나 다른 이에게 말하였습니다.

"내가 지금 이후로 뽕나무 활과 쑥대 화살이 부질없이 베풀던 것이 아님을 알았다. 아아! 선비가 사방의 일이 없어서야 되겠는가? 강공 같은 분은 진실로 선비이자 남자의 일을 마친 자로다. 우리들이 한 번 그가 한 바를 본받고자 해도 앞으로 어느 때 하겠는가? 내가 감개하여 이를 가는 것을 오히려 그만둘 수 없다."

강 공이 일을 마치고 돌아가려 하십니다. 그래서 좌우에 이 말을 읊어 드립니다. 모두 6백40자.

조선 부사 기실 소헌 성공을 받들어 전송하는 글
奉送朝鮮副使記室嘯軒成公序

춘대

예로부터 문예의 선비는 왕왕 노니는 것을 좋아하였으니 그 까닭은 무엇이겠는가? 문예의 선비는 반드시 앞으로 위대한 작품을 지을 것이기 때문이다. 위대한 작품을 지으려면 견문을 넓히고 뜻을 크게 하지 않으면 그 일을 해낼 수 없다. 육예(六藝)[72]와 기전(記傳)[73]처럼 넓히데 좋은 것이 없다. 배우는 자가 만일 문을 닫고 휘장을 내린 채 궤안 사이에 몸을 두고 탐독하여 게을리 않으며 세월을 보내면, 앉아서도 우주를 살필 수 있으니 또 어찌 노니는 것을 기다리겠는가? 비록 그렇더라도 천하의 명산과 대천은 일일이 열거하지 못할 정도로 많다. 그리고 고금은 정사가 다르고 먼 곳과 가까운 곳은 풍속이 다르기 때문에 반드시 발로 그 땅을 밟고 눈으로 그 일을 본 연후에야 기전에서 칭술한 왕패의 공업과 성쇠의 자취에 그 실제를 증명할 수 있다. 그리고 사마자장이 『사기(史記)』를 지은 것이라면 이른바 큰 저작이 아니겠는가? 그가 쓴 자서에서 '20세에 남쪽으로 장강(長江)과 회하(淮河)에서 노닐고, 회계산(會稽山)을 올라가 우임금의 묘혈을 탐색하고, 구의산(九疑山)을 엿보고, 원수(沅水)와 상수(湘水)를 떠갔으며, 북으로 문수(汶水)와 사수(泗水)를 건넜고, 제 땅과 노 땅에서 학업을 익혀 공자의 유풍을 살피고, 추역(鄒嶧)에서 향사례를 배우고, 파(鄱) 땅·설(薛) 땅·팽성(彭城)에서 곤액을 당하고, 양(梁)과 초(楚)를 지나 돌아왔고, 낭중(郎中)이 되자 또 사명을 받들고 서쪽으로 파촉(巴蜀) 이남을 정벌하고, 공(邛)·착(筰)·곤명(昆明)을 공략하였다'라고 했으니 자장이 노닐

---

72 육예(六藝) : 『시경(詩經)』·『서경(書經)』·『예기(禮記)』·『악기(樂記)』·『역경(易經)』·『춘추(春秋)』의 경서를 가리키다.

73 기전(記傳) : 역사와 전기를 가리킨다.

며 본 것은 장대하고도 넓었다. 오히려 그러고서도 7년 동안 그 문장의 차례를 논하여 정한 연후에 그 책이 이루어졌으니 그의 축적된 생각이 나온 바가 어찌 얕고 적겠는가? 이와 같지 않으며 불후의 저작이 되기 부족할 뿐이다. 나도 젊을 때 노닐기 좋아했다. 비록 아직 저작이 없으나 속으로는 태사공의 노닒을 장하게 여긴다. 그러므로 매번 그의 글을 읽으면서 울적해하며 스스로 한스러워하지 않은 적이 없었다. 저는 신양(信陽)[74]에서 태어나 동도[강호]에서 자랐다. 관례를 치르고 나서 부악(富嶽)[75]에 올랐고 평안(平安)에서 노닐었으며 낭화(浪華)에서 머물다가 영락(寧樂)을 지나 돌아왔다. 눈으로 스친 것과 발로 밟은 것이 왔다갔다 천 여 리를 넘지 않아 태사공이 열한 군데 지난 것에는 일찌감치 미치지 못하니 노닐기 좋아한다 하겠는가?

조선 성 소헌 공이 빙사(聘使)를 따라 오셨다. 나는 그가 평소 노닌 경력이 있는지 없는지 모르지만 생각하건대 이번 사행에서 배와 수레로 지난 것이 또 5천 리이고 다른 나라 다른 풍속의 헤아리기 어려운 땅에 들어왔으니 비록 임금의 명이 있었더라도 실로 역시 비상한 일이다. 나는 보고서 장대하게 여겨서 말했다.

"아아! 공의 노닒은 아마도 사마자장에게 부끄럽지 않을 것입니다. 공이 돌아가서 큰 저작을 남기고 제가 살아서 보게 한다면 장쾌하지 않겠습니까?"

내가 성 공을 이미 관소에서 배알하고 또 시를 드려 거절을 당하지

---

74 신양(信陽) : 일본의 신농[信農, 시나노]를 중국식으로 표현한 지명이다.
75 부악(富嶽) : 후지산(富士山)을 가리킨다.

않았으니 매우 다행하다. 그러므로 그가 돌아갈 때에 이르러 이 말로
전송한다. 모두 4백90자.

조선 종사 기실 국계 장공을 받들어 전송하는 글
奉送朝鮮從事記室菊溪張公序

춘대

추연[76]의 학문은 옛날 이른바 "굉대불경(閎大不經)"[77]이라는 것이라,
군자가 본디 취하지 않는다. 그렇더라도 지금으로부터 거대한 천지를
관찰하면 역시 어떤 사람이 그 끝을 알겠는가? 이른바 육합(六合)의 밖
은 남겨두고 논하지 않는다 한 것이 앞선 성인의 취지이니 저는 몽장
씨(蒙莊氏)[78]에게서 들었다. 우리 일본은 추연의 무리가 말하지 않아
옛날에 알려지지 않았다. 나라가 비록 적현신주(赤縣神州)[79]와 같을 수

---

76 추연(騶衍) : 추연(鄒衍)이라고도 한다. 전국시대 제나라 사람으로 음양가학을 창시한
   대표적인 인물이다.

77 굉대불경(閎大不經) : 황탄함에 가깝고 근거가 없음을 가리킨다. 『사기(史記)』〈맹자
   순경열전(孟子荀卿列傳)〉에서 추연을 평가하여 나온 말이다.

78 몽장씨(蒙莊氏) : 장주(莊周)를 가리킨다. 그가 몽현(蒙縣) 출신이기 때문에 이르는
   말이다.

79 적현신주(赤縣神州) : 중국을 가리키는 말. 옛날 염제가 다스린 땅을 적현(赤縣)이라
   불렸고 황제가 다스린 땅을 신주(神州)라 불렀다. 황제가 염제를 쳐서 통일시킨 후 합쳐
   서 적현신주라 불렀다. 『사기(史記)』〈맹자순경열전(孟子荀卿列傳)〉에 추연이 "적현신
   주 안에 9주가 있다. 우임금이 말한 구주가 이것이니 주의라고 셀 만한 것이 못된다.
   중국 밖에 적현신주 같은 것이 아홉이니 이른바 구주라는 것이다. 이에 작은 바다가 둘러
   싸고 있고 인민과 금수가 통할 수 없는 것이 마치 하나의 세상 같으니 바로 하나의 주이
   다. 이와 같은 것이 아홉이고 큰 바다가 그 밖을 둘러싸고 있어 하늘과 땅의 끝이다.[赤縣

는 없지만 평평한 땅 한 지방이 작은 바다로 둘러싸여 인민과 금수가 서로 통할 수 없으니[80] 추연이 말한 팔십 분의 일이라서 역시 절로 한 주(州)가 되는 것이 아님을 어찌 알겠는가? 예악과 제도가 비록 성인 의 도를 다 행할 수 없으나 그 책을 읽고 그 말을 외고 그 문자를 배우 고 그 의를 밝혀, 타고나고 품은 재주와 기술로 예악이 일어나기를 기 다려, 베풂이 많은 백성에게 미쳤으니, 사방 횡문(橫文)의 풍속이 미칠 수 있는 바가 아니라고 생각한다. 이것이 비록 우리 백성의 천성에서 말미암았다 하더라도 가르쳐 교화할 수 있고 인도해서 따르기 쉬웠던 것은, 실로 이제삼왕(二帝三王)[81]의 여파가 미쳐서 그런 것일 뿐 어찌 다른 것이 있겠는가? 그리고 우리 신조가 군대를 일으켜 무덕(武德)으 로 해내(海內)를 통일하였다. 이에 옛날의 문장을 고찰하여 유술(儒術) 로써 정사를 하고 마침내 창을 거두고 활과 화살을 갈무리한 지 이제 백 년이다. 헌묘(憲廟)[82]에 이르러 학문을 좋아하고 유학을 숭상하여 가르침의 도를 더욱 세웠다. 이로 말미암아 문화가 해내에 크게 행해 지니 사도의 융성함이 우리 일본에 있어 천고에 들은 적이 없는 바이

神州內, 自有九州, 禹之序九州是也。不得爲州數, 中國外如赤縣神州者九, 乃所謂九 州也。於是有裨海環之, 人民禽獸莫能相通者, 如一區中者, 乃爲一州。如此者九, 乃 有大瀛海環其外, 天地之際焉。]"라고 하였다.

80 진실로 서로 통할 수 없으니 : 원문에 "眞能相通"이라 하였으나, 인용을 유추하면 "莫 能相通"이라 해야 할 것이다.

81 이제삼왕(二帝三王) : 당요(唐堯)·우순(虞舜)·하우(夏禹)·은탕(殷湯)·주문왕(周文 王) 혹은 주무왕(周武王)을 가리킨다.

82 헌묘(憲廟) : 일본 막부의 5대 장군 덕천강길[德川綱吉, 도쿠가와 쓰나요시, 1646~ 1709]를 가리킨다.

다. 이에 해내의 사림이 조야로 부지런히 배움을 권하니, 암혈에 은거한 선비라도 책상자를 지고 천 리 밖으로 스승을 찾아간다. 아마(我馬)[83]의 풍습이 비로소 변해 훌륭한 군자가 된 것은 높은 벼슬에 있는 대부 뿐 아니라 그 소속들 가운데 문장 쓰는 부류가 훈독하는 방식을 버릴 수 있었기 때문일 것이다. 우리 두세 형제들 같은 경우도 수업하면서 모두 고인이 되기를 스스로 기약하기 때문에, 걸핏하면 동한(東漢) 이후를 배우는 것을 달가워하지 않으니, 오척동자라도 송나라 유자 일컫기를 부끄러워한다. 그러므로 우리 당(黨)의 선비는 더불어 옛날을 거슬러 논하면 개연히 다음과 같이 말한다.

 "만일 문장으로 배워나간다면 비록 삼대 이상이라도 오히려 할 만할 것인데 더욱이 지금 사람이겠는가?"

 중국이 우리와 다른 것이 습속뿐이니, 언어와 문자는 다 배우면 가능하다. 하늘이 아직 사문(斯文)을 잃지 않았고 중니(仲尼)가 나를 속이지 않았다. 혹 풍속을 변화시켜 이 백성으로 하여금 삼대의 백성을 만들고자 하는가? 선왕의 예악이 있으니 또한 무슨 어려움이 있겠는가. 돌아보면 일개 선비가 할 수 있는 바가 아닐 뿐이다. 문장으로 이 백성을 훈도할 적에 애초부터 다른 곳 다른 가르침으로 하는 것이 아닌데, 더욱이 우리와 중국은 거리가 아주 멀지는 않은 데이겠는가? 또한 땅이 넓은지 좁은지, 백성이 많은지 적은지 무엇 하러 논하겠는가? 이로 말미암아 보면 우리 한 주는 과연 적현신주와 같으니, 우리가 추씨의 말을 취하는 것이다. 오직 조선은 우리에 비해 중국의 교화를 더

---

83 아마(我馬) : 미상이다. 추정컨대, 일본을 뜻하는 야마토[大和]의 음차로 보인다.

욱 깊이 입었다. 지금 그 사명을 받들고 온 자를 살펴보니 문장이 다 성대한 것은 물론이고 용모가 고요하고 우아하여 위의가 점잖다. 몸 이 가는 바와 말이 귀에 들어오는 바에 이르기까지 완연히 중국의 면 모이니 어찌 훌륭하지 않겠는가. 내가 다행히 제대로 된 인물을 보고 모습을 살피게 되었다. 그리고 거듭 노래하여 화운시를 잇고 생각을 말했다. 또 모영[84]의 중개로 해가 질 때까지 담론하며 양쪽의 마음이 투합하여, 이방의 사람으로 간주하지 않고 조선과 우리가 같은 지역 의 사람이라 여기게 되었으니, 이것이 어찌 선왕께서 같은 문자를 사 용했던 다스림이 아니겠으며, 또한 추자가 구주를 하나의 주라고 일 렀던 것이 아니겠는가. 내가 추연의 말에서 더욱 깨달았다 할 것이다. 이제 장공과 이별하려 한다. 그러므로 이 말로 아뢴다. 모두 6백94자.

조선 비장 국당 정공을 받들어 전송하는 글
奉送朝鮮裨將菊塘鄭公序
춘대

아아! 정 국당 공이라는 이는 진실로 문무를 온전히 갖춘 인재이다. 나는 10월 6일 우방주를 통해 조선 학사 및 세 서기를 공관에서 만났 다. 이때 정 공 역시 있었는데, 나는 그가 누구인지 모르고 우선 일어 나 읍하였다. 강백·장응두 두 서기를 찾아 필담을 나누고 그 사람이 본래 유자이자 글과 시를 잘 한다는 것을 상세히 알게 되었다. 복장을

---

84 모영(毛穎) : 붓을 의인화한 표현이다.

보니 무관이기에 관직을 물으니 비장이라 하였다. 내가 성명을 써서 스스로 통하고 이어서 시를 주었다. 나와 동행한 이들도 모두 그렇게 하였다. 공이 우리들에게 화답하여 시가 모두에게 두루 주어졌는데 시편마다 초고를 쓴 적이 없었고 그림자와 메아리가 따르듯 민첩하였다. 시가 이루어지면 또 매우 훌륭하였다. 아아! 공은 시에 있어 회음후(淮陰侯 : 한신)가 병사를 쓰는 것 같아 많이 쓰면 많이 쓸수록 좋아지는 것 같았다. 공의 문재가 이와 같은데도 이번 사행에서 또 무관의 임무를 담당하였으니 문무가 온전히 갖추어진 인재가 아니면 무엇이겠는가? 그러나 공이 어찌 무력을 좋아하는 사람이겠는가? 재주가 겸한 바가 있어서 스스로 감추지 못한 것일 뿐이라고 생각한다. 내가 공의 사람됨을 보니 풍류를 품고 있어 진정 사대부 집안의 인물이었다. 시를 지을 적에는 조용하고 우아하여 애써 사색하지 않아도 샘물처럼 용솟음치니, 하루 종일 창수하여도 남들이 피곤한 기색을 당연히 보지 못하였다. 공이 문사에 있어서 본디 탁월한 재주를 지녔지만 그것을 좋아하는 것 역시 돈독하였다. 옛날 말에 기대 격문을 짓고 창을 비껴들고 시를 짓는다 하였으니 오직 공만이 지닌 것이다. 모르는 이는 일개 무관으로 간주하니, 나는 유독 공을 위해 애석해 한다. 비록 그렇더라도 장수의 임무 역시 위중하다. 이른바 이역에서 공을 세워 제후에 봉해지는 것은 문사가 할 수 없으니 반초(班超)가 붓을 던진 까닭[85]이다. 일개 선비가 오히려 이로써 뜻을 떨치니 더욱이 이미 장수

---

85 반초(班超)가 붓을 던진 까닭 : 반초(班超)는 후한(後漢) 때 인물로, 집이 가난하여 문서를 서사(書寫)하는 품을 팔아 모친을 봉양하고 살았는데, 관상 보는 사람이 만리후

가 된 자이겠습니까? 그러니 무관인 것이 어찌 공에게 누가 되겠습니까? 사군자(士君子)[86]의 입신은 조정에 들어가서는 재상이 되고 나가서는 장수가 되는 것이다. 이보다 영광스러운 것이 없으니 어떤 사람이 돌아보지 않겠는가? 재주가 부족한 것을 걱정할 뿐이다. 공의 재주와 능력으로 장수든 재상이든 모두 타당한 바가 있으니, 나라 사람들이 앞으로 발돋움하고 바라볼 것이다. 내가 공과 해후한 교분이 있어서 그 재주를 깊이 아껴, 이별이 닥치니 연연함을 이기지 못한다. 그러므로 이로써 공의 앞날을 축복하고 이어서 서문을 짓는다. 모두 4백29자.

거듭 춘대의 운에 화운하여
疊和春臺韻

소헌

시 소리 피리 소리 어우러져 높으니	詩聲也與笛聲高
세상의 부귀영화 터럭 하나 같구나.	世上浮榮等一毛
어찌 하면 그대의 녹옥장[87]을 좇아서	安得隨君綠玉杖
봉래산에 신선의 옷자락 함께 잡으랴.	蓬山共挽羽人袍

(萬里侯)에 봉해질 상(相)이라고 하였다. 뒤에 반초는 서역 50개국을 평정하여 그 공으로 서역 도호(西域都護)가 되고 정원후(定遠侯)에 봉해졌다.

86 사군자(士君子) : 학문이 해박하고 인품이 고상한 사람.

87 녹옥장(綠玉杖) : 푸른 옥 지팡이. 이백(李白)의 〈여산요기노시어허주(廬山謠寄盧侍御虛舟)〉에 "손에 녹옥장 짚고 아침에 황학루 작별했네.[手持綠玉杖, 朝別黃鶴樓。]"라는 구절이 나온다.

가정[88]곡 한 곡조에 고운 구름 높이 뜨고	柯亭一曲彩雲高
숲속 학은 파닥이며 깃털을 놀리네.	林鶴翩翩弄羽毛
일 많은 남전산에 현 뜯는 네 나그네[89]	多事藍田四絃客
붉은 문 낭자하게 울륜포[90] 연주하네.	朱門浪奏鬱輪袍

지난 번 왕림하셨을 때 앉은 자리 미처 따뜻하기도 전에 헤어져 며칠 밤을 계속 괴로워하였습니다. 또 방주(芳洲)를 통해 훌륭한 시편을 받드니 마치 바다 속 산호총(珊瑚塚)을 얻은 듯 했습니다. 족하는 재주가 매우 높고 기운이 매우 호방합니다. 산천을 유람하니 사마자장의 버릇이 있고 음률을 밝게 이해하니 백개[채옹(蔡邕)의 자]의 재예가 있습니다. 일본에서 무리에서 뛰어난 기이한 선비를 구하려 할 적에 족하가 아니면 누구겠습니까? 족하와 함께 부사산의 높은 정상에 올라 부상의 오래된 나무에 기대어 바위를 가르고 깰만한 한 곡조 불어 만고의 속세 근심을 흩고 싶다 생각하나 할 수 있는 길이 없습니다. 아! 보내오신 시에 조용히 화운해 보낼 뿐입니다. 다시 왕림해서 한 번 평온히 얘기를 나눌 수 없겠습니까? 소헌이 절합니다.

---

88 가정(柯亭) : 가정적(柯亭笛)를 가리킨다. 한나라 때 채옹(蔡邕)이 가정의 대나무를 가지고 만든 피리이다.

89 현 뜯는 네 나그네 : 제술관 및 세 서기를 상산(商山)의 사호(四皓)에 비유한 표현이다. 진(秦)의 난을 피하여 남전산(藍田山)에 들어가 은거하면서, 한 고조(漢高祖)의 초빙에도 응하지 않고 〈자지가(紫芝歌)〉를 불렀다고 한다.

90 울륜포(鬱輪袍) : 비파의 악곡 이름으로, 당나라 왕유(王維)가 지었다.

춘대의 고풍 운을 받들어 화운하다
奉和春臺古風韻

춘대자라 불리는 훌륭한 이는	有美春臺子
진기하고 기이한 나라의 보배.	瓌瑋眞國寶
연원 있는 지식은 고금 꿰뚫어	淵識洞古今
충실하게 거의 도에 가까이 갔네.	充然近乎道
때때로 강건한 붓을 놀리면	有時弄健筆
시 원고 난만하게 쌓이는구나.	爛熳堆詩草
발자취 십주 사이 유랑하였고	浪迹十洲間
정신은 만물 밖에 노닐고 있네.	遊神萬物表
조래의 문하에서 학문 닦으며	攝齊徂徠門
일찌감치 연원을 찾아갔다네.	得泝淵源早
담백하고 우아함은 사도[사령운과 도연명] 따르고	淡雅追謝陶
파리하고 여윔은 교도[맹교와 가도] 비웃네.	瘦寒笑郊島
원추리 해오라기 무리를 따라	將隨鶬鷺群
날아서 봉황 못에 들어가리니	飛入鳳凰沼
힘쓰고 또 그만 두지 말아주시게.	勉哉且勿休
공명이 늙기 전에 오고 말테니.	功名及未老

기해년(1719) 10월 14일 국계 씀.

돌아갈 날짜가 겨우 하룻밤 남아 매우 바쁩니다. 어지럽게 썼으나 미처 고쳐서 드리지 못하니 허물하지 말아 주시겠습니까?

다른 이를 대신에 한객에게 주다
代人贈韓客

춘대

큰 나라 사절 기개 하늘을 능가하니	大邦使節氣凌宵
어제는 성문에 네 마리 말 당당했네	昨日城門四牡驕
한나라 때 어진 인재 원래부터 훤칠하니	漢代賢良元磊落
양원[91]의 빈객이 어찌 쓸쓸하겠는가?	梁園賓客豈蕭條
부용봉 천 년 흰 눈 가까이서 대하였고	千秋近對芙蓉雪
발해의 물결을 만 리 멀리 통하였네	萬里遙通渤海潮
잠시 만나 부끄럽게 비단 예물 없는데	傾盖羞無束帛贈
모과로 오히려 구슬을 찾았다네	木瓜尙爾覓瓊瑤

앞과 같다
同前

춘대

사신 따른 빈객 시종 다 뛰어난 인재라서	使臺賓從盡才賢
글 솜씨가 누군들 하늘 환히 못 밝히랴	擒藻誰人不挨天
붉은 해 높이 걸린 깊숙한 궁궐에서	紅日高懸靑鎖闥
그대 자주 백운편[92]을 아뢴 줄 알겠구나	知君樓奏白雲篇

---

91 양원(梁園) : 서한(西漢) 경제(景帝) 때 양 효왕(梁孝王)이 만든 정원. 이곳에서 술을
   마시며 시를 짓고 즐겼다.
92 백운편(白雲篇) : 한무제의 〈추풍사(秋風詞)〉 구절에서 연유한 말로, 제왕의 시편을

앞과 같다
同前

사신이 배를 타고 일본에 와 가을 맞아	星使乘槎日本秋
자라 등 십 주 뜬 것 바라보기 청하네	請看鼇背十洲浮
야광주가 교인[93] 방에 비록 있다 하더라도	明珠縱在鮫人室
나는야 여룡[94]의 턱 아래 향해 구하리라	我向驪龍頷下求

세 사신이 이미 낭화에 도착하자 방주가 또 경목자의 고풍시를 전하여왔다. 이때가 11월 하순이다.

춘대가 준 운에 받들어 수응하다
奉酬春臺惠贈韻

경목자

위원[95]에 인물이 번성하더니	葦原盛人物
문장에도 빼어난 분 계셨었구려	文章有鉅公
똑바른 글자체가 뛰어난 데다	整字最卓榮
문사 근원 넓어서 무궁하구나	詞源浩無窮

가리킨다.

93 교인(鮫人) : 전설에 나오는 인어로, 흘린 눈물이 구슬이 된다고 한다.

94 여룡(驪龍) : 검은 용으로, 턱 밑에 야광주가 달려있다고 한다.

95 위원(葦原) : 위원중국(葦原中國). 일본 신화에 다카아마하라(高天原)와 요미노쿠니(黃泉國) 사이에 있다고 하는 세계로, 일본을 가리키는 말로 쓰인다.

춘대 역시 무리에서 빼어난 재주	春臺亦秀拔
울창하게 대가의 풍모가 있네	蔚然大家風
정신을 벼루 뒤[96]에 소모하더니	精神費硯北
명성이 해동에 널리 퍼졌네	聲譽播海東
함양하여 옛 학문을 온축하였고	涵泳蓄舊學
도야할 때 새로운 공부를 썼네	陶冶費新功
비유컨대 여러 산이 모인 가운데	譬如衆嶽內
우뚝 솟은 하나의 봉우리 같네	聳出一奇峯
나에게 보내준 여러 편 시는	遺我數篇詩
담박한 사이에도 섬세하였네	淡雅間纖穠
어찌 해야 그대와 함께 하면서	安得與之遊
심상하게 붓과 벼루 나눌 수 있나?	尋常筆硯同

세 사신이 비주(肥州)의 남도(藍島)[97]에 머물 때 성 서기 역시 고풍시에 화운하였다. 방주가 동도에 전하여 와 경자년(1720) 초춘(杪春 : 3월)에 이르렀다.

---

96 벼루 뒤 : 연북(硯北). 궤안이 앞에 있고 사람은 벼루의 뒤에 앉음을 말한다. 즉, 저작에 종사함을 가리킨다.
97 비주(肥州)의 남도(藍島) : 현재 후쿠오카현에 있는 섬인 아이노시마(相島)이다.

춘대가 준 운에 붓을 달려 차운하다
走次春臺惠贈韻

소헌

부상 나무 나라에 한 번 들어와	一入扶桑國
나라 안 인재를 두루 알았네	徧識國中賢
그래도 도에 맞는 이 오직 그대뿐	道合唯吾君
고상한 모습은 학과 같구나	高標鶴翩翩
가정적이 바위 깰 듯 청량한 소리	柯亭裂石聲
몇 번이나 잔치 자리 놀라게 했나	幾驚歌舞筵
서책 안에 마음을 흠뻑 담그고	潛心黃卷中
성현의 말씀을 길이 대하네	長對聖賢言
때때로 빼어난 시운을 토해	有時吐逸韻
곱기가 가을 물 부용꽃이네	秋水芙蓉鮮
주신 시 떠날 적 지니고 가서	我欲惠携去
흰 눈 쌓인 고개에서 길게 읊으리	長嘯白雪嶺
사신 길은 지체해선 안 되는 지라	王程不可留
왕존처럼[98] ·마부를 꾸짖어 대니	叱馭同王尊
울적하게 구슬 가지 우러러 볼 뿐	悵望瓊樹枝
이제 가면 어느 때나 돌아오려나	此去何時旋

기해년(1719) 계동(12월) 소헌 성몽량 씀

---

98 왕존처럼 : 한(漢)나라 왕존(王尊)이 사천성(四川省) 공래산(邛郲山)의 구절판(九折阪)을 넘을 때, 마부를 꾸짖으면서 말하기를, "왕양(王陽)은 효자라서 자기 몸을 아꼈지만, 나는 충신이니 말을 빨리 몰아라."고 하였다고 한다.

　동무[강호]에서 출발할 즈음 주신 운에 즉시 화운하였으나 바쁘고 번잡하여 미처 베껴 써 드리지 못하였습니다. 이제 비로소 부쳐 보내니 혹 다른 날 얼굴 보는 대신으로 삼으시겠습니까?

信陽山人韓館倡和稿

春臺 太宰純 德夫父著

享保四年己亥九月廿七日，朝鮮三使入東都，館本願寺，申學士維翰以製述從焉，進士姜柏，正使記室；進士成夢良，副使記室；進士張應斗，從事記室。越十月六日，純與友人大凡石叔潭、須溪秋子師，及筑前記室原泉稻有伯，价雨芳洲，就見申學士及三書記於館舍。芳洲引予四人，詣學士下處，三書記亦在焉。既通姓名，各呈以七言一絶，頃之有一武弁，來見吾曹，乃鄭裨將后僑也。予四人亦贈之詩，五子酬和未徧，會林祭酒以公幹來。學士及三書記，遽然輟詩謝吾曹，遂出見祭酒於外堂，獨留裨將在坐，興已敗矣，日亦晚矣，卒不盡歡而歸。是日館中冗甚，予所攜古詩，不得親呈四子，及去託芳洲致之。十三日，又因芳洲貽吾子，各以文一篇。十五日三使發東都，後四日川生將芳洲之命，致嘯軒疊和、菊溪和古風詩於徂來氏，又再傳乃落手，實本月二十日也，故二子詩錄在後。筆語本在倡和之間或前後，自有次序，今輯錄之卷首，當與席上諸詩，及成書記疊和詩後叅看，則其序可見云。春臺識。

筆語

"諸公若賜高和，請用貴國紙寫來。"【春臺】

"菊塘善詩人也，公等起揖。"【菊溪】

“<u>菊塘公</u>, 是何官?”【<u>春臺</u>】

“以裨將來, 而素非弓馬人, 有詞翰家盛名。”【<u>耕牧</u>】

“敢問貴名貴字。”【<u>春臺</u>】

“僕姓鄭, 名<u>后僑</u>, 字<u>惠卿</u>, 號<u>菊塘</u>。今以副使幕佐來, 此獲接諸彦, 喜幸喜幸。”【<u>菊塘</u>】

“唱和之間, 有似涉雷同。敢問諸公所業及所居勝致, 幸各書見示。”
【<u>嘯軒</u>】

“僕生于本邦<u>信濃州</u>, 長于<u>東都</u>。少好讀書, 就時師受業, 壯而師事<u>徂來 物</u>先生名<u>茂卿</u>者, 學古文辭, 爭奈樗櫟之材? 未免吳下阿蒙耳。且性耽遊觀, 自冠登<u>富士</u>, 如<u>平安</u>, 至<u>浪華</u>, 過<u>寧樂</u>以歸, 凡聞山川之勝, 則不遠千里, 唯恨未爲海外之遊耳。若明公此行, 實壯遊哉! 可羨可羨。吾黨之士皆好音, 本邦幸傳古樂。僕又稍稍解吹笛, 每誦讀之暇, 與同志相聚一堂, 輒絲竹宴飲以度日。自<u>虞</u>韶<u>周武</u>、<u>回</u>琴<u>點</u>瑟、<u>子晉</u>之笙、<u>漸離</u>之筑、<u>秦</u>箏<u>胡</u>角、<u>昭君</u>所彈、<u>王褒</u>所賦、<u>馬融</u>之笛、<u>蔡琰</u>[1]之笳、<u>禰衡 漁陽</u>之撾、<u>桓伊江上</u>之弄, 下至<u>明皇</u>之羯鼓、<u>大娘</u>之渾[2]脫舞, 莫不具擧。今日良遇, 欲爲諸公奏一曲, 以慰旅況, 而不得間矣。可恨可恨。”【<u>春臺</u>】

“高和妙不過。”【<u>春臺</u>】

“疎拙之語, 無一可取, 而輒蒙諸君子過實之襃, 深媿謏才之謬劣。多謝揚善之高義也。”【<u>菊溪</u>】

“詩妙字妙, 感舊之語更妙。”【<u>春臺</u>】

“稱譽鄭重, 何堪負擔?”【<u>嘯軒</u>】

---

1 “琰”: 底本에는 “琬”으로 되어 있으나, 용례에 따라 “琰”으로 고침.
2 “褌”: 底本에는 “禪”으로 되어 있으나, 용례에 따라 “渾”으로 고침.

"大學士方在外請見，未盡清歡，可嘆。當於明日更會耳。"【菊溪】

"諸公酬和未徧，乃忽忽棄吾曹，實爲敗興。"【春臺】

"公之詩才，敏捷絕倫，吾輩何得當乎？況今日之歡，更僕未可以盡餘興也？多謝。但日力已窮，難繼以火，且須辭去。幸不棄不肖，後日更有請耳。"【春臺】

"諸公篇付，皆有古人風格，欽羨不已。日晚不得穩敍而罷，可歎。幸望未發前更會耳。"【菊塘】

"問貴號爲何？及青年多少？"【春臺】

"姓金，名世萬，年二十一。"

≪古風一章謹呈靑泉申公≫　　　　　　　　　　　　春臺

男子生有志，束髮事四方。何況抱脩能，當世稱材良？揮毫成麗藻，文采不可當。祇役萬里外，戴筆從博望。滄海漫浩浩，道路一何長？弭節扶桑下，容與觀國光。谷鶯烹嘉魚，春酒在高堂。願言我思子，無由承筥筐。

≪同前謹呈耕牧姜公≫　　　　　　　　　　　　　　春臺

虞廷重四岳，周室侯太公。華胄豈不遠？苗裔垂無窮。之子眞特秀，翩翩祖宗風。受命參握節，乘槎大海東。所望有靑雲，寧徒尺寸功？維舟浪華津，停車芙蓉峯。艱險不足畏，惟思≪皇華≫穠。嗟爾鞅掌甚，金樽難與同。

≪同前謹呈嘯軒成公≫　　　　　　　　　　　　　　春臺

列士勞行役，書記一何賢？王事故靡鹽，之子獨翩翩。授簡平臺上，文藻擒當筵。豈愛千金壽？所求在嘉言。羔裘稱令德，冠服麗且鮮。

濯足東海水, 振衣扶桑嶺。不厭長途苦, 每懷王命尊。少子在東道, 愛
敬起周旋。

≪同前謹呈菊溪張公≫ 　　　　　　　　　　　　　　　　春臺

邦家貴輯睦, 善隣古所寶。遐哉翰林客, 間關行遠道。秉筆毗專對,
辭命獨自草。文章光簡牘, 英華達雲表。寵數豈不多? 功名豈不早? 朝
發崑崙丘, 夕宿蓬萊嶋。鳳凰翔九天, 蛟龍躍靈沼。薄酌北海樽, 稱觴
以難老。

≪席上奉呈靑泉公≫

使節東馳萬里餘, 鴻臚新駐大夫車。峨峨冠盖如雲集, 誰是蘭臺行
秘書?

≪奉和春臺見贈≫ 　　　　　　　　　　　　　　　　　　靑泉

仙草秦童采采餘, 蓬山蒼翠擁行車。羨君生長烟霞窟, 快讀燔灰以
上書。

≪再次原韻奉酬靑泉公高和≫ 　　　　　　　　　　　　春臺

盡日論文意有餘, 滿堂好事未回車。太玄草就多奇字, 夜半休繙天
祿書。

≪奉呈耕牧公≫ 　　　　　　　　　　　　　　　　　　　春臺

靑袍白馬任追陪, 健筆偏稱書記才。自是茂陵遊未倦, 知君授簡在
平臺。

《和贈春臺》

萬里南來使節陪，文章華國愧微才。逢君說到詩三昧，艷體羞稱有十臺。

《再次原韻奉酬耕牧公高和》 春臺

千秋高會喜趨陪，書記誰爭阮瑀才。見說大邦多有識，嘉名從此上蘭臺。

《奉呈嘯軒公》【翠虛 成琬，天和之聘，以製述來，嘯軒其子也。】 春臺

翠虛名譽九天高，玉樹庭階有鳳毛。紫綬金章豈難覓？眼前先已看青袍。

《春臺見惠佳篇有感舊之語感而和呈》 嘯軒

萬里東來一劍高，奇才敢擬處囊毛。扶桑月色輝如舊，隨處江山淚滿袍。

家叔東遊時，有月出扶桑大樹間之句，末句云云。

《再次原韻奉酬嘯軒公高和》 春臺

知君才氣競名高，雲際飄然一羽毛。好向扶桑枝上宿，昔時明月照藍袍。

《奉呈菊溪公》 春臺

三韓使節入青雲，上國文章愜素聞。書記翩翩老辭命，東方千騎不如君。

≪奉酬春臺惠贈韻≫　　　　　　　　　　　　菊溪

當筵逸氣吐如雲, 擲地金聲滿耳聞。却恨浮生離合易, 別來何日不思君。

≪再次原韻奉酬菊溪公高和≫　　　　　　　　春臺

才子揮毫起彩雲, 郢中高調又堪聞。風流千古空相憶, 豈料如今此遇君?

≪奉呈菊塘公≫　　　　　　　　　　　　　　春臺

壯士乘槎護玉珂, 幾回款乃雜鐃歌? 將軍威武兼才調, 意氣應輕馬伏波。

≪奉次春臺惠示韻≫　　　　　　　　　　　　菊塘

蕭蕭寒葉雜鳴珂, 萬里悲[3]秋志士歌。故國別來書信斷, 不堪回首隔烟波。

≪再次原韻奉酬菊塘公高和≫　　　　　　　　春臺

大邦冠冕各鳴珂, 不用西歸奏凱歌。休遣將軍重橫槊, 近來東海絶風波。

≪奉送朝鮮製述靑泉申公序≫　　　　　　　　春臺

韓人之來聘我也, 我人苟操觚者, 聞其將至, 莫不爲之色動。逮其旣至也, 所經諸州人士請謁, 及以詩倡和者, 又莫不稱彼其學士及二三

---

3 "悲": 底本에는 "非"로 되어 있으나, 문맥상 "悲"로 고침.

掌書記者, 善詩與其敏捷難當。於戲富哉, 韓人之於文藝也! 余旣見申
學士青泉公還, 有所識二三書生來訪, 則亦皆以詩于韓人, 而獲其容
接也。於是與余言, 盛稱韓人捷給, 意似自多其與對壘而不取敗者
狀。余聽之, 頻蹙久之曰: "異哉, 客之言乎?" 客曰: "何哉?" 曰: "純也不
敏, 未能言詩, 但予好音律, 最喜吹笛, 用是稍稍與於語樂, 請以樂言
之。夫樂者樂也, 人情之所不能免也。人情欲得其所適, 衆之所同也,
人得其情所適則喜, 喜則樂, 樂則必發於聲音、形於動靜, 然而喜不可
以不節, 樂不可以不節, 故樂者先王之所以飾喜而節樂也。樂非其道,
則邪辟淫慝之行作焉。聖人惡其如此, 故制雅頌之聲以道之, 所以綴
淫章德也。是故金石絲竹, 樂之器也; 屈伸俯仰, 樂之文也; 二南雅頌,
樂之聲也; 五音六律, 樂之度也; 八音克諧, 無相奪倫, 樂之和也; 動天
地, 感鬼神, 舞百獸, 來鳳凰, 樂之應也; 經夫婦, 成孝敬, 厚人倫, 美敎
化, 移風俗, 樂之成功也。故先王以之郊, 以之社, 以之饗賓客, 以之合
鄉人。是何以能然? 和也。故曰: '樂者天地之和也。' 夫禮以樂行, 樂
以禮成, 自王者之迹熄, 禮廢樂亡, 雅頌饗絶, 後之人將何由覩先王之
世、聲樂之盛如所云邪? 惟自兩漢以降, 詩人之作, 雖非後三代之舊
乎? 猶可以接武風人, 要歸雅頌也, 則今而可以致天地之和者, 唯詩爲
然。且書不曰乎? '詩言志。' 故春秋時, 朝會燕享賦詩者, 率誦雅頌之
言而已。今縱不然, 豈以多爲尙哉? 則亦何取於捷給乎? 此特鬭技者
比, 賓傷樂之和, 非禮之意也。" 曰: "然則韓人所爲非邪?" 曰: "何必
非? 彼異邦之客也。主國之人爲之賦, 而客不答, 殆乎不恭, 蓋不得已
耳。夫朝聘之禮, 先王之制也。吾聞季札辯國風, 郯子語官制, 未聞以
詩相擾, 若是之煩, 伊誰執其咎? 吾恐非我人所以敬客也。雖然, 予獲
識韓人亦以詩, 則旣效尤矣。所願者, 予舍此而要韓人於西郊, 班荊山
水之間, 烹東海之鮮, 酌鴻池之酒, 與吾二三兄弟, 絲竹詠謌以相侑,

徜徉乎禮法之外。雖則儼然大邦君子, 豈不亦少慰客懷乎? 於其時, 我
與韓人, 或有所賦邪! 則興之所至, 纚纚洋洋, 盖未可度已。嗚呼! 禮樂
之非古也, 雖有朝聘之事, 而 ≪鹿鳴≫不奏, ≪四牡≫無答, 又何以燕
樂嘉賓之心乎? 然而人臣無私交, 若我巖穴之士, 又焉得與私? 是爲可
憾矣。客不對而去, 予遂錄此, 以爲送申公序。【凡八百二十二字】

≪奉送朝鮮正使記室耕牧姜公序≫　　　　　　　　春臺

　夫男子之在世也, 固當有四方之事焉, 故於其生, 桑弧蓬矢六, 以射
天地四方, 示有事也。然而男子之事, 莫乎使與將, 天下治則使, 亂則
將; 使則專對, 將則專制, 二者皆奉君命以出, 而立功於異域者也。其
爲事雖文武不同, 亦各有所尙焉耳。所謂有文事者, 必有武備; 有武事
者, 必有文備, 實有須於全才也。但將不常有之事, 而使世必有之, 是
以文夫之立志也, 堅臥不起, 睥睨當世, 高尙其事者已矣。苟少學壯
志, 一獲乎上, 則宜以時事事四方, 豈宜戀戀懷土, 長守妻孥之面乎?
純之不肖, 盖自結髮竊抱此志, 惟我朝治百年, 固非請纓之時, 況身在
草莽, 仰望靑雲, 無以自致, 欲持節馳傳於邦內, 亦且不可得也, 尙焉
求越海觀光大邦哉? 此山林之士所爲感慨切齒者也。夫自我神祖更始
正統, 他邦之與我相善者, 莫如朝鮮, 朝鮮之於我, 世一使其大臣來聘
以修舊好, 我之待以賓禮, 亦不得不重。然而朝鮮人之賓于我也, 亡論
其能正禮、明義, 不辱君命, 乃其於詩, 摛藻敏捷, 多多益辨, 陳王七
步不能過云。純自少稔聞此事, 心竊慕之, 嘗自言, 男兒不得一奉君命
使四方, 躬試詩三百於專對, 亦旣已矣哉! 如或得見所謂朝鮮信使者,
觀其儀貌, 聽其言論, 又以文字周旋, 其間尙亦可以攄鬱悒矣。歲辛
卯, 屬朝鮮使, 來賀先朝新政, 純喜以爲得時, 不圖館吏持法之嚴, 不
許山林之士, 輒投一刺, 卽欲爲舍人掃門不可得也, 悄然焦心, 愈益感

慨切齒。今玆信使復來，則天假良緣，俾純等得造階下，瞻仰德範，且
承其記室姜耕牧公者，以文事推愛，鄙人夙昔所願，今而得酬，是何幸
也？雖然，若純者，盖辟諸斥鷃，而希大鵬。一旦見上國人物，儀刑過
乎所聞，心甚羨之，退而語人曰：“吾今而後，知夫桑弧蓬矢之不爲虛
設。”嗚呼！士可以無四方之事乎？若姜公誠士，而卒男子之事者哉！
吾輩欲一效其所爲，將以何時邪？吾所以感慨切齒者，猶不能已也。
姜公竣事將還，因爲左右誦此言。【凡六百四十六字】

≪奉送朝鮮副使記室嘯軒成公序≫　　　　　　　　春臺

自古文藝之士，往往好遊，其故何也？盖以文藝之士，必將有大述
作，有大述作者，非廣其聞見，恢其志意，不足以濟其事也。夫六藝記
傳，非不若是其博，學者苟閉戶下帷，錯躬几案間，耽讀不倦，積以歲
月，可以坐而覽觀宇宙，又何待於遊哉？雖然，天下名山、大川，不一
而足，且以古今異政，遐邇殊俗，必足履其地、目覩其事，然後王霸之
業、興廢之迹，記傳所稱述，有以驗其實焉。且如司馬子長之作 ≪史
記≫，非所謂大述作者乎？若彼其所自序，乃二十，南遊江、淮，上會
稽，探禹穴，闚九疑，浮於沅、湘，北涉汶、泗，講業齊、魯，觀孔子之
遺風，鄉射鄒嶧，戹困鄱、薛、彭城，過梁、楚以歸。及其爲郎，又奉
使西征巴蜀以南，略邛、笮、昆明。子長之所遊觀，壯哉博乎！猶且論
次其文七年，然後成其書，是其蓄思之所從來，豈淺鮮哉？不如此不足
以爲不朽已。余少亦好遊，雖未有述，而竊壯太史公之遊，故每讀其
文，未嘗不爲之悵然自恨。夫吾生于信陽，長于東都，冠而登富嶽，遊
乎平安，留滯浪華，過寧樂以歸，目所經、足所跋，來往不出乎千餘里，
曾不及太史公所經十一，好遊云乎哉？朝鮮成嘯軒公之從聘使來也，
吾未知其雅素有無遊歷，惟此役舟車所過且五千里，而入異方殊俗，

難測之地, 雖君命有在, 實亦非常之事也。余見而壯之, 因謂之曰: "嗚呼! 公之遊, 其無愧於司馬子長歟! 公還, 其將有大述作, 使吾生而見之, 不亦快乎!" 余旣拜成公於館下, 又獻詩獲不見拒, 幸甚。故及其還, 送之以此言。【凡四百九十字】

≪奉送朝鮮從事記室菊溪張公序≫　　　　　春臺

驪衍之學, 古之所謂閎大不經者也, 君子固無取焉。雖然, 以今觀之, 天地之大, 人亦誰知其極? 所謂六合之外, 存而不論, 是先聖之旨, 吾聞諸蒙莊氏。夫我日本, 自衍之徒未之言, 古者無聞, 盖其國雖不能如赤縣神州, 而平地一方, 環以裨海, 人民禽獸, 眞能相通, 是焉知非夫衍之所謂八十一分之一亦自爲一州者乎哉? 夫其禮樂制度, 雖不能盡行聖人之道, 然讀其書, 誦其言, 學其文, 明其義, 負才懷術, 以竢禮樂之作, 施及黎庶, 意非四方橫文之俗所能及也。此雖由我民性, 敎之可化, 道之易從, 實二帝、三王餘波所及而然耳, 豈有他哉? 且我神祖起戎衣, 以武德統一海內, 迺考文古昔, 以儒術爲政, 遂戢干戈, 櫜弓矢, 于今百年矣。至憲廟好學崇儒, 益立敎道, 由是文化大行于海內, 則斯道之隆, 在我日本, 千古所未聞也。於是海內之人, 蚤夜孳孳勸學, 卽巖穴之士, 負笈尋師於千里之外。盖始變我馬之習, 爲彬彬君子者, 不啻薦紳大夫, 其屬文類, 能去顚倒之讀。若吾二三兄弟, 業皆以古人自期, 其所修動不屑東漢以降, 卽五尺童子, 耻稱宋儒, 故吾黨之士, 每相與尙論, 輒慨然曰: "苟以文學進, 雖三代以上, 猶可爲矣, 而況今人乎?" 是則中州與我所異者, 俗習而已, 言語文字皆學之可能。天之未喪斯文也, 仲尼不我欺也, 其或欲移風、易俗, 使斯民爲三代之民邪? 則有先王禮樂在焉, 亦何難之有哉? 顧非一介之士所能爲耳。夫文章之陶斯民, 初不以方所異敎, 況我與中州, 相去不甚遠乎?

則亦何論地之廣狹、民之衆寡乎？　由此觀之，我一州果如<u>赤縣神州</u>，吾有取於<u>驅</u>氏之言。惟<u>朝鮮</u>之於<u>中州</u>，則其被化，比我又有甚焉者也。今觀其奉使來者，毋論其咸蔚乎文章，自其容貌閒雅，威儀棣棣，以至身之所適、口之所耳，宛然中州面目也，豈不美哉？吾幸觀見其人，有審乎其儀刑。且載歌賡和言其志，又价毛穎談論移晷，兩情相投，目不睹爲異邦之人，至使朝鮮與我，猶之一區中也者，此豈非先王同文之治乎？　亦豈非<u>驅子</u>以九州爲一州之謂乎？　吾盆有取於衍之言云。今將別<u>張公</u>，故以此言告之。【凡六百九十四字】

《奉送朝鮮裨將菊塘鄭公序》　　　　　　　　春臺

烏虖！<u>鄭菊塘</u>公者，誠文武全才哉！夫余以十月六日，价<u>雨芳洲</u>，以見<u>朝鮮</u>學士及三書記於公館。于時<u>鄭</u>公亦在焉，吾未知其何人，且起相揖，尋得<u>姜</u>、<u>張</u>二書記筆語，乃詳其人本儒，而嫺辭翰善詩。視其服則武弁，問其官則裨將也。余書姓名以自通，因贈以詩，與余同行者，亦皆然。公和答吾曹詩皆徧，每篇未嘗設稿，而捷如影響，及成又佳甚。烏虖！公之於詩，其猶淮陰用兵，多多盆辨也與！公之文才如此，而於此役，又能當武禦之任，非文武全才而何？然公豈好武之人哉？意其才有所兼而不自掩耳。余觀公爲人，風流蘊藉，眞薦紳家人物也。當其爲詩，從容閒雅，不勞思索，其出如涌，宜乎終日倡酬，而人未見其倦色也。夫公之於文事，固卓絶之能也，而其好之亦篤矣哉！古稱倚馬作檄，橫槊賦詩，惟公有焉。不知者，乃以一武弁視之，吾獨爲公惜。雖然，將師之爲任，亦重矣哉！所謂立功異域，以取封侯，文士之所不能，班超之所以投筆也。一介之士，尙以是奮志，況旣爲將師者乎？則武弁何爲公之累耶？夫士君子之立身，入則相，出則將，莫此爲榮，人亦孰不顧乎？所患者乏其才耳。以公之才之能，則將相皆在所

宜也, 國人將跂而望之。余與公有邂逅之雅, 深愛其才, 臨別不勝戀
戀。故以此祝公前程, 因爲序以貽之。【凡四百二十九字】

≪疊和春臺韻≫　　　　　　　　　　　　　　　　　　　嘯軒

詩聲也與笛聲高, 世上浮榮等一毛。安得隨君綠玉杖, 蓬山共挽羽
人袍?

柯亭一曲彩雲高, 林鶴翩翩弄羽毛。多事藍田四絃客, 朱門浪奏鬱
輪袍。

昨枉, 坐席未溫, 連宵耿耿, 又因芳洲得奉鉅篇, 如得海底珊瑚叢
也。足下才甚高, 氣甚豪, 遊覽山川, 有子長之癖; 洞曉音律, 有伯嗜
之秋, 欲求日域中倜儻奇士, 非足下誰也? 思與足下登富士之高頂, 倚
扶桑之老樹, 吹斷裂石聲一曲, 以散萬古塵愁, 未由也已。噫! 惠來詩,
當從容和過耳。未可更枉做得一穩耶? 嘯軒拜。

≪奉和春臺古風韻≫

有美春臺子, 璀瑋眞國寶。淵識洞古今, 充然近乎道。有時弄健筆,
爛熳堆詩草。浪迹十洲間, 遊神萬物表。攝齊徂徠門, 得泝淵源早。淡
雅追謝、陶, 瘦寒笑郊、島。將隨鵷鷺群, 飛入鳳凰沼。勉哉且勿休,
功名及未老。己亥十月十四日菊溪稿。

復路之期, 只隔一宵, 忙甚, 錯寫未及改呈, 休咎如何?

≪代人贈韓客≫　　　　　　　　　　　　　　　　　　　春臺

大邦使節氣凌宵, 昨日城門四牡驕。漢代賢良元磊落, 梁園賓客豈
蕭條? 千秋近對芙蓉雪, 萬里遙通渤海潮。傾盖羞無束帛贈, 木瓜尚
爾覓瓊瑤。

同前 　　　　　　　　　　　　　　　　　　　　　春臺

使臺賓從盡才賢，摛藻誰人不掞天？紅日高懸青鎖闥，知君屢奏白
雲篇。

同前

星使乘槎日本秋，請看鼇背十洲浮。明珠縱在鮫人室，我向驪龍頷
下求。

三使既到浪華，芳洲又傳致耕牧子和古風詩，時十一月之下浣也。

《奉酬春臺惠贈韻》 　　　　　　　　　　　　　　　　　　耕牧子

葦原盛人物，文章有鉅公。整字最卓犖，詞源浩無窮。春臺亦秀拔，
蔚然大家風。精神費硯北，聲譽播海東。涵泳蓄舊學，陶冶費新功。譬
如衆嶽內，聳出一奇峯。遺我數篇詩，淡雅間纖穠。安得與之遊，尋常
筆硯同？

三使次肥之藍島，則成書記亦有和古風詩，芳洲傳致之東都，庚子
杪春至。

《走次春臺惠贈韻》 　　　　　　　　　　　　　　　　　　嘯軒

一入扶桑國，徧識國中賢。道合唯吾君，高標鶴翩翩。柯亭裂石聲，
幾驚歌舞筵？潛心黃卷中，長對聖賢言。有時吐逸韻，秋水芙蓉鮮。我
欲惠携去，長嘯白雪嶺。王程不可留，叱馭同王尊。悵望瓊樹枝，此去
何時旋？己亥季冬嘯軒成夢良稿。

東武臨發之際，卽和惠韻，忙擾未及寫呈矣。今始寄送，或可爲異日
之面目耶？

【영인자료】

客館璀粲集
蓬島遺珠
信陽山人韓館倡和稿

天明四年夏五月望臨写于息偃館

南畝子誌　校了

一入扶桑國徧識國中賢道合唯吾君高標鶴翩
翩柯亭裂石聲幾驚歌舞蓬潛心黃卷中長對聖
賢言有時吐逸韻秋水芙蓉鮮我欲惠携玄長嘯
白雪巘王程不可留叱馭同王尊悵望瓊樹技此
去何時旋已亥李冬肅軒戌夢良稿

東武臨發之際即和惠韻忙擾未及寫呈矣今
始寄送或可為異日之面目耶

41

奉酬春臺惠贈韻　　　　耕牧子

葦原盛人物文章有鉅公整家最卓犖詞源浩無

窮春臺亦秀拔蔚然大家風精神費硯北聲譽播

海東漁泳蓄儲學陶冶費新功譬如衆嶽內從耳出

一奇巆遺我數篇詩淡雅間纖穠安得與之選尋

常筆硯同

　　使次肥之藍島則成書記亦有和古風詩芳

洲傳致之東都、庚子抄春至、

走次春臺惠贈韻

　　　　　　　　　　嘯軒

40

通渤海潮傾蓋羞、無束帛贖木瓜、尚爾覓瓊瑤、

同前

春臺

便臺賓從盡才賢、擷藻誰人不挨天、紅日高懸青

鎖闥、知君屢奏白雲篇、

岡前

星便乘槎日本秋、請看鼇昔十洲浮、明珠縱在鯨

人室、我為驪龍頷下求、

三使既到浪華、芳洲又傳致耕牧子和古風詩、

時林十月之下浣也、

青泉開有微恙此後退亦不相接明旦將

發行乃使人傳數語於余曰

朝玄洲昨夜來見我而病不得從容謵今又

不復見而云可歎可歎

明晨再訪青泉之席寫曰

辱蒙　雅愛榮出望外感謝無盡即今後作

別特來奉候耳　貴恙信㢣得稍愈若時屬

烈秋邊風易傷㦮伏惟自重

　復　　　　　　　　　　　　青泉

蒙 君ガ見訪病ヲ未ダ能ハ酬話一場歡笑果有ル

耶皎然タル玉尉令人不可ニ忽ニ歸時更ニ奉ニ以テ慰驕

谷之思是レ堅シ 蘭臯ガ詩長篇尚求和亦當於

歸路教傳幸爲ニ我道此意ヲ

又復

　　　　玄洲

藪荷厚愛感佩彌深矣已裝行色亦期

榮旋之日耳蘭臯長篇高和歸時可惠之

意速以傳之蘭臯ニ

　　　　青泉

8

去畱心事一般

行色匆匆乃告辭　　榮一行再過此必當來訊　玄洲

矣伏蕭　項念

過此　稟

秋風已暮雲霜可念加後自愛此行當不久　青泉

通姓名如前　復

耕牧子

僕姓ハ姜名ハ栢字ハ子青號ハ耕牧子ニシテ以テ正使ノ書記ニ

　來ル

　　復

僕姓ハ張名ハ應斗字ハ弼文號ハ菊溪居士ニシテ深使

書記トシテ來ル

　　復

僕姓ハ白名ハ興銓字ハ君本號ハ西樵ニシテ以テ醫員ヲ

呈シ姜張兩詩伯

　　　　　　　　　　玄州

大才衝命人ニ扶桑征路秋淺ク橙橘黃ニ賦就ク彩虹

横銘翁海潛鱗躍出遂餘光ヲ

　　　　奉次玄洲惠贈ヲ

　　　　　　　　　　　　　耕牧子

男兒徇願償蓬桑歲月長程晚菊黃避追詩人

舊筆毫彙清談坐守一燈光

　　　　奉次玄洲贈韻ヲ

　　　　　　　　　　　　　菊溪

學殖成都八百桑圖書菲桃夢軒黃秋風偶作テ

柔椎客脆　　子文章萬文光ヲ

美張兩詩伯辱賜　清和ヲ

用前韻奉謝

　　　　　　　　　　　　　玄洲

從來夙志慕紫桑三徑徒吟秋篠黃此夜對書
殺不枘聞音玄壁發清光

余所書八分卅書各乙一帖示于二書記及
西樵以志跋語

稟
西樵

之否
復
玄洲

為尾驚　雨明巳得其骨髓矣此帖為我投

幸辱過舉不敢當矣　足下之書既鐵畫

12

與八公主爭路之狀而能使筆端神化百出玄州

無乃有得於心而神化耶古人見劍舞及擔夫

宗非凡墨意玄洲墨池歸帖之功渡且苦矣或

見朝玄洲筆蓋筆法眞是趙子昂而奇壯峻潔

巳亥余以載筆之役入り　日東國抵尾張州得

　卿書帖

　聘耕牧子西撫每帖書數語以與余

本以呈之耳

鈞欣羨貴賜二言爲感所需拙筆則別書二一

果有此一事則他日進□□不祖々子昰二而已矣

洲之鐵門限未知被幾人踏破也玄洲勉之矣

余平生筆拙不敢論人筆其也善其也不善而

讀之故抗顏書其卷尾以歸之

　歲在巳亥朝鮮國進士姜栢子青跋

　　八今帖

八今古也今之人鮮解其法況望其近於古而

余於巳亥秋隨便範到尾張州也有以八今

一帖示余者觀其貌粹然也非其文汪然也此

14

即其手墨也余重為〻跋〻而隂之朝其姓玄洲

其號也余仍謂玄洲曰八分之法勾井井不

疾不徐自古作者為難而今子盡得其法而有

之豈非可大貴耶老杜所謂一字直千金者信

非虛願子易之愈入於神化也玄洲請書其言

仍以狙筆書其帖尾而歸之可謂續貂也耳

　　　　　東萊西撫白君平題

禀為人乞字

呈數紙以要煩と　撥鳥為手ヲ

　　　　　　　　　　　玄

　　　　　　　　　　　洲

15

復

吾筆甚拙　高明已自有之矣難寫黃庭誰

菊溪

又復

數辱　高喜不敢當請莫謙辭速揮毫

菊溪玄洲

以白鵝換之乎

菊溪即書數張以與余

不佞則不論工拙而書呈矣

高明則善書

何不書一字

菊溪

16

復
　　　　　玄洲

多蒙推譽慚愧々、々、榮行再過此則必當

書呈矣
　　又復
　　　　　菊溪

既蒙書給之示可感可感
　　稟
　　　　　玄洲

不侫亦欲得二本倘或許之否

　復
　　蓬領蓮領

耕牧子

貴國臨池之法因何學之矣亦明季薈才爲
　　　　　　　　　　　　　　　玄洲

稟
　　　　　　　　　　　　　　　玄洲

誰耶

復
　　　　　　　　　　　　　　　菊溪

吾邦之士佪學晉法故其餘不知耳
　　　　　　　　　　　　　　　玄洲

稟

幸甚々々

晉以往足之爲以何人耶

復　　　　　　　　　　　　　　　　　　　　　菊溪

晉唐以後不過取趙松雪一人而已

又復　　　　　　　　　　　　　　　　　　　玄洲

米海嶽之書法何以不取之耶

又復　　　　　　　　　　　　　　　　　　　菊溪

禀　　　　　　　　　　　　　　　　　　　　玄洲

米法雖妙絕既有松雪故不取耳

貴國善書名士有幾耶

復　　　　　　　　　　　　　　　　　　　　菊溪

羌淳曹溆德是也

　　　稟　　　　　　　　玄洲

貴國有學德而昇天尸解者耶

　　　復　　　　　　　　耕牧子

羅朝有四傑安詳永即述即南石行之屬又

傳崔孤雲仙化而豈可盡信哉

　　　稟　　　　　　　　玄洲

貴國讀書音與俗間語異同如何

　　　復　　　　　　　　耕牧子

20

吾邦俗語各因習俗而不同六經則以吾邦

諺文釋其義以教小兒然吾國俗讀書之法

有音釋及吐音則正經釋則從俗語吐亦俗

音耳

稟

貴國學詩之教如何

復　　　　　　　　　　玄洲

學詩則唐詩尚矣既已浹洽之後亦以宋朝

詩則唐詩尚矣既已浹洽之後亦以宋朝

耕牧子

篤齋放翁蘺黃之屬優游涵詠以得其質子

也

又復　　　　　　　　　　　　　　玄洲

詩學唯在盛唐而中晩不敢取矣況宋朝乎

如藕賞則殊以爲外道　高明如何

又復　　　　　　　　　　　　　耕牧子

吾輩於詩不能致力只能涉獵而已未知其

詩耳

桌

公能解文字何以學之耶　　　　耕牧子

22

復

東都有物茂卿號徂徠者全師事之有年　玄洲

雖然經術文章未曾竟借橫也華音亦略記

一二耳惶愧〻〻

稟　芝洲

復

公等有入　中朝之地耶　新發子

弊國烔霞永存遂覲禮藥志物之盧不讓

中國何必遠入　中邪也

稟　　　　　　　　　　　　　　　　　　耕牧子

書冊中漢書詩林左傳評林奉爲僕問價置

之以待還歸如何古人畫物亦欲貿去耳　　玄洲

復

謹領　命矣

稟　　　　　　　　　　　　　　　　　菊溪

尊家所藏有何好書帖耶

復

吾邦學書之家不乏其人雖然唯有一種　　玄洲

24

籍而余心甚厭之故奏以往碑帖自取撿以

摸之頃得明王履吉祝希哲等之真蹟以爲

玩弄耳

　　稟

公等千里長程驛站而來可知其疲倦吾儕

　　　　　　　　　　　　玄洲

久按　光儀恐有厭之故欲辭去

　　復

　　　　　　　　　菊溪

與　公問荅雖十旬之久小無厭意但千里

行役心力瘦困難酬應是可恨也

稟　　　　　　　　　玄洲

請熟眠矣明朝徒來作別

復　　　　　　　　　耕牧子

我且欲眠卿且去此古人所謂卿有前期在
難分此夜中者也明朝不可不來見

蓬島遺珠後編

　　　　吳下　玄洲朝文淵著

十月廿五日歸軸再館二

尾藩性光院其夜又會韓客二

　稟　　　　　　玄洲

盛禮已竟テ　彩斾再祇リ此得接二

芝眉於慰何極矣小詩二一律呈畫座左聊叙

懷

寄別青泉申公二　　玄洲

征馬蕭蕭嘶网風燈前別恨去留同鳴琴琦館

情遍合把酒筵興夏融六翮飄飆愛碧海三

山縹紗薄清穿送　君千里相思切遙望天西

夕日紅

　　　　　　　　青泉

凛

到此幸即奉　君開青喜幸何已僕在

東都之日寄　君之作將因岡島公傳送而

禾果今始持來以奉

寄贈朝玄洲

28

憶杷黃花酒欣看玉樹委星辰雙劍匣山水七

絃絲別後雲連海吟邊月挂帷新知岡島子

笑話ルル　君カ詩ヲ

己亥菊月余過尾張之名護屋逆旅與

玄洲君邂逅作孤燈酒語余時病不當

禮然一開眼知其爲玄圃珍也已又陽阿

僞而白雪訓未燮席而輒罷別来秋色但

見屋梁殘月耳君既爲本言岡島子之賢

至

봉도유주 蓬島遺珠　281

東都數日果得其人其人自奇士與之歌
且吟於麗鳴之靡所補諸意中人亦在
玄洲君余益信曩日之眼遂炙岡島詩曰
高歌白雪咏皆難盃酒犖堂一笑觀認得
玄洲多少意驛樓明月夢長安並以付為
鴈作隴頭梅花　君能完然而記余面耶

　　　後　　　　　玄洲
厪惠　佳什重以　清教且承

東都旅館會岡島樓之乃贈華　青談和之

餘話及僕事種種　厚情刺入心骨感戴仰

鑿惠詩隨將奏和耳

走筆青泉申公見寄韻　玄洲

遠役經江海凜然松栢萎懽逢頻酌酒恨別思

步孫為詨徐孺榻聊喬董子帷　君傳圖島義

深感一篇詩

和奉朝玄洲　青泉

看君筆下起長風丞相中節廻自同十月江

山寒夐好孤燈詩酒興方融神膓撃水後南海

逸鶴連雲秋上空猶喜並生屑窩國吾頭未自

予顔紅

稟

貴國名山有出古石碑否若得之則搨碑文
之法護見教

復
　　　　　　　玄洲

古碑文印出時先以好酒洗淨及以紙糊其
上稍令濕之然後以綿子等物探探其字畫
　　　　　　青泉

凌處使其凌處畫爲凹陷即至墨於高處作

然成字ヲ

、稟

貴國士君子冠服倣　中朝尚矣然若婦人

飾髮則沁明制耶又摸䯻風耶

　　　　　　　　　　　　　　　　　玄洲

　復

清制則一無頒行於我國者俱我國之事

模䯻　中華而婦女飾髮之制非明非清自

是新羅舊君人皆知其然而亦難摔變是以

關中宮女及京華貴公家則多不用國俗而

　　　　　　　　　　青泉

　　　　　　　　　　　　　　33

以美艸樣飾之

　　稟　　　　　　　　　　　　玄洲

貴國小童之頭髮梳何代之餘風耶

　　復　　　　　　　　　　　　青泉

〔若冠之前皆如彼小童頭髮而此制未聞矣

何代似是國中古俗

　　稟　　　　　　　　　　　　玄洲

貴邦之紙以何物製之耶

　　後　　　　　　　　　　　　青泉

以楮製之

又問フ

本州所謂楮カ耶

後

然リ

又

中國毛邊紙以楮製之而毛邊紙與

貴邦紙不齊何如ン

又復マ

玄洲

青泉

玄洲

青泉

其不同似有所似然

稟　玄洲

貴國琴調與中國同否

復　青泉

調則差異而製作則同

稟　玄洲

對客之際有拏如意揮麈尾等之事否

復　青泉

如意麈尾則或用或不用

稟

貴國之筆與　中國同不同如何
　　　　　　　　　　　　　　　玄洲

　後

我國之筆與、中國甚似聲甚清亮
　　　　　　　　　　　　　青泉

稟
　　　　　　　　　　　青泉

我國墨品佳者出於海州名曰海墨此即是
也奉　君以助右軍揮灑膠漆之設耳
　　　　　　　　　　　玄洲

　後

辱　盛賜文房中永珍玩以為他日之面目

多謝多謝

又復　　　　　　　　　青泉

物徵何謝遜切愧愧
稟

同如何　　　　　　　　玄洲

貴邦五味子勝似　中國之産其葉蔓等異

復　　　　　　　　　　青泉

不見　中國葉蔓而但闢人皆謂同
稟　　　　　　　　　　青泉

38

語及千古詩文不勝悵然安能與君留此

旬日且通言語以叙此意
　　　　　　　　　　　玄洲

復

一是殺可惜矣
　凜

感佩無已只恨向曉告別塵塵鄙懷未盡萬

不棄樗櫟可謂詞壇之良工也徹夜之清誨

今夜拜候再欲窮龍門之榮願霽
　　　　　　　　　　玄洲

青所呈蕪詩請賜和韋矣

寄別耕牧姜公　京洲

邂逅箕域容顏盡　寺樓前彩枕輝朱蘭錦囊映
綺筵　霜寒秦樹曉霞簇　巴陵天別後望明月拾
思幾度圓

復　　　　　　　耕牧子

辱蒙　惠臨欣悵可喩頃在　武城日獲陪
岡棧之語及　君相與欸洽有如平昔相識
也及今思之恍如夢寐可悵可悵所惠　瑤
韻乃當奉和而非但連日鞍馬勞備欲死且

此處甚擾當從容攜州為神而如不及則進

又復

和付之於森芳州未知如何

玄洲

厚聞東都之客廳會攬之每語及僕愛厚

無地謝如高和則勿勞軫念矣

奉贈朝玄州、　耕牧子

余隨使節入　日東歷崎嶇山海數輿其

國文章之士談論古今以為殆盡見一邦

魁秀之材意外尾張州得一秀才朝玄

41

洲是也。玄洲爲人清癯、玄不勝衣而嵓
長於畫、玄三注顏柳筋骨肉華無不體而
得之。一畫不放心、蓊然爲一中法家呼、亦合
矣、且爲詩灑灑可愛、尤善於漢語、一人而
有三難。信逼才也、余與之一夜嗚談至聽
乃罷、殘卷卷不忍別、以來時爲後期入
江戸見下、玄洲歷友接之如見、玄洲每
語及、玄洲未曾不長然、何辜、王事句、玄洲無上
書客路巳復歷路宿尾州先問

慈及見之頗慰倒瀉宗難狀言而、玄洲

又以一詩賜我且有瞽城陳玄之贈、寫

意何可忘也遂和原韻歸之　玄洲以爲

他日篋中千里之面目謹序

相逢重一笑詩骨宛如前此夜宜長語明朝憂

別慾孤雲歸大壑獨鷹呼長天脈脈鉛龜處燈

殘曉月圓

稟　　　玄洲

謹領　高和寵諭華滾佩感交集銘肝雕心

何日給之乎又房中以三王之風稱之甚不

當矣心潊恐悒耳

復　　　　　　　　　　　耕牧子

一何過謙至此耶僕之文恐不能發物萬上

耳

禀　　　　　　　　　　　耕牧子

此紙是桃花色台簡奉　君聊具文房之用

炎

復　　　　　　　　　　　玄洲

44

所惠紙品極佳、欲宗諸好事、感謝何盡

又復

客裹罄竭略甚、何足謝可愧可愧
　　　　　　　　　　　　耕牧子

稟　　　　　　　　　　玄洲

此紙稱二貴國之繭紙一然否
　　　　　　　　　耕牧子

復照灯下過日

此非繭紙

稟　　　　　　嘯軒

前赴東關之日、有薪憂未參詩壇、悵以爲恨

今牽良觀誠至新顧僕姓成名夢良字汝梅
号長嘯軒成均館進士以副使記室來
復　　　　　　　　　　　玄洲
久仰盛名今初接　芝眉如對玉山不勝
欣騰之至矣
奉贈長嘯軒成公　　玄洲
為道一見奇芬鸞鶴扶搖蓬島雲別後樓頭
公笛天涯月瓏日思君　　玄洲
又

儼客彈琴動別情清吟還作斷腸聲應知此會

眞萍水叟剪燭花笑語頃

走和朝玄洲惠韻　　　嘯軒、

谷口崇蘭塘吐芬筆端詞賦欲凌雲

武城曾會與攗之笑天下英才喜得君

又　　　　　　　　嘯軒

一夜相逢萬古情高山流水七絃聲可堪明曉

匆匆別只恨從前蓋未頃

寄別菊溪張公　　玄洲

玄洲

孤館青燈欲訴別情頻促兩衙知儘容此去

浮瀛海雲靄送攬本殘眉

走次朝玄淵惠贈元韵　　萊溪

月出鷄鳴去住時黯然離思有誰知浮生聚散

元無定莫向長亭浪縐眉

奉贈西樵白公　　玄洲

仙才新被命海外遠從官已愛風光好何愁

行路難野人迎劍佩殊俗駭衣冠此夜蓬瀛月

涼欣雪寒

奉次朝玄洲惠示韻以寓別懷

　　　　　　　　　　　西樵

原濕驅馳地三韓一小官鯨波休道險

王事敢辭難避迤摻　　君袂空蹂愧我冠臨別

多少意看取寶刀寒

禀

　　　　玄洲

向所約拙筆各一帖謹以奉

姜張兩公難辭　狹命故終成塗鴉以取笑

于南宮魏國矣

復

寶帖之惠篆遺二命喜溢百期寖感復感劍
下玄枕　荃解語得眞夨歡美歡美

跋湖北帖

耕牧
菊漁

余於　日東之國得　朝玄洲詞藻而奇之業
相與和而歌渢渢虖燉哉旣又發其篋而睹目
書八分小篆艸隸一軸奇奇有玄囿炬霞氣大
者如蛟螭蟠小者如瑈玗琪或爲劍或爲怒復
者不一蓋其所觸於天機者皆從十洲三島玉

樹青蒸間打化吹來恰作人間一種清快即於西

河之渾脱舞却是塵街兒女態乎夫余之日於

刻鵠而不能化野鶩頭安敢損益於　君惟是

犀匣綠業牽得至東海上親見期生食犬棗如

兀倪仰遅回依依結想而去者又奚以不自文

故題數行語於著左方而還之謂以異日歸詫

吾三韓曰神德筆下有五色璵其字彼且為寵

龍頷鳳凰圓而吾與之拾其拳云當已亥孟冬

下弦

朝鮮國青泉申維翰書

題壽軸

日余隨槎後到尾陽　玄洲朝令祗謁求訪於

旅館秉燭酬唱疊疊不厭不知東方之白固知

其才學之拔乎流輩而猶未得其詳也及竣事

歸來之日後到尾陽則　玄洲已待於頃日秉

燭之地矣執袂驚喜之餘袖出一軸則篆書百

壽字而　玄洲自筆也字畫古雅大得古人之

遺法而必書百壽字者盖爲其　雙親祝壽無

疆之意嘆詩如　玄洲筆如　玄洲可為一代

詞壇之傑而又其孝悌之行發於游藝之間者

如是孳孳則凡於養志之節立身之方靡不用

其極也然則文章乃其餘事而文章亦無以寫

其孝思也余喜其餘力學文推志教以數語以

侯夫能言之君子云

歲己亥孟冬朝鮮國進士張菊溪弼文題

懷橘滋誠説陸郎躍魚其感有王祥爭知日域

玄洲子百壽　中孝意義

蓬島遺珠　太尾

歲己亥陽月下澣朝鮮國自興金君平題

蘭皐

尾陽名護屋人
木下宗左衛門

玄洲

同國同所
朝比奈甚左衛門

54

對李秋月記土風異以率綴野詩一絕甬叩

奉呈　學士青泉申公案下

尾州名護屋

林春庵

星容遙來萬里天兩邦一月隔山川雞林不用

十二夜馬臺賞來八百年

奉和　林春庵惠贈

青泉申

禹穴江淮萬里天史遷雄筆在山川知君大眼

連滄海袖裏詩書閱幾年

奉呈　書記成嘯軒案下

萬里山川幾驛程遠來異域喜好歸鄉新交頃蓋

遠遊客再會無期多別情

　奉和　林春庵惠嶺　　成嘯軒

風埃終日困脩程偶向樽前醉作鄉兩國交隣

元好意一場詩會豈無情

享保五庚子年正月吉辰

林春庵

皇都書林　安田万助梓

押小路通柳馬場東入る町

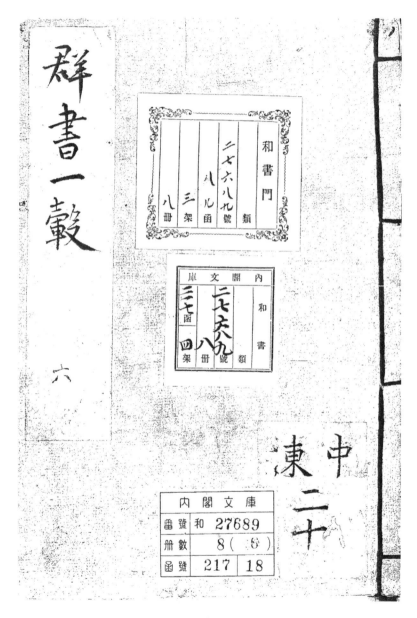

信陽山人韓館倡和稿

　　　　　春臺太宰純德夫父著

享保四年己亥、九月廿七日、朝鮮三使入東都

館本願寺申學士維翰以製述從焉進士姜栢

正使記室進士成夢良副使記室進士張應斗

從事記室敫十月六日純與友人大凡石叔潭

須溪扰子師、及筑前記室原泉稻有伯价雨芳

洲就見申學士及三書記於館舍芳洲則予四

人詣學士下處三書記亦在焉既通姓名各呈

以七言一絶頂之有一武弁来見吾曹乃鄭裸
將后僑也予四人亦贈之詩五子酬和未徧會
林祭酒以　公幹未學士及三書記邊然輕詩
謝吾曹遂出見祭酒於外堂獨留禅將在坐與
己敗矣日亦晚矣卒不盡歡而帰是日舘中冗
甚予所攜古詩不得親呈四子及去託芳洲致
之十三且又因芳洲貼吾子各以文一篇十五
日三使發東都後四日川生將芳洲之命致嘯
軒叠和菊溪和古風詩於徂来氏又再傳乃蹖

4

手、実本月二十日也、故二子、詩錄在後、筆語本在倡和之間或前後、自有次序、今輯錄之卷首當與席上諸詩、及成書記疊和詩後叅看、則其序可見云、春臺識

筆語

諸公若賜高和、請用貴國紙寫来、春臺

菊塘善詩人也、公等起揖、菊溪

菊塘公是何官、春臺

以裨將来、而素非弓馬人、有詞翰家盛名、耕牧

敢問貴名貴字春臺

僕姓鄭、名后僑、字惠卿、號菊塘、今以副使幕佐來、

此獲接諸彦、喜幸喜幸菊塘

唱和之間有似涉雷同、敢問諸公所業及所居勝

致幸各書見示啸軒

僕生于本邦信濃州、長于東都、少好讀書、就時師

受業壯而師事但未物先生名茂卿者、學古文辭、

爭奈攢操之材未免吳下阿蒙、且性耽遊觀、自

冠登富士、如平安至浪華過寧樂以歸凡閭山川

之勝、則不遠千里、唯恨未為海外之遊耳、若明公
此行、實壯遊哉、可羨可羨、吾黨之士皆好音本邦
幸傳古樂、僕又稍々解吹笛、每誦讀之暇、與同志
相聚一堂、輒絲作宴飲以度日、自虞韶周武曰琴
點瑟子晉之笙、漸離之筑、秦箏胡角、昭君所彈王
襃所賦馬融之笛、蔡琰之笳、禰衡漁陽之檛、桓伊
江上之弄、下至明皇之羯鼓、大娘之禪脫舞、莫不
其畧、今日良遇欲為諸公奏一曲以慰旅況、而不
得間矣、可恨可恨　春臺

高和妙不過春臺

踈拙之語無一可取、而輒蒙諸君子過實之褒、深

媿謏才之謝焉、多謝揚善之高義也、菊溪

詩妙字妙感舊之語更妙春臺

稱譽鄭重、何堪負擔、嘯軒

太學士方在外請見未盡清歡、可嘆當於明日更

會耳、菊溪

諸公酬和未徧、乃忽忽弄吾曹、實爲敗興、春臺

公之詩才敏捷絕倫、吾輩何得當乎、況今日之歡

8

更償未可以盡餘興也、多謝、但日力已竭、難繼以
火且須辭去、幸不弃不肖、後日更有請耳　春臺
諸公篇什、皆有古人風格、欽羨不已、日晚不得穩
敘而罷、可歎幸望未發前、更會耳　菊塘
問貴號為何、及青年多状、春臺
姓金名世萬、年二十一、

　　古風一章謹呈青泉申公　　春臺

男子生有志、束髮事四方、何況抱脩能、當世稱材
良、揮毫成麗藻、文采不可當、祗役萬里外、載筆從

博望滄海漫浩〻道路一何長舜節枝桑下容與
觀國芃谷蔓烹嘉魚春酒在高堂願言我思子無
由承筥筐〻

同前謹呈耕牧姜公　　春臺

虞廷重四岳周室侯太公華冑豈不遠苗裔垂無
窮之子眞特秀翩〻祖宗風受命忝握節乘槎大
海東所望有青雲寧徒尺寸功維舟浪華津停車
芙蓉峯艱險不足畏惟思皇華穠嗟爾歎掌甚金
樽難與同

同前謹呈嘯軒成公　　春臺

列士勞行役、書記一何賢、王事故靡鹽、之子獨翩
翩、授簡平臺上、文藻摛當筵、豈愛千金壽、所求在
嘉言、羔裘稱令德、冠服麗且鮮、濯足東海水、振衣
扶桑巓不厭長途苦、每懷王命尊小子在東道、愛
敬起周旋、

同前謹呈菊溪張公　　春臺

邦家貴輯睦、善鄰古所寶、聘哉翰林客、間関行遠
道、秉筆毗專對、辭命擅自菜文章光簡牘、英華遠

雲表、寵数豈不多、功名豈不早、朝發崐崘丘夕宿

蓬萊鳴鳳凰翔九天蛟龍躍靈沼薄酌北海樽稱

觴以難老、

　　　席上奉呈青泉公

雲集誰是蘭臺行秘書

　　　奉和春臺見贈　　　　　青泉

使節東馳萬里餘、鴻臚新駐大夫車峨峨冠盖如

仙草泰童来ミ餘蓬山蒼翠擁行車羨君生長烟

霞窟、快讀燔灰以上書

再次原韻奉酬青泉公高和　春臺

畫日論文意有餘、滿堂好事未回車、太玄草就多
奇字、夜半休繙天祿書、

　　奉呈耕牧公　　　　　　　　春臺

青袍白馬住追陪、健筆偏稱書記才、自是茂陵遊
未倦、知君梭簡在平臺、

　　和贈春臺

萬里南來使節陰文章華國愧微才、逢君說到詩
三昧、艷體嘉插有十臺、

再次原韻奉酬耕牧公高和　春臺

千秋高會喜趨陪書記誰爭阮瑀才見說大邦多

有識嘉名從此上蘭臺、

奉呈嘯軒公 翠虛成琬、天和之聯、以製述来、嘯軒其子也、春臺

翠虛名響九天高玉樹庭階有鳳毛紫綬金章豈

難覔眼前先已看青袍、

春臺見惠佳篇有感舊之語感而和呈、　嘯軒

萬里東来一劒高奇才敢擬囊毛扶桑月色渾

如舊隨處江山潦滿袍、

家叔東遊時、有月出扶桑大樹間之句末句云、

　再次原韻奉酬　嘯軒公高和　　　春臺

知君牙氣競名高雲際飄然一羽毛好向扶桑枝

上宿昔時明月照藍袍、

　奉呈菊溪公　　　　　　　　　　春臺

三韓使節入青雲上國文章愜素聞書記翮〻老

辭命東方千騎不如君

　奉酬春臺惠贈韻　　　　　　　菊溪

當筵逸氣吐如雲、擲地金聲滿耳聞却恨浮生離

合聚別来何日不思君

再次原韻奉酬菊溪公高和　春臺

才子揮毫起彩雲郢中高調又堪聞風流千古空

相憶宣科如今此遇君

奉呈菊塘公。　春臺

壯士乗槎護玉珂幾回欸乃雜鐃歌、將軍威武兼

才調意氣應輕馬伏波、

奉次春臺惠示韻

菊塘

蘭々寒葉雜鳴珂、萬里非秋志士歌、故國別來書、
信斷不堪回首隔烟波

　再次原韻奉酬　菊塘公高和　　春臺

大邦冠冕各鳴珂、不用西歸奏凱歌、休遺將軍童
橫槊近來東海絕風波、

　奉送朝鮮製述青泉申公序　　春臺

韓人之來聘我也、我人苟操觚者、聞其將至莫不
爲之色動、迨其旣至也、所經諸州全請謁、及以
詩倡拍者、又莫不稱彼其學士及二三掌書記者

善詩與其敏捷難當於戲富哉韓人之於文藝也

余旣見申學士青泉公還有所識二三書生來訪

則亦皆以詩于韓人而獲其容接者也於是與余

言盛稱韓人捷給意似自多其與對壘而不取敗

者狀余聽之頻蹙久之曰異哉客之言乎客曰何

哉曰純也不敏未能言詩但予好音律最喜吹笛

用是揣之與於語樂請以樂言之夫樂者樂也人

情之所不能免也人情欲得其所適眾之所同也

人得其情所適則喜喜則樂樂則必發於聲音形

於動靜然而喜不可以不飾樂不可以不節故樂

者先王之所以飾喜而節樂然樂非其道則邪辟

淫慝之行作焉聖人惡其如此故制雅頌之聲以

道之所以綴淫章德也是故金石絲竹樂之器也

屈伸俯仰樂之文也二南雅頌樂之聲也五音六

律樂之度也八音克諧無相奪倫樂之和也動天

地感思神舞百獸來鳳鳳樂之應也経夫婦成孝

敬厚人倫美教化移風俗樂之成功也故先王以

之郊以之社以之饗賓客以之合鄉人是何以能

然、和也、故曰樂者天地之和也、夫禮以樂行樂以
禮成自王者之迹熄礼廢樂亡、雅頌饗絶後之人
將何由覩先王之世聲樂之盛如所云邪惟自画
漢以降、詩人之作雖非後三代之舊矣、猶可以接
武風人要歸雅頌也、則今而可以致天地之和者、
唯詩為然且書不曰夫詩言志、故春秋時、朝會燕
享賦詩者率誦雅頌之言而已、今縱不然豈淂多
為尚哉、則亦何取於捷給矣此特閒技者比、賓傷
樂之和、非礼之意也曰然則韓人所為非邪、曰何

必非、彼異邦之客也、主國之人為之賦、而客不答、

殆予不恭、蓋不得已耳夫朝聘之礼、先王之制也、

吾聞李扎辯國風、鄰子語官制未聞以詩相擾若

是之煩伊誰執其咎吾恐非我人所以敬客也、雖

然予獲識韓人亦以詩則既效尤矣、所願者、予舍

此而要韓人於西郊、班荆山水之間、烹東海之鮮、

酌鴻池之酒、與吾二三兄象絲竹詠謌以相侑倘

祥乎礼法之外、雖則儼然大邦君子豈不亦少慰

客懷乎於其時我與韓人或有所賦邪則興之所

至纖之洋洋、盖未可慶已、嗚呼礼樂之非古也、錐

有朝聘之事、而鹿鳴不奏、四牡無答、又何以燕樂

嘉賓之心矣、然而人臣無私交、若我巖穴之士、又

焉得與私、是為可憾矣、容不對而去、予遂録此以

為送申公序。凡八百平字。

奉送朝鮮正使記室耕牧姜公序　春臺

夫男子之在世也固當有四方之事焉故於其生

桑弧蓬矢六、以射天地四方、示有事也、然而男子

之事莫大於使與將天下治則使亂則將、使則專

對、將則專制、二者皆奉君命以出而立功於異域
者也、其為事雖文武不同、亦各有所尚焉耳、所謂
有文事者必有武備、有武事者必有文備、實有須
於全才也、但將不常有之事、而使世必有之、是以
文夫之立志也、堅臥不起、睊睊當世、高尚其事、者
已矣、苟叨學壯志一獲于上、則宜以時事事四方、
豈宜戀戀懷土、長守妻孥之面耳、純之不肖、蓋自
結髮竊抱此志、惟我　朝善治百年、固非請纓之
時、況身在草莽、仰望青雲無以自致、欲持節馳傳

於邦內、亦且不可得也尚焉求哉海觀若大邦哉、

此山林之士所為感慨切齒者也夫自我

神祖更始正統他邦之與我相善者莫如朝鮮朝

鮮之於我世一使其大臣来聘以修舊好我之待

以賓禮亦不得不重然而朝鮮人之實于我也亡

論其能正禮明義不辱君命乃其於詩擒藻敏捷

多〻益辨陳王七步不能過云純自少稔聞此事

心竊慕之嘗自言男兒不得一奉君命使四方躬

試詩三百於專對亦既已矣哉、如或得見所謂朝

鮮信使者、觀其儀貌、聽其言論又以文字周旋其
間、尚亦可以攄鬱悒矣歲辛卯、屬朝鮮使來賀
先朝新政純喜以為得時不圖館吏持法之嚴不
許山林之士、輒投一刺、即欲為舍人掃門不可得
也悄然焦心愈益感慨切齒今茲信使復來、則天
假良緣、俾純等得造階下瞻仰德範、且承其記室
姜耕牧公者以文事推愛鄙人夙昔所願今而得
酬、是何幸也、雖然、若純者蓋碎諸仟鶊而希大鵬
一旦見上國人物、儀刑過于所聞心甚羨之、退而

語人曰、吾今而後知夫桑弧蓬矢之不為虛設鳴

嘆乎可以無四方之事乎若姜公誠士而五卒男子

之事者哉吾輩欲一效其所為將以何時邪吾所

於感慨切齒者猶不能已也、姜公竣事將還因為

左右誦此言、

　奉送朝鮮副使記室嘯軒成公等　春臺

自古文藝之士往〃好遊其故何也蓋以文藝之

其必將有大述作、有大述作者非廣其聞見恢其

志意不足以濟其事也夫六藝記傳非不若是其

博學者苟閉戶下帷、錯躬几案間、耽讀不倦、積以
歲月、可以坐而覽觀宇宙、又何待於遊哉、雖然、天
下名山大川不一而足且以古今異政遐邇殊俗、
必足履其地、目觀其事、然後王霸之業與廢之迹、
記傳所稱述、有以驗其實焉且如司馬子長之作
史記、非所謂大述作者乎若彼其所自序乃二十
南遊江淮、上會稽探禹穴闚九疑浮於沅湘北涉
汶泗講業齊魯、觀孔子之遺風鄉射鄒嶧戹困鄱
薛彭城、過梁楚以歸、及其為郎又奉使西征巴蜀

27

以南暨邠管昆明子長之所游觀、壯哉、博、掘
旦論次其文七年、然後成其書、是其蓄思之所従
来豈淺鮮哉、不如此不足以為不朽己、余少亦好
遊雖未有述、而竊壯太史公之遊、故毎讀其文、未
嘗不為之悵然自恨夫吾生于信陽、長于東都、冠
而登富嶽、游乎平安、留滞浪華、過寧樂以帰欤、目所
経足所践、未往不出乎千餘里、曽不及太史公所
経十一、好遊云乎哉、朝鮮成嘯軒公之従聘使来
也、吾未知其雅素有無遊歴、惟此役舟車所過且

五千里、而入異方殊俗、難測之地、雖君命、有在實

亦非常之事也、余見而壯之、因謂之曰、嗚呼、公之

選其無愧於司馬子長歟、公還其將有大述作、使

吾生而見之、不亦快乎、余既拜成公於館下、又獻

詩復不見指斥甚故及其還送之以此言、及嘗士

　　奉送朝鮮從事記室菊溪張公序　春臺

駒衍之學古之所謂閎大不經者也、君子固無取

焉、雖然、以今觀之天地之大人亦誰知其極、所謂

六合之外存而不論是先聖之旨吾聞諸蒙莊氏、

夫我日本、自行之徒未之言古者無聞盡其國雖不
能如赤縣神州、而平地一方、環以裸海人民禽
獸、真能相通是焉知非夫行之所謂八十一分之
一、亦自為一州者乎哉夫其礼樂制度雖不能盡
行聖人之道然讀其書誦其言學其文、明其義頁
才懷術以族禮樂之作、施及黎庶、意非四方横文
之俗所能及也、此雖由我民性教之可化、道之易
從、實二帝三王餘波所及而然耳、豈有他哉且我
神祖起戎衣以武德統一海内、迺考文古昔、以儒

衛為政遂戢干戈橐弓矢于今百年矣至
憲廟好學崇儒益立教道由是文化大行于海内
則斯道之隆在我日朱千古所未聞也於是海内
之人蚤夜孳々勤學即巖穴之士負笈尋師拔乎
里之外蓋始變我馬之習為彬々君子者不曾薦
紳大夫其屬文類能出顛倒之讀若吾二三兒象
業皆以古人自期其所修動不屑東漢以降即五
尺童子耻稱宋儒故吾黨之士每相與尚論軼慨
然曰苟以文學進雖三代以上猶可為矣而況今

31

人矣是則中州與我所異者俗習而已言語文字皆學之可能天之未喪斯文也仲尼不我欺也其或欲移風易俗使斯民為三代之民邪則有先王禮樂在焉亦何難之有哉顧非一介之士所能為耳夫文章之陶斯民初不以方所異教況我與中州相去不甚遠乎則亦何論地之廣狹民之眾寡乎由此觀之我一州界如赤縣神州吾有取於驩氏之言惟朝鮮之於中州則其被化比我又有甚焉者也今觀其奉使來者毋論其咸蔚乎文章自

其容貌閒雅、威儀棣棣、以至身之所適、口之所甘、

宛然中州面目也、豈不美哉吾辈親見其人、有審

乎其儀刑旦載歌虞和言其志、又价毛頴談論移

晷、兩情相投、目不睹為異邦之人、至使朝鮮與我、

猶之一區中也者此豈非覧王同文之治矣、素豈

非騈子以九州為一州之謂矣吾益有取於衍之

言云、今將別張公故以此言告之、

　　　奉送朝鮮禅将菊塘鄭公序　　春臺

烏虖鄭菊塘公者誠文武全才哉夫余以十月六

日价雨芳洲以見朝鮮学士及三書記於公餽于
時鄭公亦在焉吾未知其何人且起揖掌得姜
張二書記筆語乃詳其人本儒而嫻辭翰善詩視
其服則武弁問其官則裨將也余書姓名以自通
因贈以詩與余同行者亦皆然公和答吾曹詩皆
徧每篇未嘗設搞而捷如影響及成又催麜烏虖
公之於詩其猶淮陰用兵多多益辨也與公之文
才如此而於此役又能當武禦之任非文武全才
而何然公豈好武之人哉意其才有所蔑而不自

掩其、余觀公為人風流蘊藉、真鷹紳家人物也、當
其為詩、從容閒雅不勞思索其出如涌宜子終目
倡酬而人未見其倦色也、夫公之於文事、固卓絕
之能也、而其好之亦篤矣哉、古稱倚馬作檄、橫槊
賦詩惟公有焉不知者乃以一武弁視之、吾獨為
公惜、雖然將師之為仕亦重矣哉所謂立功異城
決取封候文士之所不能、班超之所以投筆也、一
介之士尚以是奮志況既為將師者、束則武弁何
為公之累耶夫士君子之立身入則相出則將莫

此為榮人矧執末頷矣所患者之其末耳以公之
才之能則將相皆在所宜也國人將跂而望之余
與公有邂逅之雅浮愛其才臨別不勝戀之故以
此祝公前程因為序以貽之　九四十九字

　　疊和春臺韻

　　　　嘯軒

詩聲也與笛聲高世上浮榮等一毛安得隨君絲
王狀蓬山共挽羽人袍
柯亭一曲彩雲高林鶴翩翻弄羽毛多事藍田四
鸞客朱門浪奏鸞輪袍

昨枉坐席未溫連宵耿々又因芳洲淂奉鉅篇
如淂海底珊瑚叢也足下才甚高氣甚豪遊覽
山川有子長之癖洞曉音律有伯喈之秋欲求
日域中倜儻奇士非足下誰也思與足下登富
士之高顧倚扶桑之老樹吹斷裂石聲一曲以
歗萬古塵愁未由也已憶惠来詩當從容和過
某未可更枉做淂一穗耶嘯軒拜

奉和春臺古風韻

有美春臺子瓖瑋真國寶淵識洞古今壳然近子

道有時弄健筆爛熳堆詩草浪迹十洲間游神萬

物表攝齊徂徠門得沂源吳淡雅追謝陶瘦寒

咲郊鳥將隨鶺鴒群飛入鳳凰沼勉哉且勿休切

名及未卷巳亥十月十四日菊溪稿

復路之期只隔一宵忙甚錯寫未及改呈休咎

如何

代人贈韓客

春臺

大邦使節氣凌霄昨日城門四牡驕漢代賢良元

兵落梁園賓容豈蕭條千秋迎對笑蓉雪萬里遙

東都有姓阿島名璞字玉成二字援之者僕
莫逆也辛卯歲與　貴邦李東郭鄭昌周等
有傾蓋之識而頗蒙推奬方今　彩旌到
東都則彼必詣　客廳覬覦爲之容接則
非啻彼之榮抑僕之幸也伏要　睾念
　　　復　　　　　　青泉
到　京師若蒙　援之之來枉當以　足下
言爲先致意接慇懃之懽矣李東郭已作九
不之人鄭昌周以上翔實今方到此

以不能替對晤之禮疫自悼汁枇神何足煩
高眼從當俟隙

奉酬朝玄洲惠贈

相逢秋月満江城一笑青山筆下生自是君身　　青泉

曾羽化可能攜手上壷瀛

再奉酬甲學士

詩篇誰歛謝宣城彩牋墨痕奇氣生從是東行　玄洲

一千里凌風羽翼絶重瀛　　　　玄洲

　　凜

5

特來、館下二且呈醜詩一絶以具電驢伏希

垂青

奉呈青泉申公案下

使星遙指武昌城颯爾雄風萬里生繋馬高樓　玄洲

清景地爾爾彩筆耀東瀛

　　復　　　　青泉

僕姓申名維翰字周伯號青泉官今秘書著

作忝選而來海陸勞頓令濕成恙今方解衣

而臥屢蒙惠臨賜以　清什感結傾倒

4

蓬島遺珠前編

　　　　　　　　　吳下　玄洲朝文淵著

己亥秋九月十六日夜會申維翰姜柏

張應斗白與金於

張藩賓館二

　稟

　　　　　　　　玄洲

僕姓朝名文淵字涵德別號玄洲

足下筆海翻瀾學山聳秀　高風預通吾

邦人人歡仰久矣方令　文斾臨此要仰李

3

1

惜別彷徨余亦作離愁同一舡之狀遂分

袂了韓客知與不知皆揖余去時朝輝入

堂皇恍然如夢醒而已

與朴再昌金圖南鄭昌周等相會或筆談

或口語皆三韓俗事而多以不關文雅故

略不此載也

此夜賓館絶喧囂且俗流懇寫字弗已徒

令風流者會作壤鬧之街可歎故次問數

仲遂不果信可恨之甚也　客館璀粲集畢

已三吹、欲歌陽關、嗚咽泣下、因問鼓吹樂器

有幾品耶

　　荅

鼓吹、軍門所用、使臣行威儀、吹角擊鼓放砲

太平簫金鉦而已　　公樂乃　御輦前必用

之樂簨栗醢琴笙笛缶鼓所以類於　國書

奉持之前

　　　　　　　　　　　　青泉

三書記良醫等來各贈余以彩牋筆墨等

菊溪稍以華語口談諸子發行青泉菊溪

51

右詩使玄洲
書之呈示

謝木朝兩君　　　　青泉

二公聯璧高堂光焰萬丈孰不驚駭哉所賜

高和可謂海外謫仙殊甚大王也湲以欣羡

將持去而示同志而已

　　後　　　　　　蘭皐

芙蓉之題詠真白雪絕調也下里之鄙和豈

耐取唯一塲玉粲之具耳

　　問　　　　　　蘭皐

50

矣休沐則杜門狠不接雜賓讀書之暇或撿

絲弄竹所伴清風明月以故不知　都下之

才人有與否耳

　　　　呈富山絶句要和　　青泉

扶桑東去海雲賒萬仭峯頭雪似沙落日蒼

茫秋色裡青天洗出玉蓮花

　　　　走次富山韻　　　　蘭皐

白玉芙蓉出海賒奇巒秋霽鋪銀沙壯遊有

意求仙藥踏盡絶巓弄雪花

答　　　青泉

佛曉發行吾今不可宿足下如不欲眠幸勿

以吾爲念且坐頃刻以送我去

　　稟　　　青泉

圌鳥公漢語大驚倒吾輩況　足下出其門

哉足下詩文遠學漢唐語亦傚中華極可嘆

賞之甚所交游英才名士多多

　　後　　　蘭皐

辱過譽無足敢當余職務甚賤冗無日不

48

恰如斗山吾輩非所可敢窺知也余於詩道

古必尚漢魏近體必盛唐且慕明王李等七

子亦未嘗學大暦以來倣西崑體者所爲矣

元瑞云詩歌之道一盛於漢再盛於唐又再

盛明余謂確論也近有一家云唐宗元白宋

唯蘸黄明世諸子無足取塗聽耳食哀哉

　　　問
　　　　　蘭皐

足下蹔爇眠而可余亦退去明早要再來而

相會耳

見客無以奉拜甚恨甚恨頻到大夾有人傳

示新板瑞芝軒吟稿數卷曰鳥山氏所作其

詩蘊藉有味其門生一人力請余爲序不辭

而爲之序方今淸製序文運緩構出爲云云

者非以今夜艸艸爲難浚知足下詩可得人

在人間僕所以難於倉卒爲之

　　後

　　　　蘭皐

謹悉示諭浚感足下爲余頓心矣白右予居

東都鳥山生在浪華余亦未相見而其詩

貴國讀書音音譯甚早似難曉識是以諸文士

倡和筆談文理脈絡多有不可解者盖坐於

聲律之未閑此與中國遠故其風音自別焉

州雨森東及松浦儀二君子其諸文固是絕

才今世之不易得也見其人皆書漢音未見

足下先得仙人篇絕驚有古調疑其曉漢音

而及見之聽言語乃信然又知非當代之人

也辛卯使行歸時持白石詩草一卷示余余

歎其音調婉朗有中華之響今聞其人不出

精思力書以奉贄今夜紛宂之際恐未如意
己言千雨森君必欲從後書送彼意亦然未
知如何傳送有便故云

又復
蘭皐

拙稿序文自此至大坂之間構成則必傳芳
洲芳洲有信人也請君勿客揮裏之壁爲感
青泉

吾已聽芳洲言以萬無一虗踈爲言
青泉

稟
青泉

44

曰宜先多讀八大家吾文既熟谿逕平坦然

　後　皇明諸子亦可時時披閱以佐其采如

此云云矣

　　　　禀　　　　　　　　　蘭皐

鄙什一卷名玉壺吟卅古風近體若千首是

皆下里巴歌耳敢以備電矚若或冠數言於

卷端則何賜當之

　　　復　　　　　　　　　青泉

僕見足下之詩實非今世等閒語序文必須

43

枝葉於唐宋之末而惜羅毒病因復鬱業遂

畫而不進可哀可哀我國高麗之世專當宋

元至我

朝而群才亦起或曰班馬或曰韓柳蘓而原

其體則以儒道爲宗故其文體裁率緣宋習

間有一二章句險順平澁之殊而已　白羊明

諸子中李何王李名爲大方家其文之焰來

傳也亦不無向風之思而其專攻王李之文

者十無一二即今我國中操觚之士大都言

42

王李爲是故也　余遊其門受其書讀之甚辟

今者執簡之士莫不趨風而宗之矣

貴邦文藻之隆幾不讓中國尚矣今之樶瓶

之家泝宋元之舊耶在明世諸家

　　後蘭皋木君座下　青泉

祖徠先生姓諱亦未聞而其論古文辭意達

辭修二段大令人躍然稱快況　足下親炙

之哉僕於文章不能窺古人牆下之趾然大

低矞冠以前即有意讀秦漢古書不欲先攻

41

發于筍非騷選李杜之篇不歷干思蓋齊功
於明李獻吉矣先生嘗謂文章之道達意修
辭二泒發自聖言其實二者相須非修辭則
意不得達故三代時二泒寒寒六朝浮靡至唐而
偏修辭而達意一泒未嘗分別也東京
極矣故韓柳以達意振之宇宙一新至歐蘇
又襄陞迨元明再極矣聘有出李干鱗王元
美者焉專以修辭振之一以古為則可謂太
豪傑矣故許隲西京下文人唐取韓柳明取

40

井出生、余有雅誼、若惠清和、則生之榮也。

余速須傳達、莫煩貴念。

問　　　　　青泉

渡邊夌軒足下所知耶

荅　　　　　蘭皐

渡邊生亦都下之士也、有尊意則示余

稟申狀元座前　　蘭皐

東都有祖徠先生者、風務古文辭之學、非姬

公宜父之書不涉於目、非左馬班楊之黨不

問　　　　　蘭皐

菊溪子解葦音與余相善今在何處耶

　答　　　　青泉

菊溪子在從軍道前不久而來此耳

　問　　　　青泉

今午鳴海驛亭遇井出氏年二十五與余唱
酬自云與蘭皐玄洲有相知之分以此作又
請和行急未遑今置之此恐其浮沈也

　答　　　　蘭皐

食言尊須必待如何

　又後

　　　　　　蘭皐

莫客巨作而附芳洲惟㑋

　稟

　　　　嘯軒

僕方有緊急事故入使相前即爲還來少留

如何

　後

　　　　蘭皐

貴幹完了必須再來而相見余暫留要聞諸

公清話耳

余有方丈之室周加塁焉一關如實月光入

四壁塋然顏其楣於白玉壺盆模倣明胡元

瑞舊規矣扁字既西樵子筆之足下亦爲之

記永揪之壁間則光輝炳然每如在万花春

谷中歟講速輝祿筆

　　復木蘭皐前　　長嘯軒

玉壺記文當依尊教即席書呈而佇諸賢酬

應陸續雞鳴官行務難如意道中從容摭成

付雨森芳洲傳達必無浮沈之患而鄙亦不

以呂波譯字

이ㅣ
로ㅁㅆ
하ㄴ
니ㅊ
뎌ㅎ
헤ㅅ
도

지ㅋ
리ㅗ
르어
와가

요ㅋ
다ㄴ
레노
소ㅋ
베ㅋ
나

라ㅌ
므우
이소
어구

야ㅋ
마계
후고
에메

야ㅋ
사가
유메
미시

예ㅋ
히ㄴ
모세
즈ㅅ

稟成進士

蘭皐

사 샤 셔 소 쇼 수 슈 스 시 ㅅ

아 야 어 여 오 요 우 유 응 으 ㅇ

자 쟈 져 저 조 죠 주 쥬 즈 지 ㅈ

차 챠 쳐 쳐 초 쵸 추 츄 츠 치 ㅊ

파 퍄 퍼 펴 포 표 푸 퓨 프 피 ㅍ

타 탸 터 텨 토 툐 투 튜 트 티 ㅌ

카 캬 거 겨 코 쿄 쿠 큐 크 키 ㄱ

하 햐 허 혀 호 효 후 휴 흐 히 ㅎ

파 규 와 위 솨 서 화 허

答　　耕牧子

字似梵字而以方言譯字義 別書蒭文 惠余如左

ㄱㄴㄷㄹㅁㅅㅇ

가갸거겨고교구규그기
나냐너녀노뇨누뉴느니
다댜더뎌도됴두듀드디
라랴러려로료루류르리
마먀머며모묘무뮤므미
바뱌버벼보뵨부뷰브비

里巷小曲唱何等詞耶
　答　　　　　　　耕牧子

有皇風樂步虛詞平羽調玉樹後庭花
　問　　　　　　　蘭皐

有道觀而羽流女冠奉祠耶
　答　　　　　　　耕牧子

無道觀有佛寺而僧髡主之
　問　　　　　　　蘭皐

諺文未審字體如何

32

聖明朝河橋明日浮雲散欵曲端宜畫此霄

僕姓成名夢良字汝弼号長嘯軒成均館

進士以副使記室來足下姓名因菊溪已

知之

問　　　　　蘭皐

聞貴邦之士善鼓琴瑟果然否

答　　　耕牧子

士多鼓琴不解鼓瑟琴曲多古調不能盡記

問　　　　蘭皐

清時權節發星軺
効選英聲飛九霄鼓悉天邊

雲聚散揮毫海表日漂搖

箕邦禮典存周代

桑域衣冠尚漢朝囊底明珠遍莫客講投一片

價春宵

奉和木蘭皐惠示韻　長嘯軒

萬里初廻使者軺江城暮色雨晴雪高樓酒

重盃心凸虛楊風來燭影搖頭盆懽深眞率

會交隣液著

30

作ハ河梁ノ別ヲ遶キ西山ニ落ツ月ノ邊ニ

奉レ次ニ木蘭皐惠韻ニ以テ寓ス別懷ヲ

　　　　　　　　　　　　西樵

西ニ下リ滄溟ヲ返ス梓桑髫々、來ル物色滿ツ奚囊ニ蓬萊始メ

覺ル吾遊ノ父ノ節序人間ニ近キ二一陽ニ

　　又

詩似タリ芙蓉ノ出テ水鮮ナルニ幸逢フ佳士共ニ牽莚相思別レテ

後知ラン何處ニカ東望ス扶桑日出ヅル邊ヲ

呈シ書記案下ニ一笑ヲ審メ

　　　　　　蘭皐

29

薩涪嶼遠鄉心先逐白雲飛辛攀標格如瓊

樹爲贈詩篇當紵衣明日驛亭分手後定恩

賓榻此相依

　　寄別西樵白公　　蘭皋

雞林仙客入

扶桑行李每携採藥囊客舍漏長風雪夜飄然

吹律動春陽

　　其二

燈下金盤柚橘鮮洞庭春色滿賓筵明朝

相逢即別愁

寄別菊溪張公　　蘭皋

使君此夜賦將歸門外鳴珂待曙暉霜淨篋

中雄劍動變闌席上羽觴飛青鸞舞罷丹

穴白雪歌殘震紫後明日臨歧應灑淚相看

握手思依依

張州賓館走奉次蘭皋贈別韻　　菊溪

促報征馬向西歸分付奴星趁早暉仙境漸

27

富山壁立宿雲収積雪玲瓏照綺裘傳

命即今辭

紫闕回蘇夏欲向

青丘地開金谷齊連棚月蒲蓬臺共倚樓爛醉

促軫撫商調七絃遍動別離愁

奉次蘭皐詞伯韻　耕牧子

十月湖田晩稻収寒侵遠客木綿衣追隨使

節來殊域點撿詩囊返故丘鬱鬱青燈明夜

楊蕭蕭紅葉下山樓人生聚散同萍水到處

寄別青泉申公　　蘭皐

文旆茲初返壯游賦幾篇重逢揮彩筆再別
絕朱茲層海玗秀三山鸞鶴群鄉園歸到
日美譽照凌煙

　奉和蘭皐見贈　　青泉

邂逅來眞氣飛騰賦傑篇寒星動劍匣明月
遠琴茲八尺龍爲友三清鶴不群何當擺俗
累攜手破蒼煙

　寄別耕牧姜公　　蘭皐

25

其於聲曲酬和登敢經意顧以華篇命意

有一二把寄之賜州剜巴音為周郎誤拂

絃願足下一回眄也王程促甚度於旬日

內復過仙府尚以三生好緣獲償宿寐之

思何喜如之

己亥孟冬上絃

後申公

青泉申秘書

蘭皐

多荷厚意感謝無蟄長篇之瓊報不覺頭風

頓痊又裁鄙律述別懷

忽結爲羽葆濃爲蓋仙人夕騎紅尾鳳翩翩

暴空青雲裳瑤絃寶瑟廣寒音皇娥帝女列

中堂二拍蓬山秋水綠笑指南斗作盃觴博

望使者乘槎至欣然灑掃登銀床醉看期生

食大棗柏粱小臣偸桃狂繁歌緩舞神以舒

婆娑拾翠凌高岡

足下仙人篇驚倒珍誦以爲千古耶僕未

敢遽信吾眼以爲當今世人夫未有也自

惟三韓遠客役在舟車得無顚沛亦天事

曷勝欣勝之至鄕所賜和章裝潢成軸冀用

圖以永傳以爲他日之容顔耳　請于各卯章

　凛蘭皐座下　　　　青泉

解鞍之際旣要見公等今來謁多感多感僕

在東都之日僅和仙人篇及寄玄洲之作

將因圖島公傳送而未果今姤持來以傳耳

　仙人篇和贈木蘭皐

蓬萊山高海茫茫金鵄躍出九枝桑枝長百

尺縈煙霧葉間五色堆珣琅靈光淑氣何翕

22

客館璀粲集後編

吳下　蘭皋木實聞著

一十月二十五日歸朝再造吳下館性高院余
又與學士及記室醫員箏寺酬唱

禀諸賢

蘭皋

東都盛禮既畢

旋施方至茲　諸賢起居蘭福再襲接

芳

客館璀粲集前編終

余姓權名典式字君敬號北岩丁卯登科聯

至今正年紀五十四遠路跋涉神氣甚憊請

怒甚

明晨臨發學士題數語於壁間去如左

木蘭皋詩尚有一篇未和而早發怱怱奈何

歸時幸得相會以續前夜州州之話耳

青泉申學士

夫人韻奉寄蘭皐

秋光晩菊鮮遠客鴈來先事業唯千卷行裝　　　耕牧

只一舩殊方增鬱悒良夜喜聯翩避逅眞萍

水明朝有別筵

右欲次韻則有官事而退去其後又弗果

稟　　　　　　　　　　　蘭皐

余姓木名實聞號蘭皐承聞足下能解漢語

余亦記得一二莘音請領淸敎

復　　　　　　　　　　　北岩

次人韻以呈示足下耳

奉贈蘭皐詞伯　　　　　全

蓬海彩雲鮮尋仙自古先幸今隨漢節何處

覓秦舡把酒愁甚遣論詩與正關忽驚傾盖

地明日又離筵

卒奉次菊溪惠示韻　　蘭皐

使乎姓氏鮮登第萬人先對月吹瑤笛隨風

泛彩舡來時文斾炳歸日錦袍翩傳爵清譚

合燭花照祇筵

此人不爲來見耳

　稟　　　　　　　　　蘭皐

此樹名稱如何　一醫以赤實樹枝

　復　　　　求使余問之

　　　　　　　　　　西樵

似商陸實耶

　又稟　　　　　　　蘭皐

商陸是艸也這箇樹也如何

　稟蘭皐前

　　　　　　　　　　菊溪

偶雖有寄詩人多以難解故不能和答耳

16

稟　　　　　全

長州萩府有縣孝孺號周南者余同社中之
士也正德辛壬之交相會　　貴邦諸賢于赤
馬關此行亦周南獲接見　公等否
　　　　復　　　　　　　　耕牧子
赤馬關即赤間關否
　　　　　　　　　　蘭皐
然　　　　　　　　　　耕牧

15

復　　　　　　　　耕牧子

西樵所著是八卦高後冠我所著則東坡冠

菊溪所著則臥龍冠

稟

尊年幾許且有令嗣又學耶

仝

復

蘭皋

余久客東都近歲還家鄕以故未嘗得受

室奚況添丁耶今虛度三十九春秋雙髮既

欲絲不甚惶愧之至

14

足下科場中以何題占魁耶
　　　復

使英材在布衣之列可嗟可嗟
　　　　　　　　　　　　　蘭皐

詩題以標鍐歎居魁耳嘗聞
貴邦無科第
　　　　　　　　　菊溪

不敢當不敢當
　　　稟
自是以後稍講唐詩忽忽之際多怱鄰了
　　　　　　　　　　　　　蘭皐

公等所着冠名如何

不解八九可愧可愧

　復

余學唐話於岡島璞字玉成一字援之者援
之本崎陽人辛卯歲接見　貴邦鄭昌周于
東都鄭子今尚ム愁否

　　　　　　　　蘭皐

　　　　　　　菊溪

鄭判事今果無恙又來此行中耳權僉正亦
善華語此行同隨來
稟

　　　　蘭皐

有二二絶境奇窟可遊之地請見教

　　　　　　　　　　　　　菊溪
　　復

吾邦山則有金剛智異妙香俗離太白漢挐

水則有鴨綠豆滿浿水白馬錦江洛東而僕

亦未及遍觀只窺其一二矣今來涉得三千

里太海看了富士之奇峭　京都之雄麗則

可謂天下之大觀而此則子長之所未覩也

禀 余與晃玄洲以唐
音ヲ口談ス故ニ云ニ云ス

　　　　　　　　　　　　　　全

公等漢語善解可奇可奇余亦略學得而十

稟
　　　蘭皋

辛卯之聘使李學士三書記等無恙否

　復
　　　菊溪

其特三書記皆無恙製述官不幸下世矣

　稟
　　　蘭皋

余好遠遊慕大史公蹤南遊江淮上會曾機
再穷闕九疑浮於沅湘北遊汝泗遍欲窮天
下之勝而因世故厥圖未遂豈不遺慨耶
貴邦搂壤於中華名山太川何趐數十其中

僕姓張名應斗字彌文號菊溪居士以從事

菊溪

官書記來

副使記室病在別館故無酬和醫員在同

席冠服彷彿于書記故余寫曰二君既和

就了足下奚不賜答章耶醫員即書曰余

姓白名興銓字君平號西樵以醫員隨來

非書記也余又懇顏字西樵乃書曰玉壺

三大字以惠余

9

偶成良夜聽燈前奇氣吐青霞

奉次蘭皐玉韻　　　　　　菊溪

秋老姝方感歲華青丘何日夏回車旅窓無

以寬愁抱喜得玄暉詠綺霞

稟　　　　　　　　　　　　蘭皐

公等姓名如何

復

僕姓姜名栢字子青號耕牧子以正使書記

來

8

辱訪賤恙多謝多謝僕姓申名維翰字周伯

號青泉以秘書著作來所贈玉什絶句既次

韻若長篇則未暇和答姑竢明日必應奉酬

　呈國信三書記案下　　　　蘭皐

繽紛蘭菊耀清華香滿風流使者車明日

城南熱田祠自古稱蓬萊宮

君過蓬島去鼇頭靄靄青霞

　奉次蘭皐詞伯韻　　　　耕牧子

十年經史哇英華知予腦中富五車連楜

時學士病在㡧帷中故使芳洲呈野章後和

成而芳洲傳余

奉酬木蘭皐見寄　　　　　　青泉

瑤琴彈向子期驄秋月蓬山降彩鸞此曲千

年知者少堪憐白雪和歌難　　　　蘭皐

　棄面謝

承聞有篤恙近來暴寒勉加保護可向者呈

木李忽賜瓊玖感佩無已未審姓名願見示

　復　　　　　　　　青泉

6

賦得仙人篇贈學士寮下二蘭皐

玉宇仙人御六龍翺翔遠欲遊扶桑夜半東

南日毬躍大海湧動碎琳瑯倏忽翺轡凌紫

虛朝餐石髓夕瓊漿兩兩神童吹鳳簫雲間

飄颻素霓裳俯觀蓬萊五雲簇少時驂駕上

高堂珊瑚窰珠耀琳筵仙人解頷其壺鰌左

杷芙蓉右弄芝咳唾成丹滿玉床雲氣聚散

何容易空望寔心欲狂願使我輩生羽翼

翻跡長遊崑崙岡

諸賢既抵此可賀可賀余姓木初名希聲字

以實聞行夏字達夫號蘭皐又稱玉壺真人

曾在客舍而檢厨事乃獲莢　芝眉欣躍何

聲

朝鮮國諸賢座前

　　　呈國信製述官案下

風送管絃遠邇驛霓旌停處見飛鸞　　蘭皐

璽朝修聘勞賢者賓館莫歌行路難

客館璀粲集前編

　　　　　吳下　蘭皋木實明著

享保己亥九月十六日朝鮮信使達張州吳都
其夜余以賤職偕晃德涵在賓館會諸韓客

通刺

從聞

大壽之指東莚頭西望日久矣今者水陸以慈

客館璀粲集
蓬島遺珠
信陽山人韓館倡和稿

여기서부터 영인본을 인쇄한 부분입니다. 이 부분부터 보시기 바랍니다.

조선후기 통신사 필담창화집
번역총서를 간행하면서

　20세기 초까지 한자(漢字)는 동아시아 사회의 공동문자였다. 국경의 벽이 높아서 사신 외에는 국제적인 교류가 불가능했지만, 문자를 통한 교류는 활발했다. 중국에서 간행된 한문 전적이 이천년 동안 계속 한국과 일본을 비롯한 주변 나라에 전파되었으며, 사신의 수행원들은 상대방 나라의 말을 못해도 상대방 문인들에게 한시(漢詩)를 창화(唱和)하여 감정을 전달하거나 필담(筆談)을 하며 의사를 소통했다.

　동아시아 삼국이 얽혀 싸웠던 임진왜란이 7년 만에 끝난 뒤, 조선에 군대를 파견하였던 중국과 일본은 각기 왕조와 정권이 바뀌었다. 중국에는 이민족인 청나라가 건국되고 일본에는 도쿠가와 막부가 세워졌다. 조선과 일본은 강화회담이 결실을 맺어 포로도 쇄환하고 장군이 계승할 때마다 통신사를 파견하여 외교를 회복했지만, 청나라와에도 막부는 끝내 외교를 회복하지 못하고 단절상태가 계속되었다. 일본은 조선을 통해서 대륙문화를 받아들일 수밖에 없었고, 그 방법 중 하나가 바로 통신사를 초청할 때 시인, 화가, 의원 등의 각 분야 전문가를 초청하는 것이었다.

오백 명 규모의 문화사절단 통신사

연암 박지원은 천재시인 이언진(李彦瑱, 1740~1766)이 11차 통신사 수행원으로 일본에 다녀온 지 2년 만에 세상을 뜨자, 이를 애석히 여겨 「우상전」을 지었다. 그 첫머리에 일본이 조선에 다양한 전문가들로 구성된 문화사절단을 파견해 달라고 요청한 사연이 실려 있다.

일본의 관백(關白)이 새로 정권을 잡자, 그는 저축을 늘리고 건물을 수리했으며, 선박을 손질하고 속국의 각 섬들에서 기재(奇才)·검객(劍客)·궤기(詭技)·음교(淫巧)·서화(書畵)·여러 분야의 인물들을 샅샅이 긁어내어, 서울로 모아들여 훈련시키고 계획을 갖추었다. 그런 지 몇 달 뒤에야 우리나라에 사신을 파견해 달라고 요청하였는데, 마치 상국(上國)의 조명(詔命)을 기다리는 것처럼 공손하였다.

그러자 우리 조정에서는 문신 가운데 3품 이하를 골라 뽑아서 삼사(三使)를 갖추어 보냈다. 이들을 수행하는 사람들도 모두 말 잘하고 많이 아는 자들이었다. 천문·지리·산수·점술·의술·관상·무력으로부터 통소 잘 부는 사람, 술 잘 마시는 사람, 장기나 바둑 잘 두는 사람, 말을 잘 타거나 활을 잘 쏘는 사람에 이르기까지, 한 가지 기술로 나라 안에서 이름난 사람들은 모두 함께 따라가게 되었다. 그런데 이들 가운데서도 문장과 서화를 가장 중요하게 여기지 않을 수가 없었다. 왜냐하면 그들은 조선 사람의 작품 가운데 한 글자만 얻어도 양식을 싸지 않고 천리 길을 갈 수 있기 때문이었다.

도쿠가와 이에하루(德川家治)가 쇼군을 계승하자 일본 각 분야의 대표적인 인물들을 에도로 불러들여 조선 사절단 맞을 준비를 시킨 뒤, "마치 상국의 조서를 기다리는 것처럼 공손하게" 조선에 통신사를 요청하였다. 중국과 공식적인 외교가 단절되었으므로, 대륙문화를 받아들이기 위해 조선을 상국같이 모신 것이다. 사무라이 국가 일본에는 과거제도가 없기 때문에 한문학을 직업삼아 평생 파고든 지식인들이 적어서, 일본인들은 조선 문인의 문장과 서화를 보물같이 여겼다.

조선에서도 국위를 선양하기 위해 여러 분야의 문화 전문가들을 선발하여 파견했는데, 『계림창화집(鷄林唱和集)』이 출판된 8차 통신사 (1711년) 때에는 500명을 파견했다. 당시 쓰시마에서 에도까지 왕복하는 동안 일본인들이 숙소마다 찾아와 필담을 나누거나 한시를 주고받았는데, 필담집이나 창화집은 곧바로 출판되어 널리 읽혔다. 필담 창화에 참여한 일본 지식인은 대륙의 새로운 지식을 얻었을 뿐만 아니라, 일본 사회에서 전문가로서의 위상도 획득하였다.

8차 통신사 때에 출판된 필담 창화집은 현재 9종이 확인되었으며, 필담 창화에 참여한 일본 문인은 250여 명이나 된다. 이는 7차까지 출판된 필담 창화집을 모두 합한 것보다 훨씬 많은 수인데, 통신사 파견이 100년 가까이 되자 일본에서도 한문학 지식인 계층이 두터워졌음을 알 수 있다. 8차 통신사에 참여한 일행 가운데 2명은 기행문을 남겼는데, 부사 임수간(任守幹)이 기록한 『동사록(東槎錄)』이나 역관 김현문(金顯門)이 기록한 또 하나의 『동사록』이 조선에 돌아와 남에게 보여주기 위해 일방적으로 쓴 글이라면, 필담 창화집은 일본에서 조선과 일본의 지식인들이 마주앉아 함께 기록한 글이다. 그러기에 타인의 눈을 통해 자신의 모습을 객관적으로 볼 수 있다.

16권 16책의 방대한 분량으로 다양한 주제를 정리한 『계림창화집』

에도막부 초기의 일본 지식인은 주로 승려였기에, 당연히 승려들이 통신사를 접대하고, 필담에 참여하였다. 그 다음으로 유자(儒者)들이 있었는데, 로널드 토비는 이들을 조선의 유학자와 비교해 "일본의 유학자는 국가에 이용가치를 인정받은 일종의 전문 지식인에 지나지 않았다"고 규정하였다. 그 가운데 상당수는 의원이었으므로 흔히 유의(儒醫)라고 하는데, 한문으로 된 의서를 읽다보니 유학에도 관심을 가지게 된 것이다. 이노 작스이(稻生若水)가 물고기 한 마리를 가지고 제술관 이현과 서기 홍순연 일행을 찾아가서 필담을 나눈 기록이 『계림창화집』 권5에 실려 있다.

이　현 : 이 물고기는 우리나라의 송어입니다. 조령의 동남 지방에 많이 있어, 아주 귀하지는 않습니다.

홍순연 : 이 물고기는 우리나라의 농어와 매우 닮았습니다. 귀국에도 농어가 있는지 모르겠지만, 이것과 같지 않습니까? 농어가 아니라면 내가 아는 물고기가 아닙니다.

남성중 : 이 물고기는 우리나라 송어입니다. 연어와 성질이 같으나 몸집이 작으며, 우리나라 동해에서 납니다. 7~8월 사이에 바다에서 떼를 지어 강으로 올라가는데, 몸이 바위에 갈려 비늘이 다 떨어져 나가 죽기까지 하니 그 성질을 모르겠습니다.

그는 일본산 물고기의 습성을 자세히 설명하고 조선에도 있는지 물었지만, 조선 문인들은 이 방면의 전문가들이 아니어서 이름 정도나

추정했을 뿐이다. 홍순연은 농어라고 엉뚱하게 대답하기까지 하였다. 조선 문인이라면 모든 것을 알 수 있을 것이라고 기대했기에 생긴 결과인데, 아직 의학필담으로 분화되기 이전의 형태다. 이 필담 말미에 이노 작스이는 이런 기록을 덧붙여 마무리했다.

> 『동의보감』을 살펴보니 "송어는 성질이 태평하고 맛이 달며 독이 없다. 맛이 진기하고 살지다. 색은 붉으면서 선명하다. 소나무 마디 같아서 이름이 송어이다. 동북쪽 바다에서 난다"고 하였다. 지금 남성중의 대답에 『동의보감』의 설명을 참고하니, '鮏'은 송어와 같은 것이다. 그러나 '송어'라는 이름은 조선의 방언이지, 중화에서 부르는 이름이 아니다. 『팔민통지(八閩通志)』(줄임)『해징현지(海澄縣志)』 등의 책에 모두 송어가 실려 있으나, 모습이 이것과 매우 다르다. 다른 종류인데, 이름이 같을 뿐이다.

기록에서 보듯, 이노 작스이는 다수의 의견에 따라 이 물고기를 '송어'라고 추정한 후, 비교적 자세한 남성중의 대답과 『동의보감』의 기록을 비교하여 '송어'로 결론 내렸다. 그런 뒤에 조선의 '송어'가 중국의 송어와 같은 것인지 확인하기 위해 중국의 여러 지방지를 조사한 후, '송어'는 정확한 명칭이 아니라 그저 조선의 방언인 것으로 결론지었다. 양의(良醫) 기두문(奇斗文)에게는 약초를 가지고 가서 필담을 시도하였다.

> 稻生若水 : 이 나뭇잎은 세 개의 뾰족한 끝이 있고 겨울에 시들지 않으며, 봄에 가느다란 꽃이 핍니다. 열매의 크기는 대두만하고, 모여서 둥글게 공처럼 되며, 생길 때는 파랗고, 익으면 자흑색이 됩니다. 나무

에 진액이 있어 엉기면 향이 나고, 색이 붉습니다. 이름은 선인장 나무
입니다. (줄임)

　기두문 : 이것이 진짜 백부자(白附子)입니다.

　제술관이나 서기들이 경험에 의존해 대답한 것과 달리, 기두문은
의원이었으므로 자신의 지식을 바탕으로 확실하게 대답하였다. 구지
현박사의 연구에 의하면 이노 작스이는 『서물류찬(庶物類纂)』이라는
박물지를 편찬하기 위해 방대한 자료를 수집·고증하고 있었는데, 문
화 선진국 조선의 문인에게 서문을 부탁하여, 제술관 이현이 써 주었
다. 1,054권이나 되는 일본 최대의 백과사전에 조선 문인이 서문을 써
주어 권위를 얻게 된 것이다.

출판사 주인이 상업적인 출판을 위해 직접 필담에 참여하다

　초기의 필담 창화집은 일본의 시인, 유학자, 의원 등 전문 지식인이
번주(藩主)의 명령이나 자신의 정보욕, 명예욕에 따라 필담에 나선 결
과물이지만, 『계림창화집』 16권 16책은 출판사 주인이 직접 전국 각
지역에서 발생한 필담 창화 원고들을 수집하여 출판한 것이다. 따라
서 필담 창화 인원도 수십 명에 이르며, 많은 자본을 들여서 출판하였
다. 막부(幕府)의 어용 서적을 공급하던 게이분칸(奎文館) 주인 세오겐
베이(瀨尾源兵衛, 1691~1728)가 21세 청년의 몸으로 교토지역 필담에
참여해 『계림창화집』 권6을 편집하고, 다른 지역의 필담 창화 원고까
지 모두 수집해 16권 16책을 출판했을 뿐 아니라, 여기에 빠진 원고들

까지 수집해『칠가창화집(七家唱和集)』10권 10책을 출판하였다.

『칠가창화집』은『계림창화속집』이라고도 불렸는데, 7차 사행 때의 최대 필담 창화집인『화한창수집(和韓唱酬集)』4권 7책의 갑절 규모에 해당한다. 규모가 이러하니 자본 또한 막대하게 소요되어, 고쇼모노도코로(御書物所)인 이즈모지 이즈미노조(出雲寺 和泉掾) 쇼하쿠도(松栢堂)와 공동 투자하여 출판하였다. 게이분칸(奎文館)에서는 9차 사행 때에도『상한창화훈지집(桑韓唱和塤篪集)』11권 11책을 출판하여, 세오겐베이(瀨尾源兵衛)는 29세에 이미 대표적인 출판업자로 자리매김하게 되었다. 그러나 안타깝게도 38세에 세상을 떠나, 더 이상의 거질 필담 창화집은 간행되지 못했다.

필담창화집 178책을 수집하여 원문을 입력하고 번역한 결과물

나는 조선시대 한문학 연구가 조선 국경 안의 한문학만이 아니라 국경 너머를 오가며 외국인들과 주고받은 한자 기록물까지 연구해야 한다는 생각으로, 첫 번째 박사논문을 지도하면서 '통신사 필담창화집'을 과제로 주었다. 구지현 선생은 1763년에 파견된 11차 통신사 구성원들이 기록한 사행록 9종과 필담창화집 30종을 수집하여 분석했는데, 박사학위를 받은 뒤에도 필담창화집을 계속 수집하여 2008년 한국학술진흥재단의 토대연구에『조선후기 통신사 필담창수집의 수집, 번역 및 데이터베이스 구축』이라는 과제를 신청하였다. 이 과제를 진행하면서 우리 팀에서 수집한 필담창화집 178책의 목록과, 우리가 예상

한 작업진도 및 번역 분량은 다음과 같다.

1) 1차년도(2008. 7.~2009. 6.) : 1607년(1차 사행)에서 1711년(8차 사행)까지

연번	필담창화집 책 제목	면 수	1면 당 행수	1행 당 글자 수	예상되는 원문 글자 수
001	朝鮮筆談集	44	8	15	5,280
002	朝鮮三官使酬和	24	23	9	4,968
003	和韓唱酬集首	74	10	14	10,360
004	和韓唱酬集一	152	10	14	21,280
005	和韓唱酬集二	130	10	14	18,200
006	和韓唱酬集三	90	10	14	12,600
007	和韓唱酬集四	53	10	14	7,420
008	和韓唱酬集(결본)				
009	韓使手口錄	94	10	21	19,740
010	朝鮮人筆談幷贈答詩(國圖本)	24	10	19	4,560
011	朝鮮人筆談幷贈答詩(東京都立本)	78	10	18	14,040
012	任處士筆語	55	10	19	10,450
013	水戶公朝鮮人贈答集	65	9	20	11,700
014	西山遺事附朝鮮使書簡	48	9	16	6,912
015	木下順菴稿	59	7	10	4,130
016	鷄林唱和集1	96	9	18	15,552
017	鷄林唱和集2	102	9	18	16,524
018	鷄林唱和集3	128	9	18	20,736
019	鷄林唱和集4	122	9	18	19,764
020	鷄林唱和集5	110	9	18	17,820
021	鷄林唱和集6	115	9	18	18,630
022	鷄林唱和集7	104	9	18	16,848
023	鷄林唱和集8	129	9	18	20,898
024	觀樂筆談	49	9	16	7,056
025	廣陵問槎錄上	72	7	20	10,080
026	廣陵問槎錄下	64	7	19	8,512
027	問槎二種上	84	7	19	11,172

028	問槎二種中	50	7	19	6,650
029	問槎二種下	73	7	19	9,709
030	尾陽倡和錄	50	8	14	5,600
031	槎客通筒集	140	10	17	23,800
032	桑韓醫談	88	9	18	14,256
033	辛卯唱酬詩	26	7	11	2,002
034	辛卯韓客贈答	118	8	16	15,104
035	辛卯和韓唱酬	70	10	20	14,000
036	兩東唱和錄上	56	10	20	11,200
037	兩東唱和錄下	60	10	20	12,000
038	兩東唱和後錄	42	10	20	8,400
039	正德韓槎諭禮	16	10	18	2,880
040	朝鮮客館詩文稿(내용 중복)	0	0	0	0
041	坐間筆語附江關筆談	44	10	20	8,800
042	七家唱和集－班荊集	74	9	18	11,988
043	七家唱和集－正德和韓集	89	9	18	14,418
044	七家唱和集－支機閒談	74	9	18	11,988
045	七家唱和集－朝鮮客館詩文稿	48	9	18	7,776
046	七家唱和集－桑韓唱酬集	20	9	18	3,240
047	七家唱和集－桑韓唱和集	54	9	18	8,748
048	七家唱和集－賓館縞紵集	83	9	18	13,446
049	韓客贈答別集	222	9	19	37,962
예상 총 글자수					589,839
1차년도 예상 번역 매수 (200자원고지)					약 8,900매

2) 2차년도(2009. 7.~2010. 6.) : 1719년(9차 사행)에서 1748년(10차 사행)까지

연번	필담창화집 책 제목	면수	1면 당 행수	1행 당 글자 수	예상되는 원문 글자 수
050	客館璀璨集	50	9	18	8,100
051	蓬島遺珠	54	9	18	8,748
052	三林韓客唱和集	140	9	19	23,940
053	桑韓星槎餘響	47	9	18	7,614

054	桑韓星槎答響	106	9	18	17,172
055	桑韓唱酬集1권	43	9	20	7,740
056	桑韓唱酬集2권	38	9	20	6,840
057	桑韓唱酬集3권	46	9	20	8,280
058	桑韓唱和塤篪集1권	42	10	20	8,400
059	桑韓唱和塤篪集2권	62	10	20	12,400
060	桑韓唱和塤篪集3권	49	10	20	9,800
061	桑韓唱和塤篪集4권	42	10	20	8,400
062	桑韓唱和塤篪集5권	52	10	20	10,400
063	桑韓唱和塤篪集6권	83	10	20	16,600
064	桑韓唱和塤篪集7권	66	10	20	13,200
065	桑韓唱和塤篪集8권	52	10	20	10,400
066	桑韓唱和塤篪集9권	63	10	20	12,600
067	桑韓唱和塤篪集10권	56	10	20	11,200
068	桑韓唱和塤篪集11권	35	10	20	7,000
069	信陽山人韓館倡和稿	40	9	19	6,840
070	兩關唱和集1권	44	9	20	7,920
071	兩關唱和集2권	56	9	20	10,080
072	朝鮮人對詩集1권	160	8	19	24,320
073	朝鮮人對詩集2권	186	8	19	28,272
074	韓客唱和/浪華唱和合章	86	6	12	6,192
075	和韓唱和	100	9	20	18,000
076	來庭集	77	10	20	15,400
077	對麗筆語	34	10	20	6,800
078	鳴海驛唱和	96	7	18	12,096
079	蓬左賓館集	14	10	18	2,520
080	蓬左賓館唱和	10	10	18	1,800
081	桑韓醫問答	84	9	17	12,852
082	桑韓鏘鏗錄1권	40	10	20	8,000
083	桑韓鏘鏗錄2권	43	10	20	8,600
084	桑韓鏘鏗錄3권	36	10	20	7,200
085	桑韓萍梗錄	30	8	17	4,080
086	善隣風雅1권	80	10	20	16,000
087	善隣風雅2권	74	10	20	14,800
088	善隣風雅後篇1권	80	9	20	14,400

089	善隣風雅後篇2권	74	9	20	13,320
090	星軺餘轟	42	9	16	6,048
091	兩東筆語1권	70	9	20	12,600
092	兩東筆語2권	51	9	20	9,180
093	兩東筆語3권	49	9	20	8,820
094	延享五年韓人唱和集1권	10	10	18	1,800
095	延享五年韓人唱和集2권	10	10	18	1,800
096	延享五年韓人唱和集3권	22	10	18	3,960
097	延享韓使唱和	46	8	14	5,152
098	牛窓錄	22	10	21	4,620
099	林家韓館贈答1권	38	10	20	7,600
100	林家韓館贈答2권	32	10	20	6,400
101	長門戊辰問槎상권	50	10	20	10,000
102	長門戊辰問槎중권	51	10	20	10,200
103	長門戊辰問槎하권	20	10	20	4,000
104	丁卯酬和集	50	20	30	30,000
105	朝鮮筆談(元丈)	127	10	18	22,860
106	朝鮮筆談1권(河村春恒)	44	12	20	10,560
107	朝鮮筆談1권(河村春恒)	49	12	20	11,760
108	韓客對話贈答	44	10	16	7,040
109	韓客筆譚	91	8	18	13,104
110	韓人唱和詩	16	14	21	4,704
111	韓人唱和詩集1권	14	7	18	1,764
112	韓人唱和詩集1권	12	7	18	1,512
113	和韓文會	86	9	20	15,480
114	和韓唱和錄1권	68	9	20	12,240
115	和韓唱和錄2권	52	9	20	9,360
116	和韓唱和附錄	80	9	20	14,400
117	和韓筆談薰風編1권	78	9	20	14,040
118	和韓筆談薰風編2권	52	9	20	9,360
119	鴻臚傾蓋集	28	9	20	5,040
예상 총 글자수					723,730
2차년도 예상 번역 매수 (200자원고지)					약 10,850매

3) 3차년도(2010. 7.～ 2011. 6.)：1763년(11차 사행)에서 1811년(12차 사행)까지

연번	필담창화집 책 제목	면수	1면당 행수	1행당 글자수	예상되는 원문 글자수
120	歌芝照乘	26	10	20	5,200
121	甲申槎客萍水集	210	9	18	34,020
122	甲申接槎錄	56	9	14	7,056
123	甲申韓人唱和歸國1권	72	8	20	11,520
124	甲申韓人唱和歸國2권	47	8	20	7,520
125	客館唱和	58	10	18	10,440
126	鷄壇嚶鳴 간본 부분	62	10	20	12,400
127	鷄壇嚶鳴 필사부분	82	8	16	10,496
128	奇事風聞	12	10	18	2,160
129	南宮先生講餘獨覽	50	9	20	9,000
130	東渡筆談	80	10	20	16,000
131	東槎餘談	104	10	21	21,840
132	東游篇	102	10	20	20,400
133	問槎餘響1권	60	9	20	10,800
134	問槎餘響2권	46	9	20	8,280
135	問佩集	54	9	20	9,720
136	賓館唱和集	42	7	13	3,822
137	三世唱和	23	15	17	5,865
138	桑韓筆語	78	11	22	18,876
139	松菴筆語	50	11	24	13,200
140	殊服同調集	62	10	20	12,400
141	快快餘響	136	8	22	23,936
142	兩東鬪語乾	59	10	20	11,800
143	兩東鬪語坤	121	10	20	24,200
144	兩好餘話상권	62	9	22	12,276
145	兩好餘話하권	50	9	22	9,900
146	倭韓醫談(刊本)	96	9	16	13,824
147	倭韓醫談(寫本)	63	12	20	15,120
148	栗齋探勝草1권	48	9	17	7,344
149	栗齋探勝草2권	50	9	17	7,650
150	長門癸甲問槎1권	66	11	22	15,972

151	長門癸甲問槎2권	62	11	22	15,004
152	長門癸甲問槎3권	80	11	22	19,360
153	長門癸甲問槎4권	54	11	22	13,068
154	萍遇錄	68	12	17	13,872
155	品川一燈	41	10	20	8,200
156	表海英華	54	10	20	10,800
157	河梁雅契	38	10	20	7,600
158	和韓醫談	60	10	20	12,000
159	韓客人相筆話	80	10	20	16,000
160	韓館應酬錄	45	10	20	9,000
161	韓館唱和1권	92	8	14	10,304
162	韓館唱和2권	78	8	14	8,736
163	韓館唱和3권	67	8	14	7,504
164	韓館唱和續集1권	180	8	14	20,160
165	韓館唱和續集2권	182	8	14	20,384
166	韓館唱和續集3권	110	8	14	12,320
167	韓館唱和別集	56	8	14	6,272
168	鴻臚摭華	112	10	12	13,440
169	鷄林情盟	63	10	20	12,600
170	對禮餘藻	90	10	20	18,000
171	對禮餘藻(明遠館叢書 57)	123	10	20	24,600
172	對禮餘藻(明遠館叢書 58)	132	10	20	26,400
173	三劉先生詩文	58	10	20	11,600
174	辛未和韓唱酬錄	80	13	19	19,760
175	接鮮瘖語(寫本)1	102	10	20	20,400
176	接鮮瘖語(寫本)2	110	11	21	25,410
177	精里筆談	17	10	20	3,400
178	中興五侯詠	42	9	20	7,560
예상 총 글자수					786,791
3차년도 예상 번역 매수 (200자원고지)					약 11,800매

1차년도에는 하우봉(전북대) 교수와 유경미(일본 나가사키국립대학) 교수를 공동연구원으로 하여 고운기, 구지현, 김형태, 허은주, 김용흠 박

사가 전임연구원으로 번역에 참여하였다. 3년 동안 기태완, 이지양, 진영미, 김유경, 김정신, 강지희 박사가 연구원으로 교체되어, 결국 35,000매나 되는 번역원고를 마무리하였다.

일본식 한문이 중국식 한문과 달라서 특히 인명이나 지명 번역이 힘들었는데, 번역문에서는 독자들이 읽기 쉽도록 한국식 한자음으로 표기하고, 첫 번째 각주에서만 일본식 한자음을 표기하였다. 원문을 표점 입력하는 방법은 고전번역원에서 채택한 방법을 권장했지만, 번역자마다 한문을 교육받고 번역해온 과정이 다르기 때문에 재량을 인정하였다. 원본 상태를 확인하려는 연구자를 위해 영인본을 뒤에 편집하였는데, 모두 국내외 소장처의 사용 승인을 받았다.

원문과 번역문을 합하여 200자원고지 5만 매 분량의『조선후기 통신사 필담창화집 번역총서』를 12,000면의 이미지와 함께 편집하고 4차에 나누어 10책씩 출판하는 과정이 복잡하고 힘들었기에, 연세대학교 정갑영 총장에게 편집비 지원을 신청하였다.『조선후기 통신사 필담창수집 번역본 30권 편집』정책연구비(2012-1-0332)를 지원해주신 정갑영 총장에게 감사드린다.

『조선후기 통신사 필담창화집 번역총서』를 편집하는 과정에 문화재청으로부터『통신사기록 조사 및 번역, 데이터베이스 구축』연구용역을 발주받게 되어, 필담창화집을 비롯한 통신사 관련 기록을 세계기록유산으로 등재하는 작업에 참여하게 된 것도 기쁜 일이다. 통신사 관련 기록들이 모두 데이터베이스로 구축되어 국내외 학자들이 한일문화교류, 나아가서는 동아시아문화교류 연구에 손쉽게 참여하게 된다면『통신사 필담창화집 번역총서』의 사명을 다하는 것이라고 생각한다.

조선후기 통신사가 동아시아 문화교류 연구에 중요한 이유는 임진 왜란 이후에 중국(청나라)과 일본의 단절된 외교를 통신사가 간접적으로 이어주었기 때문이다. 통신사 필담창화집 번역총서 60권 출판이 마무리되면 조선후기에 한국(조선)과 중국(청나라) 지식인들이 주고받은 척독집 40여 권도 데이터베이스로 구축하여, 일본에서 조선을 거쳐 청나라로 이어지는 '동아시아 문화교류의 길' 데이터베이스를 국내외 학자들에게 제공하고자 한다.

▓ 고운기(高雲基)

한양대학교 국어국문학과와 연세대학교 대학원 국어국문학과 졸업. 문학박사.
일본 게이오대학교 방문연구원, 메이지대학교 객원교수 역임.
연세대학교 국학연구원 연구교수를 거쳐
현재 한양대학교 문화콘텐츠학과 교수.

▓ 구지현(具智賢)

1970년 천안 눈돌 출생.
연세대학교 국어국문학과를 졸업한 후 동대학원에서 석박사를 취득하였고, 한국고전번역원에
서 한문을 공부하였으며, 일본 게이오대학 방문연구원(일한문화교류기금 펠로우십)을 거쳐
연세대학교 국학연구원 학술연구교수를 역임하였다.
현재 선문대학교 인문과학연구소 조교수.
저서로는『1763년 계미통신사 사행문학연구』(보고사),『통신사 필담창화집의 세계』등이 있다.

조선후기 통신사 필담창화집 번역총서 17
客館璀粲集 · 蓬島遺珠 · 信陽山人韓館倡和稿

2014년 8월 28일 초판 1쇄 펴냄

역 자 고운기·구지현
발행인 김흥국
발행처 도서출판 보고사

등록 1990년 12월 13일 제6-0429호
주소 서울특별시 성북구 보문동7가 11번지 2층
전화 922-5120~1(편집), 922-2246(영업)
팩스 922-6990
메일 kanapub3@naver.com
http://www.bogosabooks.co.kr

ISBN 979-11-5516-292-7 94810
     979-11-5516-055-8 (세트)
ⓒ 고운기·구지현, 2014

정가 25,000원

이 도서의 국립중앙도서관 출판예정도서목록(CIP)은 서지정보유통지원시스템 홈페이지
(http://seoji.nl.go.kr)와 국가자료공동목록시스템(http://www.nl.go.kr/kolisnet)에
서 이용하실 수 있습니다. (CIP제어번호 : CIP2014024651)